트레샤 퓨전 판타지 장편소설

WISHBOOKS FUSION FANTASY STORY

# 마왕성 플레이어

# 패왕성 플레이어 4

트레샤 퓨전 판타지 장편소설

초판 1쇄 찍은 날 | 2019년 5월 10일
초판 1쇄 펴낸 날 | 2019년 5월 17일

지은이 | 트레샤
펴낸이 | 예경원

기획 | 위시북스
편집책임 | 이규재
편집 | 위시북스

펴낸곳 | 예원북스
등록번호 | 제396-2012-000132호
등록일자 | 2012. 7. 25
KFN | 제1-407호

주소 | 경기도 고양시 일산동구 호수로 646-24 위너스21 II 빌딩 206A호 (우)10401
전화 | 031-819-9431 팩스 | 031-817-9432
E-mail | yewonbooks@naver.com



ISBN 979-11-6424-290-0 04810
979-11-6424-172-9 (set)


※ 이 도서의 국립중앙도서관 출판시도서목록(CIP)은 서지정보유통지원시스템 홈페이지(http://seoji.go.kr)와 국가자료공동목록시스템(http://www.nl.go.kr/kolisnet)에서 이용하실 수 있습니다.

Wish Books
트레샤 퓨전 판타지 장편소설
WISHBOOKS FUSION FANTASY STORY
마왕성 플레이어
4

# 파왕성
# 플레이어

# CONTENTS

# ◀ 24장 ▶

# 은둔자의 숲

끼이익.

금으로 도색된 휘황찬란한 문이 열린다. 거의 1년 만에 다시 찾게 된 중립 지역의 회의장 안쪽으로는 둥그런 테이블을 중심으로 열세 명의 플레이어가 앉아 있었는데, 하나같이 범상치 않은 자들이었다.

하나, 막 문을 열고 들어선 제니카는 아무렇지도 않게 남은 빈자리에 착석했다.

"드디어 모두 모인 것 같군. 매번 일찍 참석하던 제니카가 오늘 웬일로 늦은 거지?"

"당신 말에 굳이 대답할 의무는 못 느끼겠네요."

"뭐, 상관없겠지. 자, 시작하자고."

사람 몸통만 한 칼을 등에 메고 있던 자가 신호를 보냈다. 그러자 미리 대기하고 있던 마법사 한 명이 스킬을 발동시켜 화면을 띄웠다.

마치 스크린처럼 공중에 떠오른 화면 속에선 최근 문제가 되고 있는 장면들이 차례대로 나타났다. 이내 한 명이 손을 들어 올리자 성을 담아내고 있던 장면에서 화면이 멈추었다.

"저게 중립 지역에 생겼다는 거울성이로군. 우리 진영도 이것 때문에 문제가 많단 말이지. 다들 어떻게 생각하지?"

"어이, 어이. 아놀드. 아마추어처럼 놀지 말자고. 애초에 거울성에 대해 얘기를 꺼내려고 했던 거 아니야? 지나가던 도중 발견한 것마냥 행동하면 곤란하다고."

"……그래서 불만이라도 있는 건가?"

아놀드의 서늘한 눈빛이 맞은편 청년에게로 향한다.

온몸에 갖가지 피어싱을 한 독특한 취향의 플레이어. 녹색 머릿결을 가진 그는 엄청난 압박감에도 기세 하나 죽지 않고 싱긋 웃었다.

"불만? 불만 없어. 그냥 요즘 들어 루키 한 명에게 놀아나는 네놈 면상이 토가 쏠려서 말……."

채앵!

허공에서 가로막히는 칼날.

그와 동시에 방 안에 있던 열네 명의 강자가 제각기 무기를 꺼내 들었다.

"이러려고 부른 거라면 전 이만 가보고 싶은데요?"

"그 빌어먹을 늑대 새끼부터 치우지그래, 제니카?"

"차소희, 당신부터 통파 좀 내려놓으시죠?"

회의장 안을 가득 메우는 덩치의 늑대가 사납게 으르렁거리자 자연스레 소희의 통파에도 노란빛 기운이 모여들었다.

그 순간, 먼저 말을 꺼냈던 아놀드가 한숨을 내쉬며 칼을 집어넣었다.

"그만들 하지. 악몽의 탑에서도 서로 못 잡아먹어서 안달이더니 이제는 여기서까지 난리군."

"……뭐?"

발끈하는 성격으로 유명한 하이드 길드의 마스터다. 한번 폭주하면 끝까지 물고 늘어진다는 14좌 중 한 명. 그걸 알기 때문에 시비를 건 청년이었는데 오히려 먼저 화를 가라앉히며 상황을 중재하고 있었다.

다른 자들 또한 당황스러운 것인지 서로 눈만 깜빡거렸고, 아놀드가 테이블 위로 무언가를 올려두자 험악한 분위기도 순식간에 사라졌다.

"거울성의 주인은 우리와 동일한 A급. 특성은 불사. 당장 우리 중 한 명만 나서도 금방 처리하겠지만 문제는 등급 제한이야."

"이런 정보들은 어디서 주워 처먹은 거야?"

"거울성은 히든 피스로 구분되더군. 그동안 길드원을 통해 단서를 찾아냈지. 겨우 진영 하나가 나서서 해결할 만한 문제로는 보이지 않아. 선택은 너희들 몫이다. 어쩔 거냐."

"……."

히든 피스의 단서로 보이는 푸른 꽃.

테이블을 쳐다보던 권좌들은 천천히 무기를 집어넣으며 자리에 앉았다.

"그래서 등급 제한은?"

"D에서 B급 사이."

"입장에 필요한 아이템은?"

"보다시피 위에 올려둔 꽃이다. 이런 아이템들이 여러 미션과 던전에 숨겨져 있지."

점점 거울성에 대한 정보가 정리되기 시작한다.

내부에 자리 잡은 보스가 A급이라면 보상도 엄청날 터. 특히 거울성으로 막혀 있는 길과 최근 빈번해진 플레이어 살해 사건까지 포함한다면 여러 이득을 취할 수도 있었다.

"한데, 특성이 불사라면 어떻게 보스를 죽인다는 거지?"

예상대로 누군가 가장 중요한 문제에 대해 물어왔다. 하지만 아놀드는 여유롭게 입가를 말아 올리며 팔짱을 끼웠다.

"그 문제를 해결할 열쇠들의 위치도 조사하고 있는 상태지. 그리고 다들 잘 알고 있겠지만 유적지 탐사 준비로 우리 쪽은 인력이 좀 부족해. 너희들이 도와만 준다면 순조롭게 준비를 마칠 수 있을 거야."

"……클리어할 가능성은 몇 프로지?"

"아직 정확히 파악된 사실은 아니지만 70프로 이상이다."

"으음. 좋아, 우리 길드는 참여하겠어."

보상에 대해선 차후 의논을 통해 분배를 정하면 될 터.

그제야 자리에 앉아 있던 권좌들이 하나둘 손을 들어 올리기 시작했다. 일부는 참여하지 않는 것인지 침묵을 지켰지만 거의 절반가량은 거울성 공략에 참가 의사를 밝혔다.

그렇게 한 가지 문제가 마무리되자 원탁회의는 자연스레 다른 주제로 넘어갔다.

"자, 그러면 다음으로 넘어가……."

다시금 화면으로 집중되는 그들의 시선들. 그 사이로 단 한 명의 사내가 미소를 띠고 있었다.

동부의 페이튼, 서부의 언 다인, 남부의 쿤다, 북부의 리오스, 그리고 중앙의 리미트리스. 방향마다 존재하는 하멜의 진영들이다.

하지만 대륙은 플레이어들이 상상할 수 없을 만큼 넓었고, 공개되지 않은 지역도 가득했다.

머더러들이 주로 주둔하는 곳은 물론 한 명도 드나들지 못한 미개척 지역까지. 특히 중립 국가들과 인접한 버랭스 들판은 상업적으로 자주 통행하는 경로이자, 미지로 알려진 아리엇 산맥과의 경계 부근이라고 볼 수 있었다.

"그, 그놈이야. 얼른 길드에 보고해!"

"젠장, 마력 기술이고 스킬이고 하나도 안 먹혀. 도대체 저항력이 얼마나 높은 거야?"

"사, 살려…… 크억!"

수색대로 보이던 길드의 플레이어들이 두려움에 질려 도망치기 시작했다. 하지만 그것도 잠시. 혼비백산하던 자리로 낫을 든 괴인이 착지해 그자들의 목을 무참히 베어버렸다.

털썩!

미처 반격도 하지 못한 채 목숨을 잃은 플레이어들.

괴인은 무심한 눈길로 시체들을 쭉 쓸어 보더니 이내 한 명의 시신을 짊어졌다. 그리고 유유히 본래 자신이 있던 곳으로 되돌아가던 중간, 그의 육감을 자극하는 수상한 기운이 느껴졌다.

"……."

자연스레 눈길이 언덕 쪽으로 쏠린다. 다른 목격자가 남아 있는 모양이다. 다만, 안타깝게도 그는 볼일이 남아 있었다.

괴인은 고개를 돌리곤 시체를 끌고 어딘가로 사라졌다.

'……'

마치 처음부터 아무 일도 없었다는 듯이 고요해진 들판. 그 순간, 언덕 위에서부터 통통한 펭귄 한 마리가 막힌 숨을 내뱉었다.

"페에에에. 마, 마왕님. 순간 눈이 마주쳤습니다. 이제 저, 저런 놈까지 상대해야 하는 겁니까?"

"역시 D급 디텍터의 스킬은 간단히 눈치채 버리는군. 아직 상대할 생각은 없으니 걱정 마라, 위르겐."

"휴우우우. 다행입니다. 페펭."

미리 설치한 제3자의 눈은 물론 탐색자의 눈까지 모두 들통났다.

위르겐은 뒤늦게 식은땀을 닦아내며 안도했고, 뒤에 서 있던 용찬은 저 멀리 보이는 성채에 시선을 집중했다.

'잠시 살필 겸 찾아온 거였지만 예상보다 진도가 빨라. 아무래도 그놈이 개입한 거 같군.'

벌써 거울성 맞은편으로 가지각색의 깃발들이 보였다. 진영에 상관없이 일시적으로 합류한 대형 길드들. 그중엔 익숙한 리오스 진영의 하이드 길드 또한 포함돼 있었다.

'본래 거울성이 공략되는 시기는 보스 놈이 본격적으로 중립 국가를 건드리면서 뒤늦게 일정이 잡히는 것이었을 텐데.

꿏. 이렇게 일찍 진행되는 것을 봐선 다른 쪽으로도 인원이 투입되고 있겠군.'

손에 쥐어진 푸른 꽃.

이전 호위 미션 이후 마지막으로 회수한 히든 피스였다.

용찬은 꽃봉오리 속으로 보이는 누군가의 형상을 내려다보다 이내 등을 돌렸다.

'마지막 열쇠가 숨겨진 그곳은 아직 오픈되지 않았어. 우선 내 할 일부터 마저 끝낸다.'

이미 목적지는 정해진 상태다.

남은 것은 일정에 앞서 정보를 수집하는 것.

서서히 발동되는 귀환진 속에서 조급한 마음이 발길을 재촉하고 있었다.

'흐음. 이걸 믿어야 되나, 말아야 되나. 겨우 몇 달 만에 61위까지 올라서다니. 이젠 60위대 다른 마왕들도 선전포고할 마음이 없나 보군.'

겐트가 개입한 서열전까지 격파한 헨드릭 프로이스는 더 이상 망나니였던 최하급 마족이라고 보기엔 애매했다. 아직 바쿤 자체의 성장력은 그다지 두각을 드러내지 못하고 있지만, 마왕

단신의 무력은 수준 이상이었다.

'최근에는 란드로스 가문에게서 철광산까지 받아 직접 문제를 해결하기도 했군. 이대로 간다면 50위대에도 들 수 있을 것 같은데 말이지. 한번 구경이라도 가볼까.'

잔을 닦아내던 마족의 손짓이 멈추었다. 문 바깥으로 들려오는 발걸음 소리와 동시에 탁자 위에 놓여 있던 서류가 품속으로 사라졌다.

"마스터, 그놈이 찾아왔습니다!"

"아 나, 깜짝 놀래라. 괜히 서류 집어넣었네. 누가 찾아왔길래 그리 호들갑이야?"

엄연히 이곳은 정보 길드의 지부 중 한 곳이다. 이렇게 정보원 중 한 명이 요란법석을 떨며 보고를 하러 왔다는 것은 그만큼 기대 이상의 손님이 찾아왔다는 의미일 터. 지부장 다페스는 잔을 내려놓고 정보원 도로만을 자리에 앉혔다.

"최근에 소문이 파다한 그 망나니 마왕 놈이 찾아왔다구요. 로브 때문에 자세히 얼굴이 보이진 않았지만 대충 훑어봐도 확실히 헨드릭 프로이스 놈이었습니다."

"오호, 그래? 마침 그놈 서류를 살펴보고 있었는데 잘됐네. 갑자기 달라졌다는 그놈 얼굴 한번 볼까?"

"자리로 안내해놓은 상태입니다. 직접 가시겠습니까?"

"간만에 직접 손님을 맞이하는 것도 괜찮겠지. 따로 정보원들이랑 같이 대기하고 있어."

어느새 천장 쪽으로 인기척이 느껴졌다.

도로만 또한 고개를 끄덕이며 정해진 위치로 이동했고, 다페스는 여유로운 발걸음으로 주점 내부 테이블로 향했다.

이미 자리에 앉아 있는 한 명의 손님.

'이놈인가. 우선 간단히 정보부터 살펴볼까?'

자연스레 디텍터의 스킬이 발동하며 놈의 정보창이 눈앞으로 나타났다.

'뭐야, 능력치 빼곤 전부 물음표로 표시되어 있잖아. 이제 보니 아예 정보 차단 주문서로 도배를 하고 왔군.'

플레이어들뿐만 아니라 마족들 또한 주문서를 자주 이용한다. 특히 놈들과 달리 자신들은 직접 정보창이나 스킬들을 확인할 수 없기 때문에 정보에 관해서는 철저히 숨기는 습관을 가지기도 했다. 다만, 안타깝게도 자신은 그런 차단된 정보까지 꿰뚫는 스킬을 가지고 있었다.

'숨겨봤자 거기서 거기지. 어디…….'

콰앙!

단숨에 아작 나는 테이블.

조용히 앉아 있던 손님의 눈빛이 싸늘히 번져갔다.

"장난질은 거기까지 하지그래. 손님을 맞이하는 태도가 영 불만스럽군."

"……아하하하. 무슨 말씀이신지 잘 모르겠군요. 우선 기다리게 해서 정말로 죄송합니다."

순간 가슴이 철렁한 다페스는 급히 새로운 테이블을 마련해 왔다. 그리고 맞은편 자리에 앉아 깍지를 끼자 본격적으로 면담이 시작됐다.

"전 정보 길드의 지부장 다페스라고 합니다. 오래 기다리신 것을 알기 때문에 별소리하지 않았지만 다음부터 이렇게 소란을 피우시면 조치를 취하겠습니다. 자, 그러면……."

"저 위에 숨어 있는 쥐새끼들을 믿고 그리 설치는 거냐?"

"예, 옛!"

"기척은 숨길 수 있어도 숨소리는 숨길 수 없지."

파지지직.

평가전을 통해 알려진 뇌전의 권능이 눈앞에서 선보여졌다. 위협적인 살기를 품고 사방으로 퍼지는 푸른 번개에 다페스는 순간 어이가 없어 할 말을 잃고 말았다.

"지금 여기가 어딘지 아시고 이런 짓을 벌이시는 겁니까. 기선 제압이라도 하겠다는 심산이신 것 같은……."

콰아아앙!

코웃음 치던 순간, 천장이 단숨에 무너져 내렸다. 숨어 있던 정보원들은 미처 반응하지 못하고 바닥으로 떨어졌다. 뒤늦게 후드가 벗겨진 손님, 아니, 용찬은 속삭임의 귀걸이를 매만지며 입가를 말아 올렸다.

"이제야 좀 자리가 마련되었군."

"……."

"내가 원하는 정보는 은둔자의 숲, 그리고 마녀다."

파편들과 함께 테이블 위로 올려진 골드 주머니.

"흐음. 최근에 요주의 인물로 찍히신 마왕님께서 은둔자의 숲을 가시려 하시다니. 이유가 무척 궁금해지는군요."

골드 주머니 안을 살피던 놈이 은근 눈치를 살핀다. 솔솔 풍겨오는 정보의 냄새를 맡은 모양이지만 어림도 없었다.

파지지직.

"꼴을 보아하니 건물 자체를 날려 먹고 싶나 보군."

"크흠흠. 죄, 죄송합니다."

본의 아니게 습관이 나온 다페스는 재깍 사과를 했다. 벌써 날려 먹은 천장만 하더라도 눈물이 맺힐 정도다. 인정사정 보지 않고 위협하는 용찬 앞에서 괜히 혀를 잘못 놀렸다간 오히려 피해만 늘어갈 터.

'빌어먹을. 프로이스 가문만 아니었으면 진작 본부에 연락해 본때를 보여줬을 텐데!'

안타깝게도 지부에 남겨진 정보원은 대부분 E급이었다. 자신 또한 D급 디텍터인 비전투 인원이었기에 섣불리 행동할 수 없었다.

그제야 본래 마음가짐으로 돌아온 다페스는 깍듯한 자세로 정보에 대한 서류를 꺼내왔다.

“우선 은둔자의 숲에 대한 정보입니다. 보다시피 서부 끝자락에 있고 가장 최단 경로는 수인 연합 코르덴 쪽 게이트일 겁니다.”

“그리고?”

“으음. 마녀에 대해 여쭈어보셨지만 저희도 자세히 아는 것은 없습니다. 단지 들어온 정보라면 숲 곳곳을 돌아다니며 연구를 하고 다니는 붉은 망토의 마법사가 있다는 것 정도뿐. 그 이상은 알려진 것이 없더군요.”

예상대로 마녀에 대한 정보는 적었다. 서류를 살펴보던 용찬은 혀를 차며 자리에서 일어났다.

“그래도 이 정도면 쓸 만하겠어. 또 방문하도록 하지.”

“예! 살펴 가십시오. 헨드릭 프로이스 님.”

“아! 네놈들은 오늘 나를 본 적이 없는 거다, 알겠나?”

다시금 양손으로 끓어오르는 뇌전에 맞은편에 무릎 꿇고 앉아 있던 정보원들이 지레 질색을 했다.

‘제발 얼른 꺼져!’

‘다신 오지 마라. 부탁이다.’

‘정보 길드를 역으로 협박할 줄이야. 미친 게 분명해!’

한평생 정보 길드원으로 활동해 오면서 이리도 굴욕적인 상황은 처음이었다. 서열이 한참 높은 마왕들도 단순히 부하를 시켜 정보를 받아 가는 모양새인데, 용찬만큼은 직접 찾아와 깽판(?)까지 부리며 정보를 받아 가고 있었다.

"무, 물론입니다. 저희 정보 길드는 손님분들의 신상 하나하나 전부 소중히 여기니까 말이죠. 비밀은 꼭 지켜 드리도록 하겠습니다."

"정말 그랬으면 좋겠군."

그 말을 끝으로 용찬이 정보 길드를 빠져나갔다.

다페스는 뒤늦게 안도의 한숨을 내쉬며 이를 갈았다.

'저놈, 분명 정보 길드 중 우리 지부가 가장 규모가 작다는 것을 알아채고 온 게 틀림없어. 다시 찾아오기만 해…….'

딸랑.

마물도 제 말 하면 찾아온다고 했던가. 불현듯 건물을 빠져나갔던 용찬이 재차 안으로 들어왔다.

"어, 어쩐 일로 다시?"

"혹시 플레이어에 대해서도 잘 알고 있나?"

"당연한 것 아니겠습니까. 마계 위원회뿐만 아니라 저희도 놈들의 정보를 시시각각 수집하고 있습니다!"

"흐음."

턱을 괸 채로 고민하는 마왕.

다펜스의 등줄기로 흐르는 식은땀 속에서 용찬이 입가를

말아 올렸다.

"괜찮아 보이는군. 들어보고 그 정보들도 사도록 하지."

다페스로 하여금 울상을 짓게 만드는 요청이었다.

'대부분 알고 있던 정보였지만 나름 쓸 만한 내용도 있었어. 가끔 방문해서 정보를 얻어 가도 괜찮을 것 같군.'

만약 다페스가 들었더라면 기겁을 했겠지만 용찬은 이미 마왕성으로 돌아와 버린 상태였다. 정보 길드 지부에서 얻어 낸 정보들은 대체로 각 진영 간의 세력 및 변화. 특히 대형 길드 위주로 모인 정보들은 드문드문 자신이 알던 기억과 다르게 적혀져 있었다.

'하이드 길드의 아놀드 파커를 중심으로 일부 대형 길드가 움직이고 있다는 건가. 돌아가는 꼴을 보아하니 유태현 그놈은 아놀드에게 붙은 모양이군.'

다른 정보로는 고대 유적지 탐사에 관한 내용도 있었지만, 아직 원정 준비는 중간 단계에 머물러 있는 모양이었다. 이렇게 플레이어들의 정보가 수집되는 것만 보면 진영 쪽으로 잠입한 마족도 꽤 있을 듯했다.

'전쟁 당시 어떻게 우리 쪽 상황을 잘 알고 있나 했더니 이런 이유였나. 마계의 정보 길드도 얕봐선 안 되겠군.'

옥좌에 앉은 용찬은 뒤늦게 다페스의 말을 떠올렸다.

'아, 은둔자의 숲으로 가시는 거면 머더러 놈들을 조심하시기 바랍니다. 론다인 길드가 한 차례 습격한 이후 지금은 그놈들이 자주 돌아다니는 것 같더군요.'

재차 방문하지 않았더라면 듣지 못했을 충고. 어찌 보면 속이 음흉한 마족이라고 볼 수 있었다.

"그러면 정보도 얻었으니 출발 전에 준비를 해둬야……."

"마왕님, 실례하겠습니다."

"음. 무슨 일이지?"

마침 그레고리가 방문을 열고 들어와 서신을 건넸다. 출처는 마계 위원회였는데 내용은 악몽의 탑 관련 사항이었다.

"전대 마왕분들도 악몽의 탑을 통해 플레이어들을 견제했다고 합니다. 아무래도 마왕님의 차례가 온 모양이군요."

"……조건은 두 가지로군."

"예. 하지만 첫 번째 마왕성 등급은 이미 D급에 도달했기 때문에 아무런 문제가 없고 오히려 두 번째 조건인 서열이 문제입니다."

두 번째 조건은 서열 50위 권으로 들어가는 것. 현재 61위인 바쿤으로선 악몽의 탑 게이트를 개설할 수 없었다.

용찬은 플레이어 시절 때의 뼈아픈 기억들을 더듬으며 인상을 구겼다.

'이젠 반대 입장으로 탑에 들어가야 하는 건가. 골치 아프겠어.'

산 넘어 산이라고 했던가. 문제를 하나 해결하면 또다시 다른 문제가 눈앞에 나타났다. 하지만 아마 서열을 올리는 것도 바쿤을 운영하며 자연스레 해결될 문제일 터. 다만, 탑 내부를 직접 겪어봤던 용찬으로선 거부감이 들었다.

"마왕님, 괜찮으십니까?"

"쯧. 아무런 문제 없어. 다른 것은?"

"예. 여기 마왕님이 자리를 비우신 동안 작성한 보고서입니다. 그리고……."

말꼬리를 흐리던 그레고리가 고민하다 이내 말을 꺼냈다.

"최근 들어 활동을 너무 플레이어 쪽으로 치중하셔서 걱정입니다. 좀 더 마왕성의 여러 기능을 적극적으로 활용한다면 전력을 보강하실 수 있으실 겁니다."

"……확실히 요즘 들어 신경을 쓰지 않았군. 충고는 고맙게 받아들이마. 이만 물러가 봐라."

"예, 마왕님."

미약한 문소리와 함께 방 안이 고요해진다. 홀로 남은 용찬은 뜻밖의 상황으로 발목이 잡히자 한숨부터 나왔다.

'마왕성 플레이어. 분명 보다 빠르게 성장할 수 있긴 하지만 한쪽으로 치우치기 시작하면 금세 균형이 무너져. 결국 간간이 한쪽은 포기해야 한다는 말인데.'

어찌 보면 득이 될 수도 있지만 독이 될 수도 있는 시스템이었다. 한참 복잡한 머릿속을 안고 고민하던 용찬은 이전에 얻어낸 마력 코어를 꺼내 들었다.

마침 얘기가 나왔으니 수행 과제도 클리어해 봐야 할 터.

**[D급 마력 코어가 설치됐습니다.]**

옥좌 받침대 부분에 스며든 코어가 점차 마력들을 뿜어냈다. 그와 동시에 용찬의 눈앞으로 새로운 기능들이 활성화됐다.

[1. 마력 실드]

[2. 미공개]

…….

'……천천히 기능들이 풀리는 형식인 건가? 지금은 마력 실드밖에 없군.'

당혹스러운 것도 잠시. 어느새 호기심을 가진 용찬은 우선적으로 마력 실드부터 실험해 봤다.

**[마력 실드가 발동됩니다.]**

**[일정 시간 동안 바쿤 전체에 보호막이 생성됩니다.]**

마왕성 전체에 마력이 담긴 보호막이 씌워졌다.

-우왓. 이건 또 뭐야?

-페페펭. 깜짝 놀래라. 이건 보호막인가?

-키엑. 키에엑.

당황하던 병사들이 하나둘 마력 실드를 건드리기 시작했다. 마치 고무처럼 늘어나던 보호막은 탄력성을 가진 듯 되돌아왔다가 이내 얼마 되지 않아 사라졌다.

아마 등급과 코어에 따라 실드양이 달라질 것이다. 예상외로 쓸 만한 기능을 얻은 용찬은 만족스러워했다.

**[마왕성:바쿤]**

[등급:D]

[동맹:무]

[용병:루시엔, 위르겐]

[위치:절망의 대지 최남단]

[재정:142,814 골드]

[수입원:라딕 던전, 요르스 철광산]

[병력:D]

[방어력:D]

'숲에 다녀온 이후에 좀 더 신경을 써봐야겠어. 아직 확인하

지 못한 마왕성 기능들도 있으니.'

용병 소환권, 아이템 구매권, 직업 부여권, 특수 상점 등등 여러모로 확인해 볼 게 많았다. 앞으로 중요한 플레이어 일정을 제외하곤 바쿤에 더욱 집중해야 할 터.

'가문의 원로분들께서 직접 널 보고 싶다는구나.'

펠드릭이 저택의 방문도 언급했었으니 할 일은 많았다. 게다가 권능만 하더라도 마왕으로서 얻은 능력이지 않은가. 마계에서 건질 것들도 충분하다고 볼 수 있었다.

그렇게 판단을 마친 용찬은 재깍 1층으로 병사들을 집합시켰다.

"일부 병사들을 제외하고 전부 원정에 나선다. 목적지는 서부에 위치한 은둔자의 숲. 일정이 길어질 수도 있으니 미리 준비해 두도록 해라."

"예에에에?"

갑작스러운 원정 소식에 화들짝 놀라는 병사들. 특히 맨 앞에 서 있던 루시엔의 인상이 단숨에 구겨지고 있었다.

사사사삭.

거친 숨소리와 함께 신형이 바삐 움직인다. 뒤쫓아 오는 숫자만 해도 무려 일곱 명. 쫓기기 시작한 지 얼마 되지도 않았는데, 벌써부터 자신의 위치를 일일이 파악하고 있었다.

'파르엔 언니의 말을 듣는 거였어. 괜히 숲 외곽으로 나갔다가!'

깊은 후회감이 몰려왔지만 이미 늦어버린 상태였다. 좀 더 빨리. 최대한 속도를 내서 놈들에게서 멀어져야 했다.

하지만 어느새 정면에서 화살이 날아왔다.

푹!

"꺄악!"

화끈거리는 고통 속에서 균형이 무너졌다. 힘겹게 나무 위를 뛰어가던 그녀는 다리에 박힌 화살로 인해 바닥으로 떨어졌고, 천천히 그녀 주위로 무기를 쥔 인간들이 걸어왔다.

"뭐야, 생각보다 나이가 어리잖아."

"사소한 거 신경 쓰지 말라고. 오히려 이런 취향을 가진 놈들도 많다니까."

"칫. 간만에 즐겨보려 했더니. 기대감이 팍 죽어버리네."

그들은 가벼운 농담을 섞어가며 느긋이 족쇄를 꺼내 들었다.

일족들을 제압해 온 마력 아이템.

몸을 파들파들 떨던 그녀, 아니, 다크 엘프 루미엔은 다급히 달아나려 했지만 몸이 따라주지 않았다.

"워, 워. 도망갈 생각 하지도 말라고. 이미 마력 기술로 속박해 놨으니까."

"으윽. 플레이어 놈들, 전부 죽어버려!"

"까고 있네."

퍼억!

매서운 발길질에 그대로 몸이 고꾸라진다. 눈물이 핑 돌 정도로 아픔이 느껴졌지만 지금은 무엇보다 무력하게 당하는 자신이 너무 한심했다.

철컥!

어느새 양팔에 차인 금속 족쇄. 한 사내가 사슬로 이어진 손잡이를 잡아당기자 점차 몸이 질질 끌려가기 시작했다. 그리고 음침한 시선 속에서 자연스레 놈들의 손길이 느껴졌다.

"오우. 아직 발육은 덜 된 것 같지만 그래도…… 끄악!"

"우우우웁!"

"이 빌어먹을 년이!"

회심의 저항으로 한 명의 손을 물자 금세 발길질이 이어졌다. 하나, 그럼에도 루미엔은 입에 문 손을 놓지 않다가 끝내 계속되는 고통에 정신을 잃고 말았다.

털썩!

"젠장. 이년들은 하나같이 곱게 끌려오지 않는단 말야. 그냥 죽여 버릴까?"

"참으라고. 다크 엘프 한 명만 팔아도 수십만 골드야. 발정 난 놈들에게 팔릴 때까지 적당히 손만 봐줘."

리더로 보이던 자가 말리고 들자 씩씩거리던 사내도 한발 물러났다. 나름 반항하긴 했어도 벌써 세 명째 사로잡은 다크 엘프다. 어차피 넘겨주기만 하면 노예 상인들의 손에 온순한 양처럼 길들여질 터.

"자, 그럼 이년도 가져다 놓고 사냥을 이어가 볼까."

서서히 그들의 입가로 비릿한 미소가 맺히는 가운데 유독 붉게 물든 문신이 빛을 발했다.

수인 연합 코르덴. 서부에 유일한 이종족들의 국가.

점차 늘어가는 수인 노예들 속에서 처음으로 해방 운동을 펼친 도시이기도 하다. 비록 치안이 허술해 온갖 사건이 발생하는 무법 지대이기도 했지만, 네 명의 수인왕의 관리하에 점차 안정을 찾아가는 상태였다.

"우와. 미첼에서 보던 것과 훨씬 차이가 나. 엇, 나랑 똑같은 뱀파이어다!"

"어머. 귀여운 꼬마네. 어디서 왔니?"

"헤헤헤. 안녕하세요. 전 헥토르라고 하는데 누나는…… 으악!"

당장 거리 한가운데로 온갖 이종족이 득실거리는 가운데 게이트 쪽으로 시선이 집중되기 시작했다. 이동 게이트에서부터 차례대로 걸어 나오는 마왕성 병사들. 루시엔에게 질질 끌려 온 헥토르가 불만 가득한 표정으로 볼을 부풀렸다.

"너무해요. 간만에 동족을 만났는데!"

"시끄러. 신경 거슬리니까 얌전히 따라와."

"칫. 누님도 동족을 만나면 반가워할 거…… 어라?"

오크, 리자드맨, 뱀파이어, 놀, 웨어 울프 등등 가지각색의 이종족이다. 하지만 어째서인지 다크 엘프는 보이지 않았다. 뒤늦게 그 사실을 깨달은 헥토르가 조심히 눈치를 살폈지만, 루시엔의 표정이 심상치 않았다.

'왜 하필 은둔자의 숲이야. 거의 1년 만에 돌아가는 건데 도대체 어떤 얼굴로 동족들을 만나야 하는 거냐고.'

지금이라도 따지고 싶었지만 마왕은 도통 대화가 통하지 않는 상대였다. 이미 코르덴의 수도로 와버린 데다가 이전 미션에서 군말 않고 따르기로 선언까지 해버렸지 않은가. 어떤 목적인지 몰라도 지금은 묵묵히 따라야 했다.

그렇게 바쿤의 병사들은 북문을 통해 수도를 빠져나가 지도에 표시된 경로를 따라 천천히 숲으로 향했다.

**[모닥불이 발동됩니다.]**

[피로의 부적이 발동됩니다.]

[알람 아이템이 발동됩니다.]

하루, 이틀이 지나면서 줄기차기 사용되는 플레이어 아이템들. 이전 E급 던전들을 격파할 당시 체감했던 것과 동일하게 여정에 많은 도움을 주었다. 그리고 일정 3일 차를 맞이할 즈음, 병사들의 눈앞으로 숲 인근이 드러났다.

'그래도 아이템들 덕분에 약간 일정이 줄어들었군.'

간간히 휴식을 취할 수 있는 모닥불, 생명력과 상관없이 몸에 쌓인 피로를 푸는 부적, 야외에서 캠핑을 취할 시 다른 존재의 접근을 감지해 주는 알람 아이템까지. 여러모로 실용적인 플레이어 아이템들이 적절히 활용됐다고 볼 수 있었다.

"일단 모두 여기서 대기해라. 잠시 살펴보고 오마."

따로 들은 정보가 있던 용찬은 조심스럽게 숲 입구 부근으로 다가갔다.

번쩍!

건너편 나무들 사이로 빛나는 한 쌍의 눈동자. 어느새 그림자 속에 가려진 인영의 입가가 활짝 피어오르고 있었다.

"어이. 저기 한 명이 이쪽으로 접근하는데?"

"에이. 그냥 지나가던 마족 놈이겠지. 가까이 오면 쏴 죽여버려."

"그건 아닌 것 같아. 대충 이름이랑 등급만 확인했는데 플레어어 명이라고 표시되어 있어."

싱긋 웃는 동료의 태도에 절로 호기심이 동했다. 머더러인 자신들이 마계에 정착한 이래 한 번도 만나보지 못했던 플레이어 아니던가. 비록 진영에서 벗어나 따로 세력을 가지고 있는 신세였지만, 마계에 있기 때문에 길드들도 쉽사리 토벌에 나서지 못했다.

"다른 정보는?"

"정보 차단 주문서로 가리고 있어. 밝혀내려면 아예 마력 기술을 쓰거나 동일한 주문서로 카운터 쳐야 될 거야."

주문서, 스킬, 특성, 마력 기술 등 상대의 능력을 파훼하는 방법은 여러 가지다. 정보 차단 같은 경우 디텍터의 고유 스킬로도 풀어낼 수 있는 효과. 다만 안타깝게도 디텍터인 동료에게 당장 그런 스킬은 존재하지 않았다.

"그렇다면 우리 방식으로 처리해야겠네. 위협 좀 해봐."

"오케이. 알았어."

디텍터, 아니, 손현택은 비릿한 미소를 지으며 확성기 아이템을 꺼내 들었다.

"어이. 여기가 어딘지는 알고 접근하는 거야? 이쪽은 엄연히 우리 구역이라고. 죽기 싫으면 물러나는 게 좋을 거야."

'물론 도망쳐도 뒤쫓을 거지만.'

겉과 속이 전혀 다른 외침에 숲으로 접근하던 플레이어가 멈춰 섰다.

곁에 있던 동료 류지훈은 키득키득거리며 즐거워했지만, 그에 앞서 로브로 인상착의를 가린 놈이 주문서를 찢었다.

단숨에 주변으로 퍼져 나가는 붉은 기운.

"이런, 추적계 주문서야. 얼른 카운터 쳐!"

"저 빌어먹을 자식이. 간이 부었나 보네!"

주문서의 등급을 당장 확인할 방법이 없었기 때문에, 현택이 부랴부랴 D급 범위 변경 주문서로 카운터를 쳤다. 그러자 길게 뻗어 나가던 추적 효과 범위가 두 갈래로 벌어지며 아슬아슬하게 자신들이 있던 위치를 피해갔다.

"젠장. 해보자 이거지. 좋아, 우선 간파와 시야 고정부터!"

가장 먼저 정보를 꿰뚫어 직업 및 능력치 등을 확인하고, 상대에게 표식을 심어 시야를 확보하는 것이 머더러로서의 전투 방식. 하지만 연달아 발동된 두 가지 주문서마저 놈이 카운터 친 주문서에 즉시 소멸되어 버렸다.

"뭐, 뭐야. 어떻게 내가 주문서를 찢는 것을 보지도 않고 동일한 주문서로 카운터 치는 건데!"

동일한 효과를 발동시켜 상대의 능력을 파훼하는 방법.

아직까지 시야에 노출되지 않은 상태인데 놈은 정확히 두 가지 주문서를 똑같이 골라 카운터를 쳤다. 현택이 당황스러워하는 동안 곁에 있던 지훈이 다급히 은신 주문서를 사용하며 인기척을 지웠다.

그리고 마침 탐색을 시전하던 플레이어, 아니, 용찬도 그것을 알아차린 상태였다.

'D급 탐색이 먹히지 않는 것을 봐선 동일한 등급, 혹은 상위 등급의 은신을 사용했다는 건데. 역시 경험이 풍부한 머더러 놈들이었나 보군.'

탐색과 추적은 먹혀들지 않았지만 임시방편으로 바닥에 두 개의 깃발을 꽂았다.

**[마력 추적의 깃발이 발동됩니다.]**

**[탐색자의 깃발이 발동됩니다.]**

이것으로 한동안 놈들의 기술 및 접근이 범위 내로 감지될 터다. 입구를 지키는 적의 숫자는 많아봤자 두세 명 정도. 다른 동료들에게 보고라도 하게 되면 일이 더욱 복잡해진다.

"우선 여기서 기다리고 있어라."

"자, 잠깐만요. 플레이어 놈들 맞죠? 저도 가게 해줘요!"

"아니, 전투에 참여하기에 앞서 저놈들이 어떤 방식으로 전투를 치르는지 알려주도록 하마."

성질을 참지 못하고 나서던 루시엔의 입이 꾹 다물어졌다. 확실히 예전 습격을 받던 그 당시도 적들의 방식을 알아차리지 못해 당한 경우가 대다수였다. 그렇게 병사들을 대기시킨 용찬은 뇌보와 동시에 머플러의 스킬을 발동하며 숲 안으로 진입했다.

-아직 놈은 보이지 않는데. 계속 여기 있을 거야?

-당연한 거 아니야. 여기 있다가 뒤통수를 후려갈기자고.

-위험한 놈인 것 같은데 우선 보고를 하러 가는 게…….

속삭임의 귀걸이를 통해 들려오는 두 명의 목소리. 아무래도 아직 동료를 데려오진 않은 모양이었다.

'그래도 얕보고 있다는 건가. 사일런스도 쓰질 않은 것을 봐선 아직 숲속 내 위치는 노출되지 않은 모양이군.'

자연스레 품에서 D급 마력석을 꺼냈다. 이전 흑마법사의 실험실을 찾아낸 업적 보상으로 얻어낸 아이템이었다.

**[마력 추적이 발동됩니다.]**

**[D급 마력석을 파괴했습니다.]**

**[마력 일부가 스킬에 깃듭니다.]**

마력석 가루가 휘날리는 동시에 효과가 향상된 추적 기술이 재차 퍼져 나갔다. 그리고 마침 놈들이 사일런스를 시전한 것인지 예상대로 머릿속에 경보가 울렸다.

**[뇌보가 발동됩니다.]**

포착된 위치로 쇄도하는 신형. 그와 동시에 두 번째 투명화의 지속 시간도 끝이 났지만 상관없었다.

"여기 있었나?"

"미, 미친. 언제 여기까지 온 거야. 분명 숲속 시야는 내 스킬로 확보하고 있었는데!"

이미 용찬의 눈앞으로 반투명한 인영들이 발견된 참이었으니까.

현택은 로브 속에서 드러난 건틀릿을 보자마자 즉시 속박계 마력 기술을 시전했다.

"어림없지."

"칫. 저리 비켜!"

하지만 그것마저 마력 방출로 파훼해 버리자, 결국 전투 계열이던 지훈이 나섰다.

까앙!

'크흑. 이 자식, 무슨 파괴력이!'

육중한 건틀릿과 충돌하자마자 검날의 궤도가 뒤틀렸다.

지훈은 인상을 팍 찌푸리면서도 잽싸게 추가 공격을 막아내며 곁으로 눈짓을 보냈다.

'보아하니 무투가 직업 플레이어야. 내가 막는 틈을 타서 둔화나 포박을 걸어. 어차피 저런 놈은 속도 자체가 느려.'

"하지만 아까 이쪽으로 이동한 스킬은……."

"닥치고 빨리 해. 애초에 마력 능력치도 얼마 되지 않을 거라고."

마력 기술들의 근본은 마력 능력치 및 순수한 본인의 마력양이다. 방금 전 속박 기술보다 많은 양의 마력을 사용하게 되면 놈도 더 이상 파훼가 불가능할 터.

**[마력 족쇄가 발동됩니다.]**

**[마력 방출이 발동됩니다.]**

**[파훼 실패!]**

"됐다!"

"역시 예상대로였어. 개자식, 거기 꼼짝 말고 있으라고!"

현택이 쾌재를 부르는 순간 지훈도 눈에 이채를 발했다.

속박당한 용찬에게로 연거푸 쏘아지는 달빛 검기들은 간신히 미션을 클리어하며 얻은 D급 스킬답게 강한 위력을 보이고 있었다.

하지만 그것도 잠시.

"아하하하. 뒈져, 병……."

콰콰콰쾅!

승기를 장담하던 지훈의 신형으로 천둥 벼락이 몰아쳤다.

곁에서 주문서를 준비하던 현택으로선 혼란스럽기 그지없는 상황. 어느새 마력 족쇄를 풀어버린 용찬은 사방으로 뇌전을 뿜어내며 천천히 걸어왔다.

"이제 너밖에 안 남았군. 어떻게 해야 하는지는 잘 알고 있겠지?"

"……."

동료가 당해 버린 가운데 비전투 계열인 디텍터가 할 수 있는 것은 하나뿐. 현택은 창백한 안색으로 몸을 벌벌 떨며 손을 들어 올렸다.

"사, 살려만 주십시오."

가주이자 전대 마왕이라 불리는 가문의 주인들은 마계 위원회와 더불어 마계의 균형을 지키는 그들은 일절 마왕 간의 경쟁에 간섭이 불가능했다. 특히 앙숙이라 여겨지는 플레이어들이 구역을 침범했을 때만 움직일 수 있었고, 지금은 순수하게 가문을 운영하며 후계자들을 지원해 주는 역할로 전락한 상태였다. 하지만 그렇다고 해서 과거의 잔재들이 완전히 지워지는 것은 아닐 터.

"도대체 몇 번을 말해야 알아듣겠느냐. 후계자도 아닌 몸으로 다른 마왕을 돕는 것은 엄연히 중죄야!"

"시끄러워. 관심도 없던 주제에 이제 와서 아버지 노릇이라니. 가관이군."

"하아. 도대체 너란 녀석은."

최근 들어 하이델 가문의 저택은 바람 한 점 조용할 날이 없었다. 평가전 이후 강제로 제이먼에게 끌려 온 금발의 붕대 마족. 본래부터 가문 내에서 이리저리 사고를 치고 다녔던 그녀였다 보니 아침부터 큰소리가 나올 수밖에 없었다.

"너 때문에 가문의 위신이 떨어지게 생겼어. 원로분들도 크게 걱정하는 와중에 네 오빠까지 신경을……."

귀를 막고 있던 그녀가 험악하게 인상을 구기며 노려봤다.

"그 자식 이야기는 꺼내지도 마."

어릴 적부터 함께 자라온 유일한 남매. 하지만 지금 그녀에겐 증오스러운 존재에 불과했다. 결국 제이먼도 꾹 입을 다물며 애처로운 눈길로 자신의 딸아이를 바라봤다.

'록시.'

자신의 둘뿐인 혈육 록시와 조슈아. 예전부터 항상 비교돼오던 두 명은 가문 내에서 주목받으며 서로 각자 다른 길을 걷게 됐다. 그리고 한 명은 정식 후계자가 되어 마왕이 되었고, 남은 한 명은 자연스레 관심에서 멀어지게 됐다.

그 이유 중 하나가 바로 원로들의 경계심.

'더럽혀진 피를 가진 아이야.'

'후계자가 되기엔 심히 부족해.'

'가주 네놈만 아니었다면 진작에 내쳤을 게야!'

가문 내에서 관계는 뒤틀어질 수밖에 없었고 그것을 참지 못한 록시는 저택을 뛰쳐나갔다. 하지만 이렇게 자신의 손에 다시 끌려온 상태였다.

-점점 소문이 안 좋아지고 있습니다. 이미 란드로스 가문은 바쿤에게 정식으로 사과를 받고 보상을 건넨 모양입니다. 저희도 빨리 조치를 취해서 공식적으로 발표해야 합니다.

마침 가문의 정보원으로부터 통신까지 온 마당이다.

최대한 프로이스 가문과 바쿤을 설득해 사건의 피해를 최소화해야 하건만 사고를 친 장본인이 말을 듣지 않았다. 제이먼은 방 안에 틀어박혀 있는 록시를 보며 한숨을 쉬다 이내 안타깝게 말했다.

"록시, 어쩔 수 없이 가문에서 널 퇴출시켜야 할 것 같구나."

"큭. 역시 쫓아내고 싶어 안달이 났군. 좋아, 어차피 나도 이지긋지긋한 저택에서 빨리 나가 버리고 싶었으니까."

"아니, 무작정 내쫓는 게 아니야. 몇 년 동안 거기서 죗값을 치러야 할 게다."

"……뭐?"

가주 본연의 마력에 의해 고운 금발이 휘날리기 시작했다. 서서히 굳어지는 록시의 인상. 그와 동시에 믿기지 않는 대답이 들려왔다.

"록시, 널 바쿤으로 보낼 것이야."

# ◀ 25장 ▶

# 다크 엘프

바깥 세계와 단절되어 있는 은둔자의 숲. 외부인이 자신들의 구역에 침범하는 것을 극히 부정하는 다크 엘프들의 서식지로, 이전만 해도 간간이 코르덴과 교류를 펼쳐왔지만 지금은 거의 외부 활동을 금지하고 있는 상태다.

헨드릭의 고유 기억상 인연이 없는 지역이기도 했는데 용찬이 몸을 차지한 이번 생은 좀 달랐다.

"페펭. 서로 주문서와 마력 기술을 통해 견제를 한 뒤 숲속에서 승부를 내는 방식. 분명 자존심이 드높은 마족들이라면 시도하지 않을 방법이군요."

"이기고 지는 싸움에 다른 게 뭐가 필요하지?"

"맞는 말씀이십니다, 마왕님. 페펭!"

10년간 생존만을 위해 악전고투한 플레이어의 입장에서, 마족들의 전투 방식은 쓸데없이 겉멋만 가득해 보였다.

패자에게는 죽음뿐인 전투. 수단과 방법을 가리지 않는 위르겐으로선 동감이 될 수밖에 없었다.

'역시 이 녀석은 오래 살아남을 재목이야. 이제부터 마왕성뿐만 아니라 병사들에게도 좀 더 신경을 써야겠어.'

잠시 마왕성 쪽에 소홀해진 자신을 반성한 용찬은 묶여 있던 놈에게로 고개를 돌렸다.

"그래서 네놈 동료들은 어디 있지?"

"프, 플레이어가 아니라 마족이었다니. 당장 동료들에게 보고를……."

"어차피 게이트를 통해 넘어오면서 메신저 기능은 차단되었을 텐데? 쓸데없는 짓 말고 묻는 말에 대답해라."

콰직!

다리 한쪽을 분지르자 현택이 고통에 발버둥 쳤다.

"끄으으으. 마, 말할…… 전부 말하겠습니다. 제발 목숨만큼은."

그제야 머더러인 자신들의 상황 및 자초지정을 전부 토해내는 그였다. 비록 정찰 역할이다 보니 자세한 사정은 알고 있지 못했지만 대략적인 정보는 모두 밝혀졌다.

'체이서 집단. 어디 있나 했더니 마계로 넘어와 있었군.'

다인 진영 출신의 머더러 집단인 체이서. 레드 시티 당시 만났던 유석우가 이전 생에 자리 잡고 있던 무리이자, 어떤 사건 이후 급격히 세력을 불린 비정규 대형 길드다. 아무래도 놈들은 론다인 길드 이후 은둔자의 숲으로 넘어오면서 노예를 팔아 골드를 벌어들인 모양이었다.

"쯧. 지금 사태후 놈이랑 엮이면 좀 골치 아파질 텐데. 꽤 번거롭게 됐어."

"네, 네놈이 어떻게 두령님의 존함을!"

"음. 왠지 데자뷰 같은 느낌이군. 굳이 가르쳐 줄 의무는 없지. 루시엔. 전부 들었겠지?"

다크 엘프들을 전문적으로 사로잡아 노예 상인에게 팔아먹는 행각들. 현택이 이미 다크 엘프 몇 명이 자신들의 거처에 붙잡혀 있다는 사실까지 실토해 버린 가운데, 두 눈을 시퍼렇게 뜨고 있던 루시엔이 천천히 앞으로 다가왔다.

스르르륵.

"죽어버려. 쓰레기 같은 플레이어 놈."

"사, 살려준다……."

서걱!

단숨에 현택의 목이 땅으로 떨어졌다.

용찬은 흡족해하며 시체를 걷어찼다.

"내가 언제 살려준다고 했지?"

플레이어 시절 그는 중립과 동시에 악이기도 한 성향. 오랜 전쟁을 거치면서 정보를 모두 토해낸 인질은 더 이상 가치가 없다는 것을 누구보다 가장 잘 알고 있는 용찬이었다.

[+ㅅ+]

마침 현택이 드랍한 아이템에 눈이 돌아간 쿨단이 급히 다가왔다. 이전 동료의 아이템도 그를 통해 수거가 된 상황.

콰앙!

정보대로 아직 다크 엘프 사냥을 계속하고 있는 것인지 근처에서 폭음이 들려오고 있었다.

"저 자식들이!"

"그리 서두를 것도 없어. 어차피 저놈들도 비싼 값에 팔아치우기 위해 사지 멀쩡하게 잡아들일 터. 만약 부상이 있어도 따로 치료까지 해둘 놈들이니 우선 숫자부터 줄이는 게 좋겠지."

부족한 속도를 위해 웨어 울프 가죽 튜닉도 위 아래로 착용해놓은 상태다. 이제 남은 것은 사냥꾼을 사냥하는 일뿐.

'이종호만큼은 아니지만 습성은 외우다시피 알고 있지.'

위르겐이 천천히 용찬이 알려준 위치에 탐색자의 눈을 설치하는 가운데, 점점 여러 명의 발소리가 이쪽으로 가까워지고 있었다.

"아하하하. 좀 더 도망쳐 보라고!"

쫓고 쫓기는 추격 속에 느껴지는 광기와 희열. 하나의 사냥감을 낚아채기 위해 수풀 사이로 뛰어다니고 있었다.

팅!

마침 동료가 던진 단검이 나무에 튕겨 나간다.

"어이, 웰슨. 명중률이 뭐 그따구야."

"일부러 안 맞춘 거라고. 이래야 좀 더 스릴 넘치잖아."

"크하하하. 나도 미친놈이지만 너도 완전 미친놈이야!"

다시금 뒤쫓던 다크 엘프와의 거리가 벌어졌지만 전혀 걱정이 생기지 않았다. 아니, 들 리가 없었다. 애초에 사냥을 시작할 때부터 몇 명은 따로 근방을 순회하고 있었으니까.

마치 둥근 원 형태로 돌아다니며 상대와의 거리를 좁혀가는 이 방식은 매번 자신과 동료들을 즐겁게 만들었다.

-슬슬 잡아보자고.

적절한 시기에 리더 강한태에게 통신이 왔다. 다크 엘프의 뒤꽁무니를 쫓고 있던 네 명의 머더러는 서로 신호를 보내며 주문서를 꺼내 들었다. 그 순간, 후방에 있던 마법사 로한에게로 화살이 날아왔다.

콰앙!

"뭐, 뭐야. 누가 장난친 거야?"

"아냐, 단순히 장난이 아니야. 화살이 날아온 방향에 우리 일행은 없다고!"

단숨에 세 명의 발걸음이 멈춰졌다. 이미 로한은 예상치 못한 폭발에 당해 버린 상황. 뒤늦게 성직자인 민준호가 힐을 시전해 봤지만 늦은 뒤였다.

"이런. 이쪽 경로에 디텍터의 스킬이 설치되어 있어. 보기엔 시야 확보용인 것 같은데 미리 설치해 둔 모양이야."

도적인 웰슨이 감지 스킬을 펼치자 사방에 깔린 눈 형태의 작은 모형들이 보이기 시작했다. 선두에 있던 안재형은 인상을 구기며 현 상황을 두 가지로 추측했다.

'일행 중에서 누군가가 배신했거나 혹은 또 다른 침입자가 나타났다는 건데. 제기랄. 입구를 지키고 있던 놈들은 무엇을 하고 있는 거야!'

의리는 없지만 두령님의 지시를 받고 있는 상태에서 감히 배신을 할 용감한 머더러는 없었다. 그렇다는 것은, 즉 숲에 다른 자들이 들어와 있다는 것. 거기까지 추측해 낸 재형은 즉시 사일런스를 펼치며 바닥에 깔린 스킬을 제거했다. 그리고 화살이 쏘아진 방향으로 감지 주문서를 찢자 금방 한 명의 인영이 포착되었다.

"좋아. 저놈이야. 마족인지 플레이어인지는 몰라도 빠르게 처리해 버려!"

"이미 추적 본능 특성으로 타겟팅 해놨어. 도망친다 해도 우리 손안일 거야!"

웰슨이 침착히 서포트하자 추적이 한결 편해졌다.

점점 가까워지는 추적 본능의 표적. 재형은 자가 버프 스킬로 예리함을 강화시킨 대검을 좌측으로 크게 휘둘렀다.

"활잡이 놈들은 이렇게……."

까아앙!

"으윽. 이거 상당히 무겁잖아?"

"뭣?"

붉은 눈을 가지고 있던 어린 소년. 분명 활대로 검날을 막아냈는데도 불구하고 자신의 힘을 버텨내고 있었다.

"이런 곳에 도대체 왜 이런 꼬맹이 녀석이, 아니, 그것보단 내 검을 막아냈다고?"

"헤헤헤헤. 사실 주특기가 근접 전투거든."

"끄아아악! 재, 재형. 뒤쪽에도 적이……."

달그락!

뼈가 부딪히는 소리와 함께 뒤에 있던 웰슨이 쓰러졌다. 의문을 제기하기도 전에 모습을 드러내는 스켈레톤 병사들. 동시에 트롤들과 웨어 울프 등 다른 몬스터들까지 나타나며 사고가 끊겨 버렸다.

"……도대체 뭐가 어떻게 되고 있는 거야."

"사냥꾼들이 미끼를 물었군. 머더러들이 이런 간단한 속임수에 넘어가 버리다니. 실로 한심해."

익숙한 외형의 시체를 질질 끌며 누군가가 걸어온다.

비상시에 대비해 웰슨과 함께 붙여놓았던 준호. 한데 지금은 싸늘한 주검이 되어 자신의 눈앞에 버려졌다.

"너, 넌 누구야. 언제 이런 몬스터들을 끌고 온 거……."

콰직!

시야가 점멸되는 동시에 턱이 으깨졌다.

흑발의 청년, 아니, 용찬은 입가를 말아 올리며 재형의 멱살을 붙잡아 올렸다.

"질문은 내가 한다."

감히 거역할 수 없는 마왕의 카리스마가 주변을 장악하고 있었다.

"저, 저리 꺼져. 다가오지 말라고!"

"하아. 개 같은 년. 더럽게 고생시키네."

한참의 추격 끝에 붙잡은 사냥감. 자칫 잘못했으면 경계선을 넘어가 그대로 다크 엘프를 놓쳤을 것이다.

한태는 거친 숨을 내쉬며 손에 쥔 사슬을 끌어당겼다.

"아아아악!"

"그렇게 소리쳐 봤자 소용없어. 어차피 네 동족 년들은 하나같이 겁쟁이라서 오지도 않을 거라고."

"아하하. 그래도 미리 포획한 동족들 곁으로 가는 거니까 돌아가는 것은 똑같지 않아?"

동료 제리스가 재치 있게 던진 유머에 함께 있던 머러더들이 웃음을 터트렸다. 그사이, 통신 수정구를 쥐고 있던 마법사 이현재는 묵묵부답인 동료들 때문에 인상을 구겼다.

"리더, 아까 전부터 이놈들 말 한마디 없는 것 같은데?"

"하아. 그러고 보니 다들 뭐 하고 있는 거야. 괜히 우리만 고생했잖아. 진작에 잡아서 데려갈 년을. 후, 그래서 몇 팀이나 통신이 안 되는데?"

"……아무래도 전부 통신이 끊긴 것 같아."

즐거워하던 분위기가 단숨에 팍 가라앉았다. 길드 내에서 지시를 받아 숲으로 넘어온 무려 50여 명의 머더러. 한데 그중 대부분 통신이 두절됐다는 것은 무슨 일이 벌어지지 않고서야 불가능했다.

'두령님의 지시를 받아 움직이는 놈들이 일부러 통신을 안 할리는 없고. 그렇다면 무슨 문제가 생겼다는 건데. 설마 다크

엘프 놈들이 움직이기라도 한 건가?'

여태껏 봐온 대로라면 거의 있을 수 없는 일이었지만, 작은 의심도 쉽사리 넘길 수 없었다.

"우선 거처로 돌아간다. 다들 서둘러."

한태가 지시를 내리자 일행도 서두르기 시작했다.

그들의 거처는 호수 쪽에 인접했고, 보조 계열인 인챈터가 이동 속도 버프를 시전하자 금세 목적지에 도착했다.

"뭐야. 사육장이 왜 저렇게 된 거야?"

"빌어먹을. 역시 다크 엘프들이 움직인 건가. 그새 동족들을 구출하고 달아나 버린 모양이군."

머더러들 사이에서 사육장이라 불리는 천막. 주로 포획한 다크 엘프들을 가두는 용도로 사용되던 임시 건물이었지만, 지금은 완전히 허물어져 있었다.

동료 인챈터 구휘는 군데군데 엉망진창으로 헤집어진 곳들을 마저 확인하며 다크 엘프들의 소행으로 확정지었다.

"보니까 식량들도 다 털어가 버렸어. 어라, 잠깐만. 쌓아둔 골드들은 다 어디로 가버렸지?"

"골드뿐만 아니야. 최근에 모아둔 아이템도 다 사라졌어. 다크 엘프 놈들은 물욕이 없다고 했었는데. 이상하네."

"……."

점차 수상한 점들이 하나둘 발견되기 시작한다. 다크 엘프들의 소행이라기에는 거처 내 물품들이 전부 사라졌다. 그리고 통신이 두절된 동료들도 아직 돌아오지 않은 상태였다.

"하. 짜증 나게 하네. 일단 너희들은 감지 스킬로 주변을 좀 더 살펴봐. 난 다른 놈들을 찾으러 가볼……."

채앵!

"어딜 가려고, 이 쓰레기 같은 플레이어 놈들아!"

"뭐야. 진짜 다크 엘프의 소행이었어?"

등을 돌리던 찰나 나무 위에서 기습을 시도한 은발의 다크 엘프. 여유롭게 두 자루의 검을 막아낸 한태가 인상을 풀며 쾌재를 불렀다.

"동족만 구출하고 도망친 줄 알았던 년이 제 발로 찾아올 줄이야. 마침 잘됐어. 설명 좀 해보라고. 어?"

"웃기지 마!"

"아하하하. 이 정도로……. 크윽?"

검술 특성을 통해 반격을 취하던 도중 그녀의 움직임이 바뀌기 시작했다. 마치 춤을 추듯 자연스럽게 이어지는 검술. 생전 겪어보지 못한 동작에 당황한 나머지 한태의 검이 잠시 주춤거렸다.

하지만 그것도 잠시.

**[마력 족쇄가 발동됩니다.]**

다크 엘프에게 취약한 기술이 발동되자 상황이 역전됐다.

"하핫. 바로 풀어내지 못할걸. 이 기술에 네 동족도 많이 당했었으니까."

"이익. 죽여 버릴 거야. 네놈들 모조리 죽여 버릴 거라고!"

"리, 리더. 감지 스킬에 이상한 놈들이!"

느긋이 금속 족쇄를 꺼내던 손짓이 멈춘다.

어느새 눈앞으로 유유히 걸어 나오는 한 청년.

"혼자라고 생각하면 곤란하지."

"……이런."

사방에서 몬스터들까지 모습을 드러내자 머더러들의 낯빛이 순식간에 창백해졌다.

리더를 포함한 무리가 도착하기 한 시간 전. 미리 추격 루트를 통해 머더러 대부분을 처리한 바쿤의 병사들은 인질이었던 현택의 정보를 따라 놈들의 거처에 도착했었다.

"페페펭. 여기서 의식주를 해결하며 노예를 잡고 다닌 모양이군요."

"우리는 노예 따위가 아니야. 말조심해, 제피르 자식아."

"누님, 진정하세요. 그래도 저희가 이렇게 왔으니까요. 어? 저기서 무슨 소리가 나는 것 같은데요?"

가장 먼저 발견한 것은 다크 엘프들을 가두던 천막. 제대로 된 환경도 아닌 더럽고 좁은 공간은 절로 눈살을 찌푸리게 만들었고, 뒤늦게 사로잡혀 있는 동족들을 발견하자 루시엔의 분노도 극에 달했다.

잦은 구타와 능욕으로 몸과 정신이 쇠약해져 있던 그녀들은 족쇄에서 풀려나자마자 포션으로 응급 처치를 받았다. 그리고 재회의 시간을 가질 새도 없이 자신들의 터전으로 돌아가야만 했다.

"동족들 품으로 돌아가 말을 전해라. 바쿤의 마왕이 숲으로 찾아왔다고. 그리고 너희들을 구해주고 머더러를 전부 퇴치했다고."

"아, 알겠어요."

그렇게 다크 엘프들을 모두 돌려보낸 용찬은 병사들과 함께 거처 근처에서 머더러들을 기다렸다.

"마족이 여기까지 온다니. 분명 교류를 끊은 지역이라고 했는데?"

"특성으로 봤을 때 대부분 D급 이상 놈들이야. 조심해."

"리, 리더. 어떻게 해야 돼?"

용찬은 앞서 속박당한 루시엔을 마력 방출로 풀어준 뒤, 현머더러들의 행동 대장인 한태를 쳐다봤다.

'사태후의 오른팔이자 포식 특성을 통해 서부를 위협했던 강한태. 나도 말로만 들었었는데 지금은 과연 어떨지 궁금해지는군.'

우선적으로 알고 있는 특성은 상황 판단력. 과거인 지금도 그 특성은 여전한 것인지 포위당한 상황에서도 묵묵히 주변부터 살폈다.

그리고.

**[마력 간파가 발동됩니다.]**

**[직업과 능력치가 공개됐습니다.]**

마력 방출의 지속 시간을 알아차리고 자신의 정보창을 꿰뚫었다.

"마족 중에 무투가가 있을 줄이야. 이거 신선한걸. 그래서 여기까지 찾아와서 다크 엘프들을 구하는 목적이 뭐야. 설마 다른 일행도 네놈들이 처리한 거냐?"

"쯧. 수작질을 부리기는."

물음에 대한 대답은 오히려 아이템으로 돌아왔다.

**[마력 방해 주문서를 사용했습니다.]**

**[아이템 방해 주문서를 사용했습니다.]**

간간이 틈을 보던 한태의 몸에 방해계 효과가 연달아 적용됐다. 눈앞에서 대놓고 주시하고 있기에 카운터를 치기도 애매할 터.

그제야 용찬은 편안히 입을 열었다.

"질문은 내가 하는 거다. 그걸 언제나 염두에 두고 있는 게 좋을 거야."

"……플레이어 아이템까지. 대체 너 뭐 하는 놈이야."

"굳이 알 필요는 없어. 지금은 자리부터 마련해 주마."

가볍게 눈짓을 주자 대기하고 있던 헥토르가 수정구를 꺼내 들던 머더러 놈의 머리를 활로 내려찍었다. 그리고 한조 부대가 사격을 시작하자 주춤거리던 나머지 일행이 단숨에 전멸 위기에 처하게 됐다.

"끄윽. 다, 달아나!"

"키에엑!"

애써 발버둥 치던 놈들도 근접 병사들에게 가로막힌 퇴로를 보며 절망하는 상황. 가끔 변화계 이동 기술로 도망을 시도하기도 했지만 대부분 실패로 끝나고 말았다.

용찬은 얼이 빠진 한태를 보다 다시 루시엔을 가리켰다.

"네놈한테는 특별히 기회를 주지. 여기 보이는 루시엔과 단독으로 싸워라. 만약 이기면 살려 보내주마."

"……개소리하고 자빠졌네. 네가 그렇게 말하면 내가 아이고, 고맙습니다 하면서 넙죽 받아들일 줄 알았냐."

"무언가 착각하고 있는 것 같은데."

털썩!

마침 켄의 몽둥이에 또 한 명이 쓰러진다. 수세에 몰려 제대로 저항도 못 하고 속전속결로 당하고 있는 모양새다.

"네게 다른 선택권이 있다고 생각하는 거냐?"

"하. 미쳐 돌아버리겠네. 살려준다는 보장은?"

"이거면 충분하지 않나."

용찬이 품에서 작은 돌조각을 하나 꺼냈다. 주로 플레이어들 사이에서 계약 관계를 맺기 위해 사용하는 수단.

'저건 제약의 돌이잖아? 마족 놈이 이리도 플레이어 아이템에 대해 잘 알고 있다니. 듣기로 이놈들은 아이템에 그리 관심이 없다고 들었는데.'

한태는 자신 쪽으로 던져진 귀환 주문서를 내려다보며 고민에 잠겼다. 파랗게 물든 주문서로 보아하니 미리 마력으로 제약을 걸어 사용하지 못하게 만든 듯했다. 마족들을 거의 마주친 적이 없던 그는 용찬을 보며 생각을 달리하게 됐다.

'이거 마족 놈들에 대해 단순히 생각해선 안 되겠는데. 예상보다 우리에 대해 잘 알고 있잖아. 게다가 이건 즉시 귀환 주문서. 제약만 풀리면 곧장 저장된 지역으로 귀환할 수 있을 거야.'

판단을 마치자 자연스레 자세가 갖춰졌다.

"제약을 푸는 조건은 네놈이 루시엔을 이기는 것. 이 정도면 괜찮은 조건 아닌가."

"젠장. 나중에 딴말하지 말라고."

"걱정 마라. 애초에 마력으로 건 조건이니 절대 말이 바뀌는 경우는 없을 거다. 오히려……."

한발 물러선 용찬의 입가로 광오한 미소가 맺혔다. 드디어 두 명의 대치 구도가 형성된 가운데 루시엔의 증오가 한계치를 넘어섰다.

그리고.

"이렇게 기회를 마련해 줘서 고마울 따름이지."

마지막 말을 끝으로 검이 허공에서 충돌하기 시작했다.

그 시각, 바쿤의 도움을 받아 구출된 다크 엘프들은 막 마을로 돌아온 상태였다.

"너, 너희들. 어쩌다 그런 꼴이 되었느냐!"

"죄송해요, 장로님. 경고를 잊고 숲 외곽 쪽으로 나갔다가 플레이어 놈들에게 그만."

"허어. 내 그리도 누차 말했거늘. 그새 경고를 잊고 결계 바깥쪽으로 나간 게냐. 하아. 그래서 어떻게 여기까지 돌아온 게냐."

인간처럼 가족 개념이 없는 일족을 줄곧 관리해 온 장로 데머스. 그의 물음에 그녀들은 붙잡힌 순간부터 구출 과정까지 속속히 밝히기 시작했고 이내 마왕의 전언을 전달했다.

그제야 마을 입구로 모여들었던 다크 엘프들이 상황을 파악하곤 몇 명이 마왕을 맞이해야 된다는 의견을 제시했다.

하지만 그것도 잠시.

"끄응. 플레이어 놈들이 쳐들어왔을 때만 해도 신경 한 번 써주지 않던 마왕이 이제 와서 무엇 때문에. 하아, 어찌하시겠습니까?"

의견에 대한 대답을 다른 누군가에게로 돌리자 단숨에 분위기가 숙연해졌다.

어둡게 그림자 진 그늘 사이로 천천히 걸어오는 인영. 붉은 망토를 걸친 그자는 묘한 눈빛으로 입가를 말아 올렸다.

"마왕이 직접 출두했다면 얘기가 좀 달라지지. 내 직접 보고 싶기도 하니 데리고 오도록 해라."

"그렇군요. 알겠습니다."

"아, 그리고 아직까지 인간이 두 명 정도 남은 것 같으니 센티넬을 함께 데리고 가거라."

"두, 두 명 정도라니. 너희들, 분명 머더러를 전부 퇴치했다고 말하지 않았더냐."

데머스가 인상을 구기며 막 돌아온 세 명을 노려보자 그녀들은 억울한 심정으로 급히 대답했다.

"마, 마왕님께서 직접 그렇게 말씀하셨어요. 저희는 그저 그렇게만 들었다구요!"

"하아. 그렇다면 역시 이번에 찾아온 마왕도 오만한 성격인 건가. 직접 숲으로 찾아왔다기에 내심 기대했거늘. 우선 저희끼리 조심히 접근해 보도록 하겠습니다, 마녀님."

"편할 대로 하거라. 나는 잠시 쉬고 있으마."

마녀라고 불린 자가 유유히 자취를 감추며 사라졌다.

론다인 길드의 습격 이후 은둔자의 숲에 자리 잡은 유일한 일족의 은인. 직접 결계까지 설치해 노예 사냥꾼들의 습격을 방지해 주었지만, 아직도 호기심 때문에 바깥쪽으로 나가는 다크 엘프들은 여전했다.

잠시 뒤를 쳐다보던 데머스는 고개를 돌리며 선언했다.

"어쩔 수 없지. 우선 센티넬 네 명이 거처가 있던 곳으로 천천히 접근해 보도록 하거라."

"자, 잠깐만요. 장로님. 마왕님께서 저 아이들을 직접 구해주셨는데 차라리 다 함께 가서 돕는 게 어떻겠어요?"

"무지한 소리를! 그놈들이 얼마나 무서운 존재인지는 너희들이 더욱 잘 알고 있지 않으냐. 아무리 은인이라고 해도 일족이 우선이다."

"……듣기론 루시엔도 함께 있었다고 하던데. 걱정도 안 되시는 거예요?"

무력하게 플레이어들에게 당했을 당시 가장 먼저 힘을 키우자고 의견을 냈던 루시엔. 결국 의견 충돌로 인해 숲을 빠져나갔었지만 아직도 일족의 일원인 것은 변함이 없었다. 아마 이번에 찾아온 마왕의 수하가 되어 함께 찾아온 것일 터. 어찌 보면 이번 일도 루시엔의 도움이 컸지만 데머스는 지금도 플레이어들이 두려웠다.

"……그놈들은 마족보다 더한 놈들이야. 절대 틈을 보여선 안 돼. 아무리 루시엔이 돌아왔다고 해도 말이다."

점차 눈앞으로 불바다가 된 숲속의 장면들이 떠올랐다. 마력 족쇄가 차여 비참히 끌려가던 다크 엘프들. 그리고 그 모습을 멍하니 바라만 봐야 했던 나머지 일족들까지.

그때를 회상하던 데머스는 고개를 저으며 다시 말했다.

"내가 내린 결정이다. 토 달지 말도록 하거라. 센티넬들은 뭐 하고 있는 게야. 얼른 출발하거라."

"하아. 알겠어요."

유독 초록빛 머릿결이 돋보이는 여인이 장비를 챙겼다. 예전부터 어린 다크 엘프들을 챙겨오던 그녀였지만 센티넬로서 지시를 받은 이상 어쩔 수 없이 따라야 했다.

"파, 파르엔 언니. 부디 조심하세요."

"걱정 마. 이번에 루시엔도 데려오도록 할 테니까."

줄곧 루시엔과 함께 자라왔던 루미엔. 가볍게 그녀의 머리를 쓰다듬어 준 파르엔은 곧장 센티넬 세 명과 함께 마을을 빠져나갔다.

파닥파닥!

얼마나 전투를 구경했을까. 갑자기 곁에 있던 위르겐의 날개가 위아래로 흔들거렸다.

"페펭. 마왕님. 저쪽에서 누군가가 접근하고 있습니다. 으음, 탐색자의 눈으로 봐선 다크 엘프들인 것 같군요."

"숫자는?"

"네 명입니다. 보아하니 저희 소식을 완벽히 신용하진 않는 것 같습니다. 페페펭."

자신이 예상하던 상황과는 약간 다르게 흘러갔다. 플레이어들에게 두려움을 느끼고 있는 다크 엘프들이라면 오히려 머더러 퇴치 소식에 달가워해야 할 터.

'무언가 거슬리는 게 하나 있는 것 같군. 우선 대화를 좀 나눠봐야겠어.'

정황상 아직 그들이 도착하려면 시간이 남았다. 용찬은 치열해진 루시엔과 한태의 대결을 보며 잠시 생각을 접었다.

[어스 웨이브가 발동됩니다.]

[공중 도약이 발동됩니다.]

단숨에 땅이 으깨지진다. 마침 공중으로 뜬 루시엔은 신속화를 재차 활용하며 좌우로 파고들었다. 그러자 검사 클래스 한태 또한 바쁘게 반격을 취하기 시작했고, 이내 그녀를 밀며 간격을 확보했다.

'보통 신속화가 아니야. 다른 다크 엘프들보다 수준이 높아. 게다가 춤을 추듯 부드럽게 이어지는 검술 동작. 패턴만 좀 익숙해지면 상대해 볼 만하겠는데. 젠장. 더럽게 어렵군.'

여태껏 겪어온 다크 엘프들과는 차원이 달랐다. 특히 지금처럼 순식간에 연달아 검을 내지르는 기술.

채앵! 챙!

잠깐이라도 마음을 놓았다간 그대로 치명상이었다.

'그렇다고 마력 기술을 쓰자니 저놈 시선이 거슬리고. 역시

그 기술을 사용해 봐야 되나.'

마계로 넘어오기 직전 두령에게 직접 건네받았던 직업 전용 특성북. 페널티가 심해 평소에는 사용하지 않고 있었지만 지금은 찬밥 더운밥 가릴 때가 아니었다. 결정을 내린 한태는 최대한 뒤로 물러서며 즉시 특성을 발동시켰다.

**[환영 분신(직업 전용)이 발동됩니다.]**

좌우로 흩어지는 신형. 정확히는 한태의 몸이 셋으로 불어난 가운데 분노에 미쳐 날뛰던 루시엔의 검이 멈추었다.

"오호. 이제 이성을 좀 찾은 거냐."

"……."

"이게 좀 후폭풍이 세서 말이지. 나도 이걸 쓰면 하루 정도는 누워 있어야 해서……."

까앙!

미처 말을 끝내기도 전에 달려든 루시엔. 분신은 상관하지 않고 검을 내지른 그녀는 이를 갈며 한태를 노려봤다.

"이따위 것들. 전부 죽여 버리면 그만이야!"

"크윽. 말귀도 안 통하는구만. 그렇다면 이해할 때까지 두들겨 패는 수밖에."

두 명의 분신과 함께 본체가 검을 휘두르기 시작했다.

[어스 웨이브가 발동됩니다.]

[파르첼 제2식이 발동됩니다.]

[혼신의 찌르기가 발동됩니다.]

양 방향으로 동시에 스킬 및 특성이 이어지자 한껏 밀어붙이던 그녀가 역으로 몰리기 시작했다.

점점 늘어가는 자잘한 상처들. 그리고 뒤늦게 깊은 자상이 생겨나자 폭주하던 루시엔의 기세도 한껏 줄어들었다.

"마, 마왕님. 지금이라도 도와야 하는 것 아니에요? 슬슬 누님도 지치기 시작한 것 같은데. 이러다 당해 버리겠어요!"

"아니, 이 정도로 쓰러질 리 없다. 루시엔의 가장 큰 원동력은 바로……."

만신창이가 된 채로 다시 몸을 이끄는 그녀. 하지만 한 명의 다크 엘프로서 머더러를 상대하는 지금의 루시엔은 평소 때와 달랐다.

[루시엔의 댄싱 검술 레벨이 상승했습니다.]

[루시엔이 광폭 스킬을 터득했습니다.]

"증오와 복수심이니까."

마침내 루시엔이 변화를 맞이했다. 신형을 중심으로 퍼지는 붉은 기류들. 구경하던 용찬의 입가로 뒤틀린 미소가 맺히고 있었다.

지속계 강화 버프 스킬인 광폭. 주로 광전사나 바바리안들이 배우는 스킬로서 일정 시간 동안 힘과 속도를 증폭시키는 효과를 가지고 있었다.

'물론 그만큼 명중률이 떨어지기도 하지만 지금의 루시엔이라면 신속화로 극복할 수 있겠지.'

환영 분신까지 시전한 한태가 당황스러워하기 시작한다.

동일한 D급이라도 수준 차이가 심한 대결. 애초에 등급 내에서 상위권에 속한 머더러였지만 예상치 못한 변화에 주춤거리는 것은 당연했다.

"모조리. 죽여 버릴 거야. 하나도 빠짐없이!"

"뭐, 뭐가 이렇게 빠른 거야. 좀 꺼져. 빌어먹을 년아!"

폭풍처럼 몰아치는 검 속에서 점차 댄싱 재능이 발휘됐다. 증폭된 힘과 속도는 물론 자유자재로 동작을 이어나가는 부드러운 몸놀림. 더불어 신속화까지 합쳐지자 서서히 분신들이 공격을 따라가지 못하고 있었다.

그리고.

서걱!

마침내 분신들의 목을 가르자 전세는 다시 역전됐다.

'매번 전투를 거듭할수록 성장하는 NPC들. 이게 바로 바쿤 병사들의 가장 큰 메리트겠지.'

슬슬 한태의 기력과 마력이 바닥나기 시작했다. 아마 더 이상 볼 필요도 없는 전투일 것이다. 미리 결과를 예측한 용찬은 등을 돌리며 주변의 다크 엘프들에게로 시선을 돌렸다.

"아직도 구경만 하고 있는 거냐?"

"페페펭. 아무래도 저희를 경계하는 것 같습니다. 그래도 한 명은 초조한 얼굴로 루시엔을 보고 있군요."

"쯧. 나오게 만들어야겠군."

어떤 지시를 받았는지 몰라도 당장 자신에겐 안내자가 필요했다. 용찬은 마무리되는 전투를 보며 뇌전을 일으켰다.

"빌어먹을. 이런 소리는 없었잖아. 이건 반칙이라고!"

아슬아슬하게 빗나가는 검날. 다급히 물러선 한태는 자신의 목을 매만지며 뒤쪽을 쳐다봤다.

"제약이고 뭐고 살고 봐야지, 원. 나중에 보자, 개 같은 자식들아!"

"도망 못 가. 우리가 당한 만큼 너도 당해봐!"

"칫. 웃기고 있네. 그럼 난 이……."

콰콰콰쾅!

연막탄을 꺼내던 순간 머리 위로 낙뢰가 내리쳤다. 마치 피뢰침처럼 번개에 정확히 직격당한 놈은 반항할 새도 없이 제

자리에 쓰러지고 말았다.

루시엔으로선 직접 마무리 짓지 못하고 시체를 멍하니 바라보는 상황.

"뭐하는 짓이야. 이놈은 내가……."

퍽!

뒤늦게 안면으로 주먹이 꽂히자 그녀는 볼썽사납게 바닥을 굴렀다.

"적당히 하고 정신 차려라. 손님이 찾아왔으니까."

"당신 지금 뭐하는 짓인가요?"

"굳이 이 상황을 말로 설명해야 하나?"

어느새 정면으로 모습을 드러낸 녹색 머릿결의 여인이 단검을 치켜들었다. 그리고 그녀를 따라 세 명이 추가적으로 앞을 막아서자 용찬도 잠시 기세를 거두었다.

"환영 인사치곤 좀 마음에 안 드는군. 그래서 이 네 명이 전부인가?"

"……장로님의 지시를 받고 센티넬로서 안내역을 맡아 찾아왔어요. 하지만 방금 그 행동은 설명이 필요할 것 같네요. 아무리 마왕님이라도 말이죠."

"보아하니 루시엔을 알고 있는 것 같은데. 지금은 내 마왕성의 용병일 뿐. 네가 간섭할 부분이 아닐 텐데?"

곁에 있던 세 명의 다크 엘프가 서로를 번갈아 쳐다본다. 확실히 마왕의 수하가 된 지금은 아무리 같은 일족이라도 참견이 불가능했다.

센티넬의 리더, 아니, 파르엔도 뒤늦게 그 사실을 자각한 것인지 입술을 깨물며 루시엔을 챙겼다.

"아마 광폭 스킬 후유증으로 한동안 움직이지 못할 거다. 재회의 시간은 마련해 주지. 너희들이 알아서 챙겨라."

"……끝까지. 하아, 알겠어요. 우선 따라오세요."

그제야 센티넬들이 앞장서 길을 안내하기 시작했다. 용찬은 따로 쿨단과 위르겐에게 아이템 수거를 지시해 자리를 정리한 뒤, 모든 병사와 함께 숲속 깊숙한 곳으로 따라갔다.

"오오. 저희 일족을 구해주셔서 진심으로 감사합니다, 헨드릭 프로이스 마왕님!"

마치 이글루처럼 동그랗게 만들어진 오두막집과 나무 사이사이에 걸린 긴 밧줄들. 처음으로 보게 된 다크 엘프들의 터전은 꽤나 자유로운 분위기를 띠었다.

그들로선 외부에서 온 손님이 거의 처음인 것인지 경계 어린 시선으로 병사들을 쳐다보고 있었지만, 용찬은 신경 쓰지 않고 눈앞의 장로에게로 시선을 주었다.

"데머스라고 했나. 초청한 것치곤 보낸 인원이 적더군."

"그, 그건 저희도 어쩔 수 없었습니다. 아무래도 플레이어들이 남아 있다는 소식에 더욱 조심스러워질 수밖에 없더군요. 부디 용서해 주십시오."

"……플레이어들이 남아 있다는 소식. 어디서 들은 거지?"

센티넬의 안내를 받으면서도 의문이 들었다. 마을로 진입하기 전에 반드시 통과해야 할 정체불명의 경계. 그리고 미리 플레이어의 숫자를 알아채고 보낸 네 명의 센티넬까지.

자신이 알고 있던 다크 엘프들의 정보와는 무척 달랐다.

"사실 저희는 론다인 길드의 습격 이후 한 구원자 분의 도움을 받아 새로 마을을 꾸리게 됐습니다. 아까 보신 마력 결계도 그분의 작품이죠. 마침 마왕님을 뵙고 싶다고 저희에게 지시도 내리셨으니 조만간 이쪽으로 올 겁니다. 그때까지 편안히 기다리시죠."

"쯧. 어쩔 수 없군. 병사들을 쉴 곳으로 안내해라."

"물론입니다. 금방 식사도 대접해 드리도록 하겠습니다."

진실을 알려면 시간이 좀 걸릴 듯했다. 그렇게 바쿤의 병사들은 데머스의 안내를 받아 빈 오두막집으로 이동했고, 홀로 남은 용찬은 천천히 마을 내부를 둘러보기 시작했다.

'마력이 상당히 풍부해. 이 정도면 마력 기술에 대한 숙련도도 금방 오를 것 같군.'

슬슬 사일런스와 마력 추적을 제외한 다른 마력 기술도 배워야 할 필요가 있었다.

파지지직.

조금씩 손가락 끝을 통해 맺히는 푸른 마력들. 직접 발현한 것치곤 이전과 달리 의지대로 움직여지고 있었다. 용찬은 아예 큰 거목 아래 자리 잡아 마력 기술들을 연습했고, 성과가 나오기 시작했다.

**[마력탄을 터득했습니다.]**

'드디어 하나 배웠군. 이걸로 세 번째 마력 기술인가.'

두 시간 정도를 소모해 얻은 것이지만 나름 흡족했다. 이제 주문서 없이 간파를 부정하는 마력 기술을 이어서 익히면 될 터. 하지만 마침 거목 근처로 어린 다크 엘프가 한 명 다가오며 그 기회는 다음으로 미루어졌다.

"……저기, 구해주셔서 감사합니다, 마왕님."

"그때 그 다크 엘프군. 단순히 인사를 전하러 온 거냐."

"아, 아뇨. 그동안 루시엔 언니를 보살펴 주신 것도 그렇고 개인적으로 얘기를 하고 싶어서. 아, 제 이름은 루미엔이라고 합니다. 잘 부탁드려요."

자신을 루미엔이라고 소개한 그녀는 어색한 인사를 올리며 곁으로 다가왔다. 아까 병사들을 경계하던 자들과 달리 친화력이 상당해 보였는데, 멋대로 옆에 앉는 것을 봐선 아무래도 마왕에 대해서 자세히 아는 것이 없는 듯했다.

'루미엔이라. 가까이서 보니 닮은 것 같기도 하군.'

자연스레 루시엔을 떠올리게 만드는 생김새. 용찬은 어림짐작으로 두 명이 자매일 것이라고 추측했다.

"잘됐군. 혹시 결계를 만든 녀석에 대해 아는 것이 있나?"

"네에. 장로님께선 마녀라고 부르시는 분인데 항상 붉은 망토를 입으신 채 마을에 나타나요. 저는 자세히 알지 못하지만 엄청 뛰어난 마법사라고 듣긴 들었어요."

"그 마녀라는 녀석은 언제 이 숲으로 온 거지?"

"으음. 아마 예전 사건이 생기고 얼마 되지 않아 오신 것 같아요. 저희로선 엄청 다행인 거죠. 저야 호기심을 참지 못하고 결계 바깥으로 나갔지만 일족을 제외한 다른 존재들은 아예 결계를 드나들지 못하니까요."

확실히 바쿤의 병사들도 센티넬과 함께 오지 않았더라면 쉽사리 마을로 넘어오지 못했을 것이다.

미리 설정한 존재만 드나들 수 있게 만들어진 광범위의 마력 결계. 보통 마법사라면 감히 꿈도 못 꿀 중상위급 마법 스킬이었다.

그렇게 루미엔은 자신이 알고 있는 사실들을 하나하나 밝히기 시작했고, 파르엔이 예전부터 쭉 자신들을 보살펴 주었다는 것도 알려주었다.

"헤헤. 그래서 이번에 루시엔 언니가 돌아와서 무척 기뻐요. 이제 다시 함께 지낼 수 있으니까요."

"흐음. 그런 거였나."

"네. 아직 다른 애들은 낯을 좀 가려서 그렇지, 분명 걔들도 마왕님에게 고마워하고 있을 거예요."

따로 파르엔에게 얘기를 듣지 못한 것인지 천진난만한 미소로 친근함을 표해왔다. 평소라면 나머지 부분은 듣지도 않고 자리에서 일어났겠지만 왠지 모르게 이야기를 끝까지 듣게 됐다.

하지만 그것도 잠시.

'누군가 찾아온 건가? 그렇다면 마녀일 가능성이 높겠어.'

마을 중앙으로 모여드는 다크 엘프들의 모습에 시선이 돌아갔다. 곁에 있던 루미엔도 막 발견한 것인지 자리에서 일어나 팔을 붙잡았다.

"아, 마침 마녀님께서 오신 모양이에요. 얼른 가봐요!"

"……."

"어서요!"

자연스레 동행하게 된 둘은 얼마 되지 않아 마을 중앙에 도착했다. 모여든 다크 엘프들 사이에서 파르엔이 불쑥 튀어나오자 시선이 금세 그녀에게로 향했다.

"혼자 온 것을 보니 루시엔은 쉬고 있나 보군."

"안정을 취하고 있어요. 마왕님 말씀대로 후유증이 몰려온 것 같더군요."

"그거 잘됐군. 근데 나한테는 또 무슨 볼일이지?"

"……일단 감사의 말씀을 전하러 왔어요. 그래도 저희 일족 아이들을 구해주셨으니까요. 물론, 아까 본 광경은 아직도 이해가 안 되지만 일단 루시엔을 마왕성에 머물게 해주신 것까지 해서 전부 감사드려요."

루시엔이 일족의 품을 떠난 직후 직접 찾으러 나서기 위해 숲을 떠날 생각까지 했다던 그녀. 결국 센티넬에게 주어진 의무상 떠나지 못했지만 확실히 루미엔이 말했던 대로 무척이나 일족을 아끼는 성격이었다. 다만, 지금 같이 감사를 표하는 경우는 다를 것이다.

용찬은 뻔히 보이는 파르엔의 가식에 고개를 돌렸다.

"쓸데없군. 이 녀석이나 챙겨서 돌아가라."

"그전에 충고 한마디 할게요. 아무리 마왕님이라지만 그분 앞에서 섣부른 행동은 하지 않으시길 바라요. 그분은……."

미처 말을 끝내기도 전에 광장 쪽으로 허공에서 모습을 드러낸 인영. 동시에 다크 엘프들이 넙죽 고개를 숙이며 격식을 차렸지만 단 한 명만큼은 예외였다.

'붉은 망토. 장로와 루미엔이 말했던 마녀가 확실하군.'

바닥으로 착지한 마녀는 잠시 주위를 둘러보다 이내 장로에게로 손짓했다.

망토라기도 애매한 로브 차림새의 마법사.

용찬은 서로 무언가 말을 주고받는 두 명을 바라보며 혹시 모를 상황에 대비해 볼버의 흑수를 장착했다.

"네가 헨드릭 프로이스란 마왕이더냐?"

마침 마녀가 자신 쪽으로 다가오기 시작했다.

주변에 있던 다크 엘프들은 서둘러 길을 비켰고, 뒤에 있던 파르엔도 불안한 눈길로 이쪽을 쳐다보며 물러났다.

점차 가까워지는 거리.

그 순간, 로브 곳곳에선 익숙한 문양들이 보였다.

'저건 그놈들이 주로 쓰던 기술의 현상일 텐데?'

불현듯 회귀 이전 기억들이 떠오른다. 하지만 미처 의문을 해결할 새도 없이 눈앞으로 다가온 마녀가 재차 물어왔다.

"분명 헨드릭 프로이스 마왕이냐고 물었을 텐데. 왜 대답이 없지?"

"그래. 내가 바쿤의 마왕이다. 네놈이 붉은 마녀냐?"

"내 정체를 알고 있는 눈치로군. 한데 이상하구나. 분명 마족의 몸이 확실한데 왜……."

서서히 허공으로 소환되는 수백 개의 검. 어느새 마력을 뿜어내고 있던 붉은 마녀는 위협하듯 나직이 중얼거렸다.

"플레이어의 영혼이 느껴지는 것이냐?"

"……."

단숨에 구겨지는 인상. 회귀 이후 처음으로 정체를 간파당한 순간이었다.

# ◀ 26장 ▶

# 붉은 마녀

광기와 혼돈의 주둔지 백골림. 한때 하멜의 서부 일대를 장악했던 마수 카울이 죽고 남겨진 사체 위에 인공적으로 탑을 쌓아 만들어낸 아지트는 여전히 대륙 내에서 공포의 상징으로 여겨지고 있다. 대형 길드들도 쉽사리 소탕을 생각지 못할 정도로 어마어마한 규모의 머더러 집단이었다.

그런 백골림의 최상층에서 한 사내의 고함 소리가 쩌렁쩌렁 울려 퍼졌다.

"도대체 무슨 헛짓거리를 하고 돌아다니길래 아직까지 통신이 안 와!"

"아, 고막 터지겠네. 소리 좀 적당히 지르고 삽시다, 예?"

"게헤헤헤. 미친놈이. 뒈지려고 아주 난리법석을 떠는구나.

그래서 놈들은 언제 통신이 오는 거야?"

백골림의 두령 사태후. 보통 인간의 세 배는 되는 덩치를 가진 그는 위압감이 엄청났지만, 방 안에 함께 있던 청년은 그저 인상을 찌푸리며 귀를 막고만 있었다.

"아, 씨. 좀 기다려 보십시오. 한 명 불러서 물어볼 테니."

집단 내에서 태후의 왼팔이라 불리는 진사혁. 머더러 사이에서 세 번째로 건드려선 안 될 인간으로 소문이 자자했지만, 괴랄한 성격의 두령 앞에서 그런 인식 따윈 무쓸모했다.

결국 사혁은 마계 쪽 업무를 전담하는 부하를 직접 불러들였고, 얼마 되지 않아 한 명의 여인이 최상층 방 안으로 들어섰다.

"두령님, 마계 사업을 맡고 있는 백련이 인사드리옵니다."

"사업은 개뿔. 그나저나 언제 이런 년이 백골림에 들어온 거야. 나한테 보고도 안 한 거냐, 사혁아?"

"미친. 며칠 전에 누차 설명했건만. 그새 까먹은 겁니까. 도대체 머리에 뭐가 들은……."

콰앙!

불현듯 좌측 벽에 처박힌 사혁. 태후의 팔이 미처 눈으로 쫓아가지 못할 정도로 빠르게 움직인 듯했지만, 백련으로선 도저히 따라가지 못해 그저 두 눈만 깜빡거렸다.

"게헤헤헤. 아주 매를 버는구나, 사혁아."

"하아. 언제고 계급장 떼고 한판 붙는다. 개자식."

"그래, 그래. 기대하마. 그래서 백련이라고 했지. 아마?"

다시금 정면으로 집중된 시선이 천천히 그녀의 몸 위아래를 훑는다. 음흉한 눈길에 소름이 끼칠 만도 했지만 백련은 화사한 미소로 고개만 숙였다.

"반반한 년이 새로 들어왔구만. 밤일도 꽤 잘하게 생겼어. 그래서 한태에게서 통신은 아직도 안 온 거냐?"

"아무래도 다른 누군가에게 당한 모양이에요. 은둔자의 숲에서 노예를 잡아들였으니 다크 엘프, 혹은 제삼자겠죠."

"킁. 노예로 잡아들이던 다크 엘프에게 당할 리는 없지. 그렇다면 마족이나 다른 플레이어가 끼어들었단 건데. 아주 귀찮게 됐군. 한태 녀석은 꽤 쓸 만한 놈이었는데. 어쩔 수 없지. 지금 백골림 내부에 몇 놈이나 남아 있냐?"

"대부분 두령님께서 지시한 고대 유적지 견제로 빠져 있는 상황이에요. 지금 남아 있는 머더러 분들이라고 해봐야 D급 정도일걸요?"

리오스에서 탐사를 준비하고 있는 파이칸 고대 유적.

이제 갓 성장하고 있는 타이탄 길드가 일정을 꾸리고 있는 가운데 머더러들에겐 그만한 먹잇감이 따로 없었다. 그제야 태후는 유적지에 대한 정보를 백련이 가져왔다는 것을 떠올리곤 입가를 말아 올리며 물었다.

"그래. 대충 그놈들을 보내 조사를 시키도록 하고. 하나만 물어보자. 요새 부쩍 유태현이란 놈에게 관심을 가지고 있는 게 너냐?"

"네. 맞아요. 최근에 만난 적이 있는데 알고 보니 떠오르는 루키더라구요. 속을 알 수 없는 묘한 사람이었어요."

"게헤헤헤. 네년의 속이 더 시꺼먼 것 같은데 그보다 더한 녀석이 있다니. 신기하구만. 그래서 그 보잘것없는 가명 말고 본명이 뭐야."

"어머. 하나만 물어보신다고 하셔놓고선. 애초에 제 본명이 궁금하셨던 거군요?"

요염한 웃음 속에서 보조개가 피어난다. 가볍게 눈웃음치던 백련은 웨이브 진 단발을 매만지며 입을 열었다.

"특별히 두 분께만 알려 드리도록 할게요. 저의 이름은……."

"호오. 이름은?"

"후훗. 차혜림이라고 해요."

어느새 전신으로 솟아난 나무줄기 사이로 백색 꽃들이 만발하고 있었다.

한편, 백골림에서 문제가 되고 있는 은둔자의 숲은 마녀의 등장으로 인해 또 다른 문제에 직면하고 있었다.

"……지금 뭐라고 했지?"

"플레이어의 영혼이라고 했다. 저 다크 엘프들은 모르는 눈치지만 나를 속일 순 없을 게야."

미리 사일런스와 비슷한 효과의 마법을 펼친 것일까. 광장 내의 다크 엘프들은 대화를 듣지 못한 채 그저 허공의 검들을 보며 지레 질겁하기만 했다.

용찬은 위협하듯 손을 추켜올린 마녀를 보며 식은땀을 흘렸다.

'내 정체를 알고 있다고?'

자신이 알던 예언의 마녀와 달리 영혼 자체를 꿰뚫어 보는 붉은 망토의 마녀, 아니, 애초에 그런 능력을 가지고 있었을지 모른다. 당장 눈앞의 존재가 그때 그 마녀인지도 모르는 상황에서 제대로 판단이 설 리 없었다.

"그래서. 어떻게 두 개의 영혼을 가지고 있는 것이냐. 어서 설명해 보거라. 만약 대답하지 못한다면……."

주변 공기의 흐름이 뒤바뀐다. 소환된 검날은 정확히 자신을 향했다.

"플레이어로 간주하겠다."

그제야 다크 엘프들에게 내린 지시가 이해가 됐다. 아마 마녀는 일정 거리 내에서 상대 영혼을 느낄 수 있는 능력을 가지고 있을 터. 하지만 그전에 앞서 용찬은 재차 의문을 느낄 수 밖에 없었다.

"잠깐, 두 개의 영혼이라고?"

"허어. 본인 스스로도 모르고 있던 게냐. 아니면 단순히 내 앞에서 연기를 하고 있는 게냐?"

"……아무래도 네놈은 예상보다 많은 것을 알고 있는 것 같군."

양팔에서부터 스멀스멀 피어오르는 검은 기운. 마녀를 만나면 의문이 전부 해결될 것이란 생각은 이제 버려야 했다. 용찬은 어둠의 속성력을 끌어내며 역으로 붉은 마녀를 위협했다.

"그냥 네 녀석을 때려눕히고 직접 물어봐야겠어."

"무모한. 감히 이 몸을 이길 수 있을 것이라고 보느냐?"

파지지직!

이미 장비는 모두 장착한 지 오래다. 마녀는 재빨리 손을 휘저으며 칼자루들을 던졌지만, 예상하고 있던 용찬은 뇌보로 공격을 피해내며 위르겐을 소환했다.

"폐팽!"

"묻지도 따지지도 말고 왕관을 바닥에 던져라."

"이, 이건 왕가의 자존심이기도 한……."

"당장!"

평소엔 잘만 던지던 연막탄(?)을 망설이자 대뜸 눈빛에 분노가 서렸다. 그제야 위르겐은 눈물을 삼키며 왕관을 집어 던졌고, 이내 광장 전체가 연기로 가득 찼다.

"꺄아아악!"

"다들 달아나. 마녀님께서 분노하셨어!"

"모두 어디 있어. 눈앞이 안 보여!"

순식간에 난장판이 된 마을 중앙. 뒤늦게 장로와 파르엔이 연기를 헤치며 다크 엘프들을 안전한 곳으로 후퇴시켰지만 상황이 소강된 것은 아니었다. 그사이, 용찬은 위르겐을 어깨에 매단 채 자신의 자리로 내리꽂히는 검들을 피해냈다.

"한 번만 설명할 테니 잘 들어라. 지금 저놈은 내가 있는 위치를 속속히 파악하고 있다. 잠시라도 주저했다간 우리 둘의 몸을 저 칼들이 관통할 테지."

"아이고. 살려주십시오, 마왕님. 페펭!"

"그러니까 입 다물고 기운 감지부터 발동시켜라, 위르겐."

"아, 알겠습니다. 펭!"

요르스 광산에서 각성한 제피르 일족 고유의 특성이다. 제아무리 마녀라고 한들 자신이 사용하고 있는 기술의 효과까지 숨기진 못할 터.

**[기운 감지가 발동됩니다.]**

**[마력으로 연결된 꼭두각시의 실을 발견했습니다.]**

예상대로 연기 속에서 푸른 마력으로 이어진 가느다란 선이 표시됐다.

'역시 인형술사의 스킬이었어. 그렇다면 저놈은 가짜란 소리겠지.'

하멜 3년 차에 접어들 당시 플레이어들 사이에서 유행했던 인형술사. 경매장에서 한 번 대량으로 직업북이 풀린 뒤 한동안 인기를 끈 히든 직업이었지만, 얼마 되지 않아 여러 단점이 발견되며 숫자가 줄어든 비운의 직업이기도 했다.

"거기 있구나. 플레이어 놈!"

외침과 함께 하늘에서 거대한 돌기둥이 떨어지기 시작한다. 순수하게 마력의 양만 따져도 거의 C급 이상의 실력을 가진 마법사다.

'하지만 이대로 당할 수는 없지. 마력이든 영혼이든 어떤 쪽으로도 걸리긴 하겠지만.'

단숨에 투명해지는 신형. 암살왕의 머플러를 통해 존재를 지운 용찬은 표시된 실을 따라 즉시 뇌보로 접근했다.

"어림없다!"

이젠 주변 환경을 눈보라로 가득 메운 마녀는 연달아 속성 마법들을 발현하며 다시 거리를 벌렸다.

**[통곡의 부츠 효과로 힘 능력치가 상승합니다.]**

**[인내의 반지 효과로 내구 능력치가 상승합니다.]**

**[질긴 웨어 울프 가죽 튜닉 세트의 효과로 일정 시간 동안 민첩 능력치가 소폭 상승합니다.]**

피해가 중첩될수록 오르는 두 가지 능력치. 그리고 상의와 하의의 효과로 속도까지 빨라졌다.

'저 정도로 마력에 능통한 놈이면 마력 기술도 주문서도 쓸모없을 거야. 기회를 틈타 본체를 노릴 수밖에.'

가짜에게 이것저것 효과를 달아봤자 당장 도움도 안 됐다.

이미 투명화가 풀리긴 했지만 적어도 비장의 패는 남아 있는 상황. 마침 쇄도하는 바람의 칼날들을 어둠의 뇌전으로 쳐낸 용찬은 서서히 걷히는 연기 속에서 눈을 빛냈다.

콰콰콰쾅!

가장 먼저 파쇄를 통해 진형을 붕괴시키고.

**[뇌전의 갑옷이 발동됩니다.]**

**[마력 방출이 발동됩니다.]**

**[소형 능력 강화제를 사용했습니다.]**

두 가지 스킬로 피해를 줄인 후 알약을 집어삼킨다. 일시적으로 능력치를 증폭시키는 소형 능력 강화제. 그와 동시에 용찬의 신형이 단숨에 가짜 마녀에게로 가까워졌다.

"이럴 줄 알았지. 여기까지다, 플레이어!"

"쿨단. 최대한 피해를 최소화시켜라!"

정면에서 폭발하는 익스플로젼 속에서 백골의 방패병이 모습을 드러냈다. 비록 C급 이상의 위력은 모두 흡수하지 못하지만 적어도 피해를 줄이는 것은 가능했다.

[ㅠㅅㅠ]

때마침 흡수력을 발동시킨 쿨단. 금방 과부화에 걸려 온몸이 시퍼렇게 물들었지만 상관없었다.

**[기의 파동이 발동됩니다.]**

어차피 C급에 달하는 마녀는 직접 상대하기 힘든 상대. 아무리 가짜라고 한들 목숨을 걸 정도로 무모하진 않았다.

용찬은 좌우로 내리꽂히는 얼음 창들을 그대로 쏠더 어택으로 돌파하며 가짜 마녀의 로브를 움켜쥐었다.

"으윽. 날 붙잡는다고 해서 이길 줄 아는 게냐."

"아니, 애초에 가짜에는 관심도 없었어."

"뭐, 뭣이!"

"네 녀석을 찾기 위해 숲에서 사용한 아이템과 주문서만 열 개가 넘는다. 본체 정도는 확인해야 직성이 풀리겠어."

어느새 2차 폭격이 시작되는 가운데 가짜 마녀의 신형이 바닥으로 던져졌다. 벌써 기력과 체력이 한계에 달한 것인지 거친 숨이 나왔지만 절대 멈출 수 없었다.

숲 건너편으로 이어지는 푸른 실. 용찬은 중첩된 피해에 극한 고통을 느끼며 뇌보로 단숨에 넘어갔다.

그리고.

"……거기 멈추거라."

강제로 속박되는 기운 속에서 작은 실루엣이 꿈틀거렸다.

분명 본체는 가짜 인형보다 더욱 강한 마법사일 터. 하지만 애초에 마녀를 이기는 것이 목적이 아니었기에 용찬은 입가를 말아 올리며 입을 열었다.

"이제 내 궁금증을 해소해 줄 시간이다. 붉은 마녀."

"……."

"예언의 마녀는 어디 있지? 그리고 넌 그녀와 무슨 관련이 있는 거지?"

잠시 고민을 하던 본체가 움찔거렸다. 아무래도 자신의 질문을 예상 못 했던 것인지 당황하는 모양새였다.

"이거 내가 단단히 잘못 짚은 모양이야. 예언의 마녀를 벌써부터 알고 있는 자가 나타날 줄이야. 마족의 몸으로 영혼까지 두 개나 가지고 있고. 도대체 무엇 하는 놈이더냐."

"먼저 내 질문에……."

천천히 걸어 나오는 본체를 본 것과 동시에 용찬의 얼굴이 당황으로 물들었다.

자연스레 아래로 향하는 눈길.

가짜 인형을 부리며 C급에 달하는 붉은 마녀의 정체는 다름 아닌.

"무엇을 그리 보는 게냐. 고얀 놈!"

"……."

푸른 머릿결을 가진 어린 여자아이였다.

2년 차 당시 우연히 만나게 된 예언의 마녀. 푸른 로브의 차림새로 모습을 드러낸 그녀는 남성 대부분의 마음을 사로잡을 정도로 청초했고, 또한 무언가 빨려들어 갈 것 같은 매력을 지니고 있었다. 퀘스트 보상을 주기 위해 찾아왔던 마녀는 몰래 자신에게만 하나의 구슬을 건네왔다.

'이 구슬은 이 세계의 물건이 아니에요. 언제고 당신이 가장 위험에 처해 있을 때 이게 도움이 될 거예요.'

도통 뜻을 알 수 없는 말이었지만 자연스레 귀를 기울이게 되는 목소리였다. 그렇게 구슬의 사용법까지 알려준 마녀는 화사한 보조개와 함께 사라졌고, 남겨진 자신은 어느샌가 구슬을 인벤토리로 집어넣고 있었다. 마치 홀린 듯한 몽롱한 기분으로 말이다.

한데.

"냉큼 따라오지 않고 무엇을 하는 게야. 어, 얼른 따라…… 아코!"

이번에 만나게 된 마녀는 달라도 너무 달랐다. 용찬은 나뭇가지에 걸려 넘어진 여자아이를 보며 한숨을 내쉬었다.

"고작 로브가 마녀의 상징이었다니. 쯧, 얼른 일어나라."

"으읏. 무릎이 아프구나."

"그래서 지금 나를 어디로 데려가는 거지?"

한참 무릎을 매만지며 눈물을 찔끔거리던 붉은 마녀, 아니, 아리샤가 훌쩍거리며 숲속 연못을 가리켰다.

"내 집으로 향하고 있는 게지. 다른 곳이 어디 있겠느냐."

"……도저히 그 말투는 적응이 안 되는군."

"헹. 예전 실험 때문에 신체적으로 결함이 생겼지만 움직이는 데는 아무런 지장이 없어. 무시하지 말 거…… 으으. 고맙구나."

온몸에 지푸라기들을 대충 치워주자 이내 그녀의 몸이 붕 떠올랐다. 아무래도 직접 걷는 것은 불편했던 모양이다.

그렇게 아리샤를 따라 연못에 도착한 용찬은 천천히 뒤바뀌는 풍경을 감지했다. 얼마 되지 않아 마력에 감춰져 있던 오두막집을 발견할 수 있었다.

"누추하지만 들어오거라."

"확실히 누추하긴 하군."

"끄응. 그렇게 아픈 곳을 찔러야 직성이 풀리는 것이냐."

"사실만 얘기한 거다."

재차 강조하자 뒤늦게 아리샤가 구시렁거리는 소리가 들려왔다. 용찬은 가볍게 무시하며 마치 실험실처럼 개조된 집 안을 쭉 살폈다.

"난장판이군. 그래서 이곳에서 잠시 머물고 있었던 거냐?"

"이리 오거라. 얘기는 이 안에서 하자꾸나."

어느새 빈방을 마련한 것인지 안쪽으로 손짓해 온다. 그제야 편안히 의자에 앉은 용찬은 맞은편에 있는 아리샤를 유심히 훑어봤다. 마치 현대의 백색 가운처럼 길게 늘어진 붉은 로브. 어찌 보면 망토라고 느껴질 법도 했지만 워낙 신체 자체가 작은 탓인지 전신 로브처럼 보였다.

'겉모습만으론 열네 살 남짓으로 보이는 어린 여자아이 같은데. 300년이 넘는 세월을 견딘 고대의 마녀라니. 당최 믿기질 않는군.'

과연 예언의 마녀도 그 정도로 나이를 먹은 것일까. 문득 예전 기억 속 그녀의 얼굴이 떠올라 인상이 구겨졌다.

그사이, 아리샤는 탁자 위에 시퍼런 구슬을 꺼내놓고선 방 안의 불빛을 지우기 시작했다.

"……이건?"

"오호라. 본 적이 있는 눈치로구나. 그래, 이것은 이 세계의 물건이 아니지. 아이템이나 장비 같은 것이라고 생각했다간 큰 코다칠 게야."

서서히 탁자 위로 찬란한 빛이 스며들어 왔다.

조금씩 구슬에 비치기 시작하는 장면들. 본격적으로 진실을 알려줄 심산인지 진지한 표정으로 아리샤가 입을 열었다.

"헨드릭 프로이스라고 했느냐. 네놈이 어디서 푸른 마녀를 만났고 왜 다시 그녀를 찾는지는 묻지 않으마. 하지만 우선 내 얘기를 자세히 듣거라. 사실 이 하멜이란 차원은 자연적으로 생겨난 세계가 아니야."

"……신들의 전장."

"그래. 마족들도 대부분 알고 있겠지만 감히 우리조차 내다볼 수 없는 파오니르란 신계의 신들이 전장으로서 만들어낸 인위적인 차원이지. 그리고 우리 마녀들은 대대로 조율자 역할을 물려받아 하멜이 변화하는 과정을 쭉 지켜봐 왔어."

"설마?"

잠시 시선을 뗀 사이 구슬에 나타난 네 명의 여인. 어느새 묘한 눈빛으로 입가를 말아 올린 아리샤는 그 네 명을 차례대로 가리켰다.

"네놈은 예언의 마녀, 아니, 푸른 마녀만 봤겠지만 사실 하멜의 마녀는 총 네 명이었던 게야."

은둔자의 숲까지 찾아오며 고생한 과정이 모두 물거품이 되는 순간이었다.

그 시각, 마왕과 마녀의 전투로 인해 난장판이 됐던 다크 엘프들의 마을은 다시 본래 모습을 되찾아 상황을 마무리 지은 상태였다.

"마녀님과 친분이 있었다니. 우리로선 도통 끝을 알 수 없는 마왕이로구나."

"……가짜를 상대했다고는 하지만 순간 보여준 무력도 엄청났어요. 과연 마왕이라고 해야 하려나요."

마녀의 본체가 밝혀지는 순간 멈춘 전투. 다행히 그녀가 따로 사정을 설명해 준 덕분에 다크 엘프들도 안심하고 있을 수 있었지만, 아직도 검은 뇌전을 뿜어내던 마왕의 기세는 잊히지 않았다. 파르엔은 몇 시간째 바닥을 구르고 있는 쿨단을 바라보며 광장에서의 일을 떠올렸다.

'순간 발끈한 게 너무 컸어. 그 정도로 강한 마왕에게 심술을 부려서 경고나 주고. 나중에 제대로 사과를 해야겠어.'

애초에 병사들을 거칠게 다루는 것도 마왕들의 본 자세일지 모른다. 루시엔의 일은 아직도 납득할 수 없었지만 자신의 마음보단 일족의 안전이 우선이었다.

그사이 데머스는 남은 잔재들을 마저 마법을 통해 치웠고, 얼마 지나지 않아 어린 다크 엘프들이 소식을 전해왔다.

"파르엔 언니, 루시엔 언니가 깨어났어요!"

"정말이니?"

"그럼요. 얼른 따라오세요!"

거의 반나절 만에 정신을 차린 루시엔. 스킬을 터득하자마자 지속적으로 발동시킨 것이 원인이었던 것인지 예상보다 후유증이 심했다. 오두막집 안으로 들어선 파르엔은 깨어난 그녀의 얼굴을 보자마자 덥석 안았다.

"얼마나 고생했는지 알아? 잘 돌아왔어, 루시엔."

"어, 언니? 어떻게 된 거야. 내가 왜 여기……."

"일단 앉아 있어. 내가 다 설명해 줄 테니까."

마지막 머더러를 처리한 이후부터 마을로 오게 된 과정. 그리고 마녀와 잠깐 승부를 벌인 용찬의 얘기까지 전부 알려주었다. 루시엔은 간간이 당황하는 기색을 보이기도 했지만 금방 자초지총을 이해하고 받아들였다.

"그렇게 된 거였구나. 으윽, 빌어먹을 마왕 자식. 또 내 얼굴을 후려쳤어!"

"하아. 내가 봐도 좀 심한 것 같더라. 루시엔, 그냥 아예 이참에 마을로 돌아오는 게 어떠니?"

"안 돼. 아직은 아냐."

잠깐의 고민도 하지 않고 곧장 대답하는 모습에 파르엔의 안색이 어두워졌다. 분명 마왕성의 용병이 되어 서열을 올리다 보면 이것저것 고난도 많을 터. 특히 생사를 넘나드는 전투 시엔 혹시 모를 기습으로 목숨이 위험할 수도 있었다. 은둔자의 숲에 고립되어 마왕에 대해 자세히 아는 것은 없는 그녀였지만 아무래도 걱정이 되는 것은 어쩔 수 없었다.

"아직도 놈들에게 붙잡혀 있는 동족들이 있을 거야. 곳곳에 노예로 팔려 나간 애들도 있을 테고. 전부 다 구하진 못하더라도 가능한 한 최대한 구해내고 싶어."

"……."

"그리고 플레이어 놈들에게도 똑같은 고통을 안겨줄 거야. 내 복수는 이걸로 끝이 아냐."

문득 복수심에 불타올라 숲을 빠져나갈 당시가 떠올랐다. 루시엔은 두 주먹을 불끈 움켜쥐며 각오를 다잡았다.

"하아. 그게 네 결정이라면 더 이상 말리진 않을게. 헨드릭 프로이스란 마왕도 직접 싸우는 것을 보니 무척 강하더라.

물론…….”

“성격은 좀 그렇지?”

“후훗. 그래.”

얼마 만에 함께 웃어보는 것일까.

파르엔은 잠시 걱정을 내려놓고 편안히 루시엔의 머리를 쓰다듬었다. 그리고 바깥에서 대기하고 있던 루미엔과 어린 다크 엘프들을 불러들이곤 싱긋 미소 지었다.

“그러면 돌아가기 전까지라도 애들이랑 놀아줘. 분명 애들도 그러고 싶을 테니까.”

“와아. 루시엔 언니!”

“오랜만이야, 누나. 보고 싶었어!”

순식간에 곁으로 몰려드는 익숙한 얼굴의 어린아이들. 한동안 보지 못했기 때문인지 더욱 반갑게 느껴졌다.

“응. 언니, 고마워.”

“이 정도 가지고 뭘.”

그렇게 루시엔은 간만에 동족들과 재회의 시간을 가지며 회포를 풀었다.

목적도 이유도 없이 만들어진 하멜. 무엇 때문에 현대인들이 소환된 것인지는 원인조차 알지 못했다. 그저 밝혀진 것이라곤 고대에서부터 네 명의 마녀가 세계를 조율하며 방관자로서 살아왔다는 것.

"잠깐. 분명 난 예언의 마녀에 대한 위치를 얻을 수 있는 기회를 가지고 있었어. 근데 왜 붉은 마녀인 네 위치가 뜬 거지?"

"정보의 출처가 심히 궁금해지긴 하지만 우선적으로 답해주자면 그건 네 녀석이 마족이라서 그런 걸 게다. 자연스레 마계에 홀로 남아 있던 나를 감지한 게지."

뒤늦게 붉은 나비가 나타나던 현상까지 의문이 해결되자 남은 것은 세 가지였다. 용찬은 가장 먼저 예언의 마녀의 위치를 재차 물어봤지만 아리샤로서도 알지 못했다.

"마녀들이 서로 교류를 끊은 지 벌써 백여 년은 지났어. 이제 와서 위치를 알 수 있다고 생각하는 게냐."

그저 아는 것이라곤 생사뿐. 결국 다른 질문으로 넘어가 하멜에 대해 좀 더 자세히 파고들고 싶었지만 그마저도 소환이 시작된 이후로 정보가 끊어져 있었다. 즉, 마녀들은 그저 단순히 조율자 역할로 세계에 머물고 있었다는 것. 몇백 년 동안 무슨 일이 벌어졌는지 자세하게 기억하고 있는 아리샤였지만 끝내 마녀들에 대한 정보는 물론 그 부분까지도 밝히지 않았다.

'결국 마녀들에 대해서 알아낸 것 빼곤 제자리걸음이군. 그나저나 신이라니. 플레이어들이 신들의 사도로 선택받았다는

것은 알고 있었지만 마녀의 입에서 언급될 줄이야.'

갑자기 스케일이 커져 복잡해진 느낌이다. 용찬은 잠시 동안 머릿속을 정리하며 집 안을 서성거렸다.

그사이 아리샤는 늦게 저녁을 챙겨 먹으려는 것인지 작은 키로 열심히 찬장을 두리번거렸다.

"끄응. 간단히 식사라도 할 테냐?"

"사양하지. 그것보단 네 본연의 실력이 궁금해. 마녀들은 등급으로 쳤을 때 어느 정도지?"

"호오. 호기심이 발동한 게냐. 마녀들마다 각자 분야가 다르긴 하지만 대충 등급으로 쳤을 땐 A급 이상이지. 그리고 나 같은 경우엔……."

순식간에 집 안 내부로 몰려드는 기세. 이전에 체감했던 가짜 인형의 마력과 달리 위협적인 기운이 사방으로 요동쳤다. 용찬은 온몸이 섬뜩해지는 기분을 받으며 손을 저었다.

"그 정도면 됐다. 확실히 마녀들도 강한 모양이군."

"허어. 예상했던 반응은 이게 아닌데. 어째 실망이로구나."

"쯧. 결국 얻은 게 하나도 없군. 난 돌아가 봐야겠어."

"잠시 기다리거라. 끝내 그 영혼에 대해선 알려주지 않는 게냐?"

이전에 언급했던 두 개의 영혼. 아리샤 또한 궁금증이 해소되지 않는 것인지 끝까지 물고 늘어졌다.

"그러고 보니 두 개의 영혼이 함께 느껴진다고 했었나?"

"그래. 아직도 네놈의 몸속에서 마족의 영혼과 인간의 영혼이 각각 느껴지는구나. 왜인지 점점 합쳐지고 있는 것 같긴 한데 무언가 괴상하기도 해. 마치 한쪽을 제대로 받아들이지 못해 일부만 조금씩 주워 담는 모양새야."

그녀의 말대로라면 아직 헨드릭 프로이스 본인의 영혼이 몸에 남아 있다는 의미였다.

'빌어먹을. 그때 소멸된 게 아니었다는 건가.'

용찬은 잠시 아리샤를 앞에 두고 고민했다.

'과연 내가 회귀했다는 사실을 알려줘도 괜찮은 걸까. 무작정 집으로 따라오긴 했지만 아직까지 저 녀석을 신용할 수 있는 것은 아니야. 게다가 예언의 마녀.'

어째서 그녀가 영혼 이식의 구슬을 챙겨주었는지 이유는 알지 못한다. 그저 추측할 수 있는 것이라곤 그녀가 미리 자신의 미래를 예측하고 그 물건을 건넸다는 것. 하지만 만약 그 사실이 맞다고 해도 어떤 마음을 품고 일을 벌였는지는 모르는 일이다.

'결국 예언의 마녀를 다시 만난다고 해도 그녀를 믿지는 못해. 나를 이용하려는 속셈일 수도 있으니까. 분명 마녀끼리 교류는 끊겼다고 했지만 혹시 모르는 일이야.'

우선 친분만 쌓아두고 경과를 지켜봐야 할 터다. 그렇게 판단을 내린 용찬은 찬장 위의 접시들을 꺼내주며 대답했다.

"우연히 플레이어의 영혼이 몸에 스며들었지. 혹시 이것을 없앨 방법이 있나?"

"불가능해. 그나마 영혼이 합쳐지기 전이었다면 몰라도 이젠 두 영혼 모두 제거할 수 없을 게야."

"쯧. 별수 없군."

"그래도 플레이어의 영혼 덕분에 좋은 영향을 끼친 것도 있겠지. 아까 전 보였던 속성력을 다시 발현해 보거라."

접시를 안아 든 아리샤의 손짓에 즉시 어둠의 속성력을 이끌어냈다. 그러자 평소처럼 애교를 부리듯 뺨에 척 달라붙는 검은 기운. 뒤늦게 손으로 떼어내긴 했지만 계속 귀찮게 구는 것은 마찬가지였다.

"어떤 계기였는지는 몰라도 자연적으로 깨우친 것은 아닐 테지. 분명…… 아, 왜 이리 허리가 아플꼬. 끄응. 손을 좀 빌려 다오."

"젠장. 바라는 것은 더럽게 많군."

"나이가 들면 어쩔 수 없는 법이지. 저쪽에 앉아보거라."

테이블에서도 제일 좌측에 위치한 의자. 할 수 없이 아리샤를 안아 든 용찬은 재깍 부탁한 자리에 앉았다. 그녀는 마음대로 용찬의 무릎 위에 자리 잡아 식기와 도구들을 움직이기 시작했다. 미리 준비된 식재료를 꺼내자 금세 테이블 위로 식사가 차려졌다.

"음음. 말하자면 그런 게야. 정확히 무엇인지는 모르겠지만 분명 어떠한 플레이어로서의 능력으로 네 안에 잠재된……."

"잠재된?"

빵을 우물거리던 아리샤가 재차 입을 열었다.

"재능이 발현된 거지. 필시 네놈의 재능은 친화력이었을 게다."

# ◀ 27장 ▶

# 정비

'도대체 네놈의 재능은 무엇이냐. 제대로 할 줄 아는 것이 없구나.'
'분명 도련님도 권능을 깨우치게 되실 겁니다.'
'최하급 마족에 망나니인 놈이 재능 따위 있을 리 없지!'

헨드릭 프로이스. 홍염의 패자의 아들로 태어나 아무런 재능 없이 비운의 마왕이 되어야만 했던 마족. 고유 기억을 뒤져봐도 떠오르는 것은 상처만 가득한 기억들뿐이었다. 한데 그런 망나니가 사실 친화력이란 재능을 품고 있었다니.

'그렇다면 제단장의 장갑이 재능을 각성하게끔 자극을 주었다는 건데.'

확실히 평가전 당시 뇌전의 권능을 얻은 전례가 있었다.

자연스레 눈길이 가는 볼버의 흑수.

'어쩌면 어둠의 속성력도 가능성이 있을 수 있겠어.'

만약 아리샤의 말이 사실이라면 어떤 속성이든 금방 다룰 수 있을 것이다. 용찬은 기억 속의 헨드릭을 떠올리다 이내 인상을 구겼다.

"그래서 언제까지 내 머리 위에 앉아 있을 생각이지?"

"요샌 마법을 쓰기도 무척 귀찮아. 이런 것 때문에 인형을 조종해 다니고 있었던 것인데 네놈이 반쯤 손상을 냈지 않더냐. 잔말 말고 얼른 마을로 돌아가거라."

마치 착 달라붙은 떡처럼 머리 위에 눌러앉은 붉은 마녀. 포근한 인상으로 손짓하는 모습에 절로 회귀 이전 능력들이 그리워졌다.

'빌어먹을. 얼른 은둔자의 숲을 떠나야겠어.'

더 이상 남은 용무도 없었다. 지금쯤이면 루시엔도 깨어났을 터. 판단을 마친 용찬은 단숨에 뇌보를 통해 마을로 돌아갔다.

"엇. 저기 돌아오신다!"

"페페펭. 얼른 여기를 떠나고 싶어. 다크 엘프들은 주로 채식만 한다더니 오히려 고기를 더 많이 먹잖아!"

"이 멍청한 제피르 자식아. 그건 엘프라고!"

마침 마을 중앙으로 모여 있는 바쿤의 병사들은 이미 준비는 모두 다 끝난 것인지 루시엔까지 장비를 챙겨 자리에 서 있었다. 그리고 칸과 켄이 무언가를 건네러 다가올 때쯤 뒤늦게 파르엔도 나타나 이전 일에 대해서 사과를 전했다.

"광장에서의 일은 죄송해요. 루시엔을 잘 부탁드려요."

"이미 잊은 지 오래다. 그나저나 이건 뭐지?"

"아, 루미엔과 어린 다크 엘프들이 건네는 선물이에요. 워낙 낯을 가려서 병사분에게 전달했나 보…… 어라. 마녀님?"

뒤늦게 주위 시선이 몰리자 아리샤가 툭툭 두들긴다. 대부분 병사는 마녀를 처음 보는 것인지 신기해하기도 했지만 일부는 심상치 않은 마왕의 표정을 보며 불안해했다.

하지만 그것도 잠시. 루시엔이 대뜸 앞으로 튀어나와 고개를 숙이자 시선이 그녀에게로 쏠렸다.

"여태까지 마을을 지켜주셔서 감사합니다, 마녀님. 비록 애들이 끌려갈 뻔하긴 했지만 그래도 결계 덕분에 침입자가 사라졌다고 들었어요."

"뭐, 별수 없는 문제지. 결계를 드나들 수 있는 것은 다크 엘프들뿐이니까. 직접 바깥으로 나가는 것은 나도 어쩔 수 없는 문제야."

"부디 앞으로도 일족들을 쭉 지켜주세요. 부탁드립니다, 마녀님."

평소와 달리 진지하게 부탁하는 태도. 바쿤으로 돌아가는 것 때문인지 약간 다급해 보였다. 하지만 아리샤는 마음에 드는지 흡족한 표정으로 용찬의 머리에서 내려왔다.

"매번 일일이 다크 엘프들을 관리한다는 것은 나로서도 불가능한 일이지. 그래, 이번에 귀찮은 머더러 놈들을 퇴치해 준 것도 있으니 아예 마왕성과 마을을 잇는 게이트를 개설해 주마. 어떻겠느냐?"

"……."

선택은 자신의 몫이라는 것일까.

용찬은 간절한 눈빛을 하고 있는 루시엔을 쳐다봤다.

'아예 머더러 놈들에게 다크 엘프 몇 명 정도는 더 던져줘도 괜찮을 법하지만, 너무 미쳐 날뛰어도 제어가 안 되겠지. A급 이상 수준의 마녀라면 사태후 쪽 놈들이 와도 막을 수 있을 테니까.'

적당히 당근을 던져줘야 제대로 기대에 부응할 것이다.

"쯧. 마음대로 해라."

"고, 고맙습니다. 마왕님."

"그래도 제법 부하를 생각해 주는 마왕이로구나. 이왕 만드는 김에 당장 작업을 시작해 주마."

어색하게 감사 인사를 전하는 다크 엘프와 제멋대로 착각해 버리는 붉은 마녀. 그렇게 은둔자의 숲 일정은 몹시 불쾌한 분위기 속에서 마무리가 되고 있었다.

딸랑딸랑.

문에 걸려 있던 종이 울리는 소리와 함께 또 한 명의 사람이 들어온다. 순간 내부에 있던 자들의 시선이 쏠렸지만 이내 자신들의 볼일로 돌아가는 모양새다.

막 들어온 사람, 아니, 긴 장발의 사내는 유유히 세 명이 앉아 있던 테이블로 다가갔다.

“기다리게 해서 미안하네. 잠시 장비를 챙기느라 늦었어.”

“아, 걱정 마. 우리도 방금 왔으니까. 그나저나 얘기는 메신저로 들었지?”

“물론일세. 가장 최하위라고 했지, 아마?”

“그래. 그것 때문에 나도 여기까지 올라왔다고.”

제1도시 다울. 상업적으로나 인구로나 가장 활발한 리오스 진영의 중심지다. 당장 여관 1층만 살펴봐도 사람들로 북적거리는 가운데 이렇게 네 명이 뭉친 이유는 다름 아닌 길드의 지시 때문이었다.

“최근에 타이탄 길드와 룬 길드가 연합을 맺고 나서 더욱 두 번째 목표로 집중되고 있는 것 같아. 이번에만 해도 우리 길드 마스터가 유태현한테 붙었잖아.”

"가능성을 본 거라고 할 수 있네. 이번에 랭커들과 인연을 맺는 것은 물론 하이드 길드에서 지원도 받고 있지 않는가."

몇 차례 공략 불가 판정을 받은 미션 및 던전들을 돌파하며 실력을 인정받은 초신성. 등급에 맞지 않는 지역까지 단숨에 공략법을 알아내며 한창 주목받고 있는 유태현이었다.

약간 거짓을 보태서 말하자면 거의 길드 절반이 그를 중심으로 돌아간다고 해도 과언이 아닐 정도. 물론 일부 세력은 아직도 입지를 위협하는 루키를 마음에 안 들어 하는 눈치였지만, 그래도 그가 주는 파장은 어마어마했다.

"요즘 따로 길드원들을 투입시키는 것을 봐선 유적지를 탐사하기 전에 무언가 해내려는 게 분명해."

"내 예상으로는 아마 그게 거울성이 아닐까 싶네. 물론 악몽의 탑으로도 인원이 빠지긴 했지만 최근 골칫거리로 뽑히는 것이 거울성 아닌가."

"그렇지. 우리도 일단 입장 조건은 갖추고 있잖아. 만약 이번 일을 성공해 내면 거울성 공략에 참여시켜 줄지도 모르는 일이야. 완벽히 수행해 내자고."

들뜬 마음에 네 명의 고개가 동시에 끄덕거렸다.

리더를 맡고 있던 윌리엄은 즉시 주변으로 사일런스를 시전했고, 미리 정보 길드에서 얻어 온 목표에 대한 정보를 테이블 위에 올려놨다.

"보다시피 서열은 74위. 그것도 최하급 마족이야. 최근 정보원에게서 소식이 좀 끊기긴 했지만 그래도 망나니 마족이라고 했으니까 그리 걱정할 필요는 없을 거야."

"으음. 길드 마스터께서 직접 전달한 임무치곤 난이도가 낮아 보이는군. 등급 밸런스로 페널티를 얻는다고 해도 함께 데려갈 길드원들이 있으니 더욱 간단하겠어."

"그래, 맞아. 그 부분에 대해서도 말하려고 했어. 이 의뢰를 내려준 게 사실 우리 길드 마스터가 아니더라고."

"뭐! 그럼 누구라는 겐가?"

동료들의 얼굴이 당혹으로 물든다. 자신들이 속한 길드에서 내려온 지시가 아니라면 동맹을 맺은 다른 대형 길드 측에서 따로 지시가 내려왔다는 것. 은근 기대 섞인 얼굴로 대답을 기다리자 윌리엄이 뜸을 들이다 이내 진실을 밝혔다.

"나도 우연히 들은 정보인데 이번 마왕 토벌 임무를 하는 게 우리뿐만이 아닌 것 같아. 동시에 3, 4명을 친다는 것 같은데 가장 중요한 것은 이 지시를 내린 사람이 룬 길드의 송동현이라는 거야!"

한창 마법사 사이에서 열풍을 불러일으키고 있는 주역. 그것도 가장 먼저 태현의 최측근으로 합류한 동현이 언급되자 탐욕에 눈이 돌아갔다.

"이, 이번 임무는 반드시 성공시켜야겠군."

"아직 시간은 넉넉하니까 오늘도 일단 던전을 돌면서 호흡을 맞춰보자. 고작해야 74위 마왕이지만 혹시 모르잖아. 내 말이 무슨 뜻인지 잘 알고 있지?"

고개가 끄덕여진다.

안다. 아니, 알 수밖에 없지 않은가. 항상 예측 불능의 상황이 도사리고 있는 하멜에서 긴장을 늦춘다는 것은 죽음을 뜻했다.

"그래도 걱정 말게. 우리에겐 그녀가 있지 않은가."

"하긴. 진영 내에서도 무척 희귀한 직업의 소유자니까. 아무튼 끼니만 채우고 바로 출발해 보자고."

화기애애한 분위기 속에서 주문되는 음식들. 동시에 윌리엄의 주머니 속으로 정보가 새겨진 종이가 구겨 넣어졌다.

쏴아아아.

'너 같은 하찮은 마족 놈이 프로이스 핏줄이라니. 너 스스로도 부끄럽지 않아? 나 같으면 진작 저택을 뛰쳐나갔을 거라고. 안 그래……'

쏟아지는 빗줄기 속에서 무너져 내린 희망. 주저앉은 패배자와 패배자를 내려다보는 승자. 그리고 흐릿해진 시야 속에서 단 한 명뿐인 동생이 절망을 안겨준다.

'형?'

질시언의 목소리를 마지막으로 검은 배경이 사라졌다. 마침 잠에서 깨어난 용찬은 흥건히 젖은 식은땀을 닦아내며 방 안을 두리번거렸다.

'……젠장. 마녀와 만난 이후로 자주 이런 꿈을 꾸는 것 같아. 헨드릭의 영혼을 인식해서 그런 건가.'

손에서 뿜어져 나오는 강렬한 뇌전. 권능을 깨우친 지금이 현실이라는 것을 인지한 용찬은 즉시 옷을 갈아입고 복도로 나왔다.

"아, 일어나셨습니까, 마왕님. 이번 서열전의 승리를 진심으로 축하드립니다."

"그러고 보니 벌써 60위로군."

이미 60위 마왕에게 선전포고를 했던 바쿤이다. 이번에도 어김없이 서열전을 이기며 단숨에 순위를 끌어 올렸지만 아직 갈 길은 멀어 보였다. 특히 최근 들어 종종 나타나고 있는 수행 과제. 눈앞에 있는 그레고리의 조언을 기억하며 이제부터라도 마왕성에 대해 집중해야 했다.

"벌써 바쿤을 맡으신 지도 거의 2년이 다 되었군요."

"아니, 정확히는 1년이지."

"아, 그렇군요."

두 명이 동시에 쓴웃음을 흘렸다. 용찬은 바깥으로 내리고 있는 비를 보다 이내 자신의 몸을 내려다봤다. 처음 회귀했을 때와 달리 적당히 근육이 붙어 다부져진 육체. 하지만 내부는 두 개의 영혼이 합쳐져 꺼림칙한 상태가 되어 있었다.

'마음 같아선 놈의 영혼을 제거하고 싶지만, 당장 방법이 없다는 게 문제겠지.'

뒤숭숭한 기분이 든다. 뒤늦게 그레고리가 아침 식사에 대해 물어왔지만 거절해 버렸다.

그렇게 천천히 계단을 따라 1층으로 내려갔을까. 라딕, 요르스 광산에 이어 새로 추가된 게이트가 보였다.

'이제 이걸로 바쿤과 은둔자의 숲속을 자유롭게 드나들 수 있을 게다. 물론 다크 엘프들에겐 따로 제약을 걸어두었으니 함부로 진입하지 못할 테지. 오직 바쿤 소속만이 오갈 수 있게 설정해놓았으니 걱정 말거라.'

단기간 내에 게이트 개설을 완료해 버린 아리샤. 과연 붉은 마녀답게 마법 분야에선 뛰어난 실력을 뽐냈다.

"오. 마왕님이시군요. 요르스 철광산 덕분에 순조롭게 제작 작업이 이어지고 있습니다. 슬슬 일거리도 떨어지는 것 같으니 혹시 따로 광석을 구하시거나 장비를 강화하실 일이 있으시면 불러주십시오."

마침 흥겹게 콧노래를 부르며 지하로 내려가던 잭이 다가와 감사 인사를 전했다.

용찬은 고요한 내부를 둘러보며 넌지시 물었다.

"오늘은 하루 종일 조용하군."

"아마 루시엔과 헥토르가 일찍 마을로 놀러 가서 그런 걸 겁니다. 확실히 그 두 명이 없으면 마왕성은 조용해지죠."

"그럴 만도 하겠지. 우선 알겠다. 이만 돌아가 봐라."

"예, 마왕님."

직접 광석들을 나르며 지하로 내려가는 바쿤의 유일한 대장장이. 조만간 가문에 방문해 대장장이를 추가적으로 파견 요청해야 할 듯싶었다.

그렇게 대충 마왕성 내부를 둘러본 용찬은 본격적으로 마왕성 시스템에 파고들었다.

[한조 부대/헥토르]

[라이언 부대/쿨단]

[불한당 부대/칸, 켄]

'현재 바쿤의 총 병력은 102마리. 용병을 포함해도 백 단위 숫자는 넘긴 셈이야. 하지만 존투스의 마왕성과 비교해 볼 때

아직 부족하지.'

추가적으로 부대를 증설하기 위해선 더욱 많은 병사가 필요했다. 존투스와의 서열전 이후 그레고리에게 재차 물어본 결과 D급 마왕성의 소환 가능 병사는 총 200마리. 용병의 제한 숫자가 3명까지라는 것을 염두에 두었을 때 우선적으로 병사부터 늘려야 했다.

**[18. 절망의 대지 서부의 마계 두더지 굴을 소탕하십시오.]**

'저번에 젬을 꽤 사용했으니 다시 수행 과제를 클리어하면서 벌어들여야겠어.'

판단을 마친 이후 가장 먼저 한 일은 게이트 이용을 금지시키는 것이었다.

"가, 갑자기 금지시키는 법이 어디 있어요?"

"맞아요. 마왕님. 저는 좀 더 놀고 싶다구요!"

"여기 있다."

예상대로 루시엔과 헥토르가 불만을 제기했지만 간단히 묵살하고 그날부터 수행 과제에 전념하기 시작했다. 은둔자의 숲 일정을 끝내고 한동안 무뎌진 병사들은 억울한 심정으로 다시 활동에 나섰고, 점차 감을 되찾아갔다.

'이제부턴 아예 주력으로 보이는 병사들은 모조리 신경 써

야겠어. 언제까지고 나 혼자 모든 일을 해낼 수는 없으니까.'

예정된 히든 피스 일정까지 앞으로 한 달. 고대 유적지 탐사까지 남겨둔 가운데 쓸데없이 영혼에 신경 쓸 시간 따위 없었다. 그렇게 병사들을 이끌고 서부 각지를 돌아다니며 수행 과제를 클리어해 낸 용찬은 다음으로 소모된 아이템과 주문서에 신경을 썼다.

-한동안은 플레이어 아이템과 주문서의 매물이 추가적으로 없을 것 같습니다. 아무래도 바쿤에 지속적으로 판매를 하다 보니 물량에 한계가 생길 수밖에 없더군요.

슬슬 더 페이서 상단에게도 한계가 찾아왔다. 아무리 골드를 쏟아붓는다고 해도 무한정 아이템 및 주문서를 공급받을 순 없을 것이다.

'어쩔 수 없지. 당장은 남은 것들을 최대한 아낄 수밖에.'

아쉬움을 뒤로한 채 벌어들인 젬을 확인할 때쯤엔 벌써 며칠이 지나 있었다.

[젬:22,943]

단숨에 만 단위로 불어난 젬. 방 안에서 상점을 쭉 둘러보던 용찬은 흡족한 미소로 그레고리를 부르려 했다.

그 순간, 눈앞으로 적색 메시지가 나타났다.

[플레이어의 침입이 예고됐습니다.]

[남은 기간:9일]

'……뭐?'

처음으로 시스템 메시지 내용에 의문을 품는 순간이었다.

삐그덕.

조금씩 흔들거리는 낡은 나무 천장, 거친 눈보라에 맞부딪치는 창문까지. 점점 바깥 날씨가 범상치 않아지는 가운데 오두막집 내부에 있던 사내 중 한 명이 모닥불을 피웠다.

"이거 숨겨진 던전을 찾기 전에 동사부터 하겠어. 정말 모들렌더 산맥에 히든 피스가 있다는 정보가 확실한 거야?"

"의심할 것 없이 정확한 정보입니다. 유이치 님도 몇 차례 확인하셨지 않습니까. 그분의 능력을."

"휘유. 그렇긴 하지만 이렇게 일정이 길어져서 쓰겠어?"

니시무라 유이치. 소형 길드의 마스터로 자리 잡고 있던 그는 최근에 타이탄 길드로 영입되며 자체적으로 일행과 합류한 상태였다. 허리춤에 찬 두 자루의 검이 주무기인 유이치는 평소에 재치 있는 성격으로 주위에서 큰 호감을 사고 있었는데, 함께 일정에 나서고 있던 동현도 큰 불편함 없이 지내고 있었다.

끼이이익.

마침 리더인 태현이 눈보라를 뚫고 집 안으로 들어섰다.

"이봐, 무엇을 그리 조사하고 다니는 거야. 위치는 정확히 안다면서?"

"항시 주변 환경의 변화와 지형들을 살피는 것은 필수죠. 동현 님, 저번에 내린 지시는 어떻게 되고 있습니까?'

"아마 오늘 목표를 배정받은 플레이어들이 마계로 도착했을 겁니다. 게이트를 넘어가는 순간 메신저 기능이 차단되다 보니 아무래도 지속적인 통신은 불가능하더군요."

두 번째 목표인 마왕 토벌. 비록 그때처럼 대규모로 전쟁을 벌일 순 없었지만 몇 명 정도는 간단히 실력을 시험해 볼 수 있었다. 이번에 대형 길드와 동맹을 맺은 하위 길드를 통해 총 7명의 최하위 서열 마왕을 노리게 만들었으니 조만간 결과를 보내올 것이다.

'실패해도 좋고. 성공하면 뭐, 더 좋은 셈이겠지. 애초에 두 번째 목표는 최후의 보루니까.'

자신의 개입으로 인해 일부는 바뀌었을지 모르는 미래다. 미리 현재 마왕들의 상황을 알아볼 필요성도 있었다.

'특히 회귀 이전 마지막 게이트를 열었던 마왕성 바쿤. 가장

나약한 마왕이긴 했지만……'

태현의 묘한 눈빛이 창가를 향했다. 만약 용찬이 자신과 함께 회귀한 것이 사실이라면 원인은 바쿤에 있을 가능성이 컸다. 물론 카스트랄 대거를 뛰어넘는 아이템, 혹은 능력으로 제압을 풀어낸 것일 수도 있다. 하지만 게이트를 동시에 넘어간다는 것은 기존 상식을 완전히 무너트려 버렸다.

"바쿤 쪽으로는 그 파티를 보냈겠지요?"

"예. 미리 그쪽 길드 마스터와 접촉해 지시를 내린 상태입니다. 한데, 굳이 가장 최하위 서열 마왕성으로 그들을 보내시는 이유가 무엇입니까?'

"이 세계는 혹시 모르는 일 때문에 가끔씩 뒤집어지곤 하잖습니까. 저도 혹시 몰라 그렇게 인원을 구성시켰습니다."

장난기 어린 얼굴로 그렇게 대답하자 할 말이 없어졌다. 확실히 하멜은 예측 불능의 세계였지만 마왕성에 대해선 설득력이 없었다. 하지만 동현은 굳이 물고 늘어지지 않았다. 애초에 그의 능력에 끌려 합류한다고 마음먹은 것은 자신이었으니까.

"자, 그러면 다시 길을 뚫어볼까요?"

"그래서 밥은 언제 먹어?"

"간단히 육포나 뜯으면서 가도록 하죠."

"얼어 죽겠는데 또 육포나 뜯으면서 움직이라고?"

유이치가 죽을상을 지었지만 이미 두 명은 바깥으로 나서고 있었다. 홀로 남겨진 그는 모닥불을 바라보다 이내 눈을 질끈 감으며 일행을 따라나섰다.

[헥토르:아, 얼른 활로 누구든 후려치고 싶은데!]

[루시엔:마왕 자식. 언제 게이트를 풀어주는 거야. 마을에 게이트를 개설시킨다고 할 때만 해도 약간은 고맙다고 느꼈는데.]

[쿨단:???]

간간이 병사들의 심리 상태를 확인하는 것도 마왕의 업무 중 하나다. 처음부터 호감도가 높던 헥토르를 비롯해 은둔자의 숲 일정 이후 호감도 50을 넘어선 루시엔.

그리고 쿨단은.

'어쩌면 이놈에게 감정 표현 장비가 들어온 것이 다행일 수도 있겠어.'

언데드 병사였기에 심리 상태조차 자세히 알 수 없었다. 용찬은 뒤따라 위르겐까지 확인한 뒤 평소에 그리 신경을 쓰지 못했던 칸, 켄, 로드멜 등 다른 병사들을 살폈다.

[칸/전사:집념, 웨폰 브레이크, 난리법석, 효과 면역, 뛰어난 채굴]

[켄/전사:집념, 내려찍기, 일점 타격, 구르기, 뛰어난 채굴]

[로드멜/치유 술사:마력 힐, 독성 해제, 그룹 힐, 임기응변]

그사이 전투를 벌이며 직접 깨우친 스킬 및 특성들. 칸과 켄은 집념 때문인지 채굴에 대한 특성까지 깨우친 상태였다.

'D급인데도 불구하고 약간 부족해. 이제부터 철광산과 던전도 아예 다른 병사들로 보내야겠어.'

확실히 그레고리의 말대로 마왕성에 대해 소홀한 부분이 많았다. 용찬은 마침 수행 과제로 인해 몰려드는 몬스터들을 보며 직업 부여권 목록을 살폈다.

**[현재 열린 직업 목록]**

[1. 기사(조건 필요)]

[2. 마법사(조건 필요)]

[3. 치료술사(조건 필요)]

'이번 주는 세 개뿐인가. 가끔씩 히든 직업도 보이는 것 같지만 전부 다 조건이 달려 있단 말이지.'

마법사는 일정 이상의 마력 능력치, 치료술사는 치유에 대한 재능을 필요로 했다. 아마 현재 바쿤에게 필요한 직업군은 이 두 가지일 것이다.

'쯧. 아니면 아예 병사들에게 마법을 가르칠 놈을 포섭하는 것도 괜찮을 텐데.'

각 부대가 마왕성 내부에서 몬스터들을 막아내는 가운데 가장 먼저 붉은 마녀가 떠올랐다. 다만, 안타깝게도 그녀가 그냥 도움을 줄 리는 없었고 대가를 지불해도 거절할 가능성이 컸다.

-쿠욱. 쿠우욱!

-저쪽이 뚫렸잖아. 얼른 막아!

-우왓. 이놈들은 피 맛이 색다른데!

자신의 지시가 없으면 금방 엉망진창이 되어버리는 진형. 부대의 중요성도 점차 부각되는 상황에서 직업별로 지도자는 더욱 절실했다.

'여러 랭커를 만나봤다지만 내가 직접 가르칠 순 없는 노릇이지. 애초에 그쪽 계열로 무기를 다룬 적도 없었으니까. 우선 병사들부터 소환해 봐야겠어.'

침입 저지 같은 경우 자신은 최상층에서 꼼짝도 하지 못했다. 용찬은 거의 마무리되는 전투를 확인한 뒤 그레고리와 함께 넓은 방으로 자리를 옮겼다.

"마왕님, 요즘 들어 부쩍 마왕성에 관심을 가져주시는군요. 이번에 마력 코어도 설치했으니 더욱 다양한 병사가 소환될 것입니다."

"소환해 봐야 아는 일이겠지."

괜히 기대를 가졌다가 배신당하는 것도 이미 익숙해져 있었다. 차례차례 젬으로 구매한 병사 소환권이 새로운 존재들을 불러냈다.

'이런 소환 기능도 마계 위원회가 만들었다고 했었지, 아마. 마계 전체로 범위를 잡아 마물을 마왕성으로 데려온다니. 점점 무슨 비밀을 숨기고 있는지 궁금해지는군.'

다양한 종족의 몬스터들이 소환되자 그레고리가 연거푸 설명을 늘어놨다. 다행히 이전과 다르게 D급 수준으로 만족스럽게 소환된 신규 병사들. 특히 그레고리의 말대로 몇 놈은 마력 능력치가 꽤 높게 나온 상태였다.

"오크라는 게 문제이긴 하지만 샤먼 쪽도 꽤 쓸 만하겠지. 우선 신규 병사들에게 미리 잭이 제작한 장비들을 건네주도록 해라."

"알겠습니다."

그날, 신규 병사들은 스킬, 특성, 능력치에 따라 세 가지 부대로 고루 추가됐고 훈련은 부대장에게 따로 맡겨졌다. 목적지는 각자 용찬이 지도에 표시한 서식지 및 던전으로 이루어졌다. 그들은 처음으로 마왕의 지시 없이 개별적으로 활동을 시작하게 됐다.

"마왕님, 과연 괜찮으시겠습니까. 식량이나 플레이어 아이템은 각각 챙겨준 상태지만 약간 걱정되는군요."

“우선 나에게 의지하는 버릇부터 고치는 게 당연하다. 존투스와의 서열전도 내가 오기 전에는 엉망진창이었으니까.”

이제 남은 것은 일정 동안 마왕성 내부 관리 및 새로 얻은 기능들을 살펴보는 일. 루시엔을 따로 마왕성에 남겨두었으니 간간이 대련 상대도 해주며 몸을 풀어도 괜찮을 터다.

파지지직!

가장 먼저 살펴본 것은 새로 생긴 마력 실드였다.

‘마치 고무처럼 늘어나다가도 다시 본래 형태를 되찾는 것 같은데.’

가끔 뇌전이 쑥 들어갔다가 이내 돌아오는 것을 봐선 탄성력을 가진 듯했다. 그레고리는 각 마왕성별로 특성을 가지고 있다고 설명했지만 서포터인 그도 능력에 대해선 자세히 아는 것이 없었다.

그렇게 2일 정도를 마왕성 내부에 집중하며 시간을 보냈을까.

-하이델 가문에서 드디어 통신이 왔구나. 아마 란드로스 가문 때처럼 며칠 내로 바쿤에 직접 방문할 모양이야. 미리 알고 있거라.

펠드릭을 통해 또 다른 소식이 전해졌다. 붕대 마족으로 인해 사건의 발단이라고 주목받고 있는 하이델 가문.

‘제슈언처럼 직접 찾아오는 건가. 하긴 사건의 당사자라고 취급받고 있으니 급할 수밖에 없겠지.’

상념에 젖어든 도중 좌측으로 파고드는 두 자루의 검날. 용찬은 간단히 반격을 통해 위력을 최소화시키며 역으로 힘을 가했다.

퍽!

"윽. 다시, 다시 해요!"

"흐음."

벌써 몇 차례나 대련해 주고 있는 루시엔이다. 확실히 기사로 전직한 이후 실력이 더욱 늘긴 했지만 아직 스킬 및 특성이 부족했다.

'중간중간 광폭으로 기회를 노리는 것은 좋지만 역시 댄싱 재능은 익숙해지면 금방 패턴이 단조롭게 보이지.'

괜시리 이도류로 유명했던 유이치가 떠오른다. 첫 대련 당시에도 그의 조언을 따라 루시엔에게 알려주었건만.

'지금은 적이 될 수밖에 없는 입장이지.'

금방 머릿속을 정리한 용찬은 다시 자세를 잡았다. 그와 동시에 신속화를 발동한 루시엔이 복도 천장을 뛰어다녔지만, 침착히 뇌보로 대응을 갖추며 허공에서 펼쳐지는 검술을 일일이 막아냈다.

물론 가끔 발을 헛디디며 실수를 범하기도 했지만.

덥석.

가볍게 신형을 받아내며 귀찮은 상황을 방지했다.

"우, 우왓!"

"이만하도록 하지."

벌겋게 달아오른 얼굴로 호들갑을 떨며 품에서 달아나는 루시엔.

그렇게 오늘의 대련도 끝이 났다. 아마 한동안 그녀가 다시 대련을 거는 일은 없을 것이다.

'총 8층 규모의 마왕성. 함정과 방어 수단은 이제 6개. 과연 어떤 위치에 놓아야 침입한 적들에게 가장 효과적일까.'

최상층으로 돌아가기 직전 또다시 고민이 됐다. 분명 마왕성 공략 조건은 마왕의 죽음이었지만, 자신에게 도달하기까지 매번 기다리는 것은 피해 손실만 더욱 늘릴 뿐이었다.

지이이잉.

용찬의 상념이 길어지던 차. 새롭게 설치된 녹색 게이트가 빛을 발하며 작은 신형이 걸어 나왔다.

"흐음. 여기가 마왕성이라는 곳이구만."

"음?"

"무엇을 그리 얼빠진 놈처럼 보고 있는 게냐."

마을에서 직접 바쿤으로 건너온 붉은 마녀 아리샤. 와락 인상이 구겨지는 동시에 그녀가 머리 위로 가볍게 착지했다.

"간만에 구경이나 좀 해보자꾸나. 얼른 안내해 보거라."

"……드디어 노망이 난 거냐. 빌어먹을 마녀가."

"그 거친 말버릇은 달라진 게 없구만. 뭐 하는 게냐. 출발하거라."

졸지에 안내역을 맡은 용찬은 머리를 쥐어뜯는 손짓을 막으며 뇌보를 발동했다. 도중 복도에서 마주친 그레고리의 표정이 굳어진 것이 흠이긴 했지만, 1층부터 8층까지 돌아다니는 것은 그리 어려운 일이 아니었다. 그렇게 막 옥좌가 있는 방에 도착할 때쯤, 아리샤가 마력 코어를 향해 손짓했다.

"호오. 저건 마력 코어 아니더냐."

순간 뇌리로 스쳐 지나가는 새로운 기능들.

'날 고생시킨 대가는 받는 게 당연하겠지.'

특히 바쿤 특성에 대해서 자세히 알아내지 못했던 용찬의 입가에 미소가 번져갔다.

그 시각, 세 개의 부대는 각 목표를 완수하기 위해 충실히 임무에 전념하고 있었다.

"에. 활이란 건 말이지. 막 이렇게 휘두르는 거야."

"왈왈!"

가장 먼저 우려가 컸던 한조 부대. 오크 무리가 도사리고 있는 주둔지가 목표였던 그들은 헥토르의 지시하에 나름의 선전을 거듭하고 있었는데, 3일 차에 돌입할 때쯤 신규 병사인 놈들이 새로운 기술을 터득해 낸 상태였다.

[근접 전투법을 터득했습니다.]

[명중률이 하락합니다.]

따로 시스템 메시지를 확인 못 하는 병사들은 그저 성장하는 자신들의 모습을 기뻐했다.

"취이익. 저놈들이다!"

"저기 또 온다. 얼른 장전해!"

어디서 본 것은 있는 것인지 즉각 명령을 내리는 부대장.

차례대로 화살들이 쏘아지며 돌진해 오던 오크들이 쓰러졌지만, 대부분 빗나가 애꿎은 바닥에 꽂히기 일쑤였다. 하나 그럼에도 헥토르는 당황하지 않았고, 오히려 선두로 나서면서 활을 치켜들었다.

"좋아. 이제 마구 후려쳐!"

"왈왈왈!"

"키에에엑!"

그러곤 한술 더 떠서 근력이 높은 오크들과 근접전을 벌인다. 자고로 궁수란 직업은 원거리 지원 계열. 한데 한조 부대는 그런 상식을 깨부수며 장렬히 오크들과 혈전을 벌였다. 그러면서 점점 활 숙련도는 상승해 갔고, 병사들도 모르는 사이 각자 활에 마력이 깃들며 새로운 특성의 깨달음이 몰려오고 있었다.

"야. 거기 뭐 해. 얼른 화살들 줍지 않고. 급하면 그냥 화살로 내려찍어 버려!"

"컹컹!"

슬슬 마무리되어 가는 전투. 어느새 오크들은 싸늘한 시체가 되어 바닥에 널려 있었다.

그리고 두 번째 부대인 라이언. 그들은 한조 부대와 달리 로드멜과 합류해 서부 돌풍 지대를 거닐고 있었는데, 따로 의사소통이 되지 않아 치유에 문제가 발생한 상태였다.

[ㅍㅅㅍ]

"무슨 뜻인지 이해를 못 하겠습니다, 쿨단 님."

[ㅡㅅㅡ]

"저도 답답합니다."

늘어가는 한숨 속에서 뼈들이 달그락거리는 소리는 고통이

나 다름없었다. 이번에 합류한 트롤과 오크들을 포함한다 쳐도 여전히 대화가 통하지 않는 몬스터들이지 않은가. 특히 언데드 병사들은 익숙하게 쿨단을 따랐지만 과연 얼마나 타격을 입었는지 알 도리가 없었다.

'방금 뼈를 맞은 것 같은데. 아니, 아니지. 애초에 뼈밖에 남지 않은 스켈레톤 병사잖아.'

돌풍 지대는 주로 비행형 몬스터들이 출현했는데 그때마다 로드멜은 고민의 연속이었다.

서걱!

"엇. 제가 도와드리겠습니다!"

마침 D급 몬스터 하피에게 스켈레톤 병사가 부상을 입었다. 로드멜은 쪼르르 달려가 즉시 치유 스킬을 시전하려 했지만, 그전에 앞서 병사가 고개를 도리도리 저었다.

아무래도 뼈 하나 잘렸다고 해서 큰 피해를 입은 것은 아닌 모양이다. 그렇게 의사소통의 문제로 가끔씩 전투가 불리해질 때도 있었지만, 오히려 이런 상황은 병사들에게 또 다른 장점으로 작용하기도 했다.

**[불굴의 의지를 터득했습니다.]**

**[제스처를 터득했습니다.]**

일정 확률로 피해를 절반 이상 감소시키는 불굴의 의지 특성. 그리고 다양한 몸짓을 통해 상대방에게 의지를 전달하는 제스처 스킬. 새로 얻은 능력을 통해 라이언 부대는 좀 더 성장했고, 로드멜 또한 3일 차에 접어들며 서서히 병사들에게 동화되고 있었다.

'그나저나 이런 돌풍지대는 차라리 한조 부대 쪽이 더욱 맡기 쉬울 텐데. 혹시 마왕님께서 목표를 잘못 전달하신 게 아닐까?'

물론 뒤늦게 의문이 들 법도 했지만 그는 몰랐다. 애초에 헥토르와 쿨단이 멋대로 목표를 바꿔 이곳으로 오게 됐다는 것을.

"페페펭. 너희들은 그저 내 지시만 따르면 되는 것이야."

한편, 칸과 켄이 지휘하는 불한당 부대는 위르겐의 합류로 인해 명령 체계가 확 달라져 있었다.

"그어어어!"

"좌측으로 얼른 돌아가. 펭!"

"키에에엑!"

목표는 오직 던전 깊숙한 곳에 자리 잡은 거대 구울.

드넓은 지하 소굴에서 디텍터의 지시는 수월한 전투를 이끌기 충분했다. 물론 라이언 부대와 마찬가지로 의사소통이 되지 않는다는 게 문제였지만 이것 또한 간단히 해결됐다.

"저기다. 펭!"

"키에에엑!"

한번 방향을 가리키면 그대로 몰려가는 부대. 이토록 다루기 쉬운 병사들이 또 어디 있겠는가. 그저 우르르 몰려가 몬스터들을 짓밟는 그들의 전투 방식은 위르겐으로 하여금 새로운 즐거움을 선사했다.

**[지휘를 터득했습니다.]**

**[부대 결속을 터득했습니다.]**

**[신속한 이동을 터득했습니다.]**

이젠 위르겐의 지휘 스킬과 불한당 부대의 부대 결속, 신속한 이동 특성에 신규 병사들마저도 적응하며 이리저리 던전을 돌파하는 가운데 아이템 및 장비들은 몽땅 지휘관의 것이었다.

"페페페펭. 이렇게만 쭉 하면 금방 골드가 모이겠어!"

"키에에엑!"

"뭣! 이건 절대 못 넘겨준다. 페펭!"

이젠 눈빛만으로도 의미가 전달된다. 다만 가끔씩은 서로 의견이 일치하는 경우도 있게 마련이다. 칸과 켄은 점점 가까워지는 보스 방을 가리키며 초롱초롱 두 눈을 빛냈다.

"오호. 보스를 잡으면 더 좋은 보물이 나올 것 같다 이거지.

페펭!"

"키에에엑!"

마치 전염되듯 병사들 모두 탐욕에 물들기 시작했다. 그리고 그 중심에서 위르겐이 방금 얻어낸 지팡이 하나를 치켜들며 외쳤다.

"페페페펭. 돌진, 돌진, 돌진해라!"

"키에에엑!"

"보물은 전부 나의…… 아니, 우리의 것이다. 페펭!"

3일 차에 접어든 불한당 부대가 마침내 보스 방으로 진입하는 순간이었다.

**[플레이어의 침입이 예고됐습니다.]**

**[남은 기간:5일]**

'이 메시지 내용은 역시 놈들이 마계로 진입해 있는 상태라고 봐도 되겠지.'

그렇다는 것은 즉 마왕성 시스템이 놈들의 목적지를 미리 파악해 알려주고 있다는 의미였다. 다른 마왕들은 평소에도 마왕성에 적이 침입해야만 대응을 취할 터. 이런 면에서 자신은 그들보다 편하게 미리 대비를 갖출 수 있었다.

"이때다!"

잠시 여유를 부린 탓일까. 루시엔이 기력과 마력을 끌어모아 두 자루의 검을 교차시켰다. 이전보다 위력이 상승한 차지 어택. 함부로 카운터를 사용할 시 오히려 더 큰 피해를 입을 수도 있었다.

턱!

"어, 어라?"

상체를 숙이며 다리를 걷어차자 균형이 무너진다. 아슬아슬하게 허공을 도약하며 방어 자세를 취했지만 벌써 공방은 끝을 보이고 있었다.

**[붕권이 발동됩니다.]**

**[숄더 어택이 발동됩니다.]**

연달아 시전되는 스킬. 미처 반격을 해내지 못한 루시엔의 신형이 멀리 날아갔다.

"아으. 더 이상은 못 해. 내가 졌어요."

"그래도 패배를 인정할 줄도 알고 나름 성장했군."

"그런 거 전혀 안 기쁘거든요."

첫 대련 당시와는 비교적 다른 광경이다. 이전보다 호감도 및 충성심도 꽤 상승한 탓에 명령도 나름 잘 따랐다.

용찬은 간단히 뒷정리를 하며 그대로 위층으로 올라가려 했다. 그 순간, 바닥이 마치 물결치듯 흔들거리기 시작했다.

"꺄아아악!"

어느새 바닥을 통통 뛰어다니고 있는 루시엔, 아니, 정확히는 강제로 공중으로 붕붕 뜨고 있었다.

"젠장. 아리샤인가."

"고, 공중 도약도 안 되잖아. 아악! 보지만 말고 좀 도와줘요!"

"쯧. 어쩔 수 없지."

혀를 차던 용찬은 즉시 바닥을 발로 내리찍었다.

강렬한 충격과 함께 발동되는 파쇄. 하지만 출렁거리던 바닥은 이내 충격을 흡수하며 다시 돌려보내고 있었다.

"무슨?"

강렬한 충격이 역으로 전해지자 단숨에 천장이 박살 났다. 간신히 뒤로 물러선 용찬은 통통 뛰고 있는 루시엔을 뒤로하고 먼저 최상층으로 향했다. 그리고 방 안에서 루시엔과 똑같은 현상을 겪고 있는 두 명을 볼 수 있었다.

"마, 마왕님. 저, 저로선 도저히…… 으억!"

"냐하하하. 정말 오랜만에 느껴보는 즐거움이로구나."

"……."

공중에서 허둥지둥하는 그레고리와 이미 바닥의 탄력을 즐기고 있는 아리샤. 안내를 해준 보답으로 마력 코어를 살피던 그녀가 어느새 믿기지 않는 현상까지 만들어낸 것이다.

그렇게 한참을 통통 뛰어다녔을까.

"음. 이만하면 되겠어."

뒤늦게 놀이(?)가 질린 것인지 아리샤가 마력 코어를 매만졌다.

"어이쿠!"

볼썽사납게 바닥에 고꾸라지는 그레고리. 잠시 멍하니 있던 용찬은 그를 일으켜 세워준 뒤 옥좌 쪽으로 다가갔다.

"도대체 무슨 일을 벌인 거냐."

"별것 아니다. 그저 바쿤의 특성을 활용해 바쿤 전체에 적용해 봤을 뿐."

"무슨 뜻이지?"

"보아하니 네놈의 마왕성은 각 마력 코어마다 받아들이는 성질이 다른 모양이더구나. 원래는 정해진 기능에만 적용되는 것 같지만 따로 내가 마력 패턴에 손을 써두었으니 간편히 마력만 주입하면 즉시 효과가 발동될 게야."

마치 보주처럼 옥좌에 틀어박힌 마력 코어가 다시 무색으로 물든다. 바쿤의 특성을 알아낸 것은 물론 마력 패턴을 개조해 버린 마녀. 그 이후 아리샤는 곧장 마을로 돌아갔지만 이제 용찬도 직접 특성을 활용할 수 있었다.

'마왕성 전체는 물론 일부분에만 적용할 수도 있는 건가.'

몇 차례 실험을 통해 알아낸 현재 특성은 탄력. 고무처럼 충격을 버텨내기도 하고 역으로 흡수해 되돌리기도 하는 효과였는데, 어떻게 활용하느냐에 따라 상황이 달라질 듯했다.

"마왕성에 침입할 때마다 플레이어들을 곤란하게 만들던 게 이런 특성 때문이었군."

"아리샤 님의 말씀대로라면 마력 코어도 매우 중요한 수단이 될 것 같습니다."

"……나로 인해 D급 마왕성이 되면서 바쿤이 특성을 개화한 건가. 회귀 이전 때와는 달라도 한참 달라졌어."

회귀 이전 플레이어로서 각 마왕성에 진입할 때마다 겪었던 이상 현상들. 아마 그때의 헨드릭은 이런 특성조차 얻지 못했을 것이다.

-으아아아. 빌어먹을 자식. 절대 가만히 안 놔둘 거야!

뒤늦게 버리고 갔던 루시엔의 목소리가 들려온 것 같았지만 애써 무시했다. 그렇게 마력 코어에 대한 비밀을 알아낸 용찬은 몇 가지 함정 및 방어 수단을 교체하며 마왕성을 정비했다. 그리고 4일 차에 접어들 무렵, 바쿤의 부대들이 마침내 귀환했다.

"에헤헤헤. 깔끔하게 처리하고 왔어요, 마왕님!"

"후우. 그럭저럭 무사히 돌아온 것 같습니다."

"페페펭. 안타깝게도 던전을 클리어해서 나온 것은 이런 것밖에 없더…… 페펭! 내 아이템들이!"

이전보다 한층 성장한 병사들. 위르겐의 숨겨둔 주머니가 탈탈 털리는 가운데 새로운 특성과 스킬들이 선보여졌다.

물론.

"헥토르, 도대체 무엇을 가르친 거냐."

"끄아아앙. 살려주세요, 마왕님!"

한조 부대는 좀 다른 의미로 발전한 상태였다.

이제 남은 것은 알찬 젬 투자.

미리 마법사로 전직시킨 병사들을 제외해도 어느 정도 젬은 여유가 있었고, 용찬은 새로운 장비 및 아이템들을 구매하며 예정된 기간까지 병사들을 마저 훈련시켰다.

그리고 수십 명의 플레이어가 탐색자의 눈에 포착된 순간.

**[플레이어들이 마왕성에 침입했습니다.]**

마침내 예고된 침입 저지의 시작을 알렸다.

"다들 준비……."

"마왕님, 큰일 났습니다. 하이델 가주께서 방문하셨습니다!"

새로운 손님들의 방문 소식과 함께.

# ◀ 28장 ▶
# 플레이어 저지

동시다발적으로 출현한 의문의 침입자들. 진영에 위치한 게이트를 통해 넘어온 플레이어로 인해 마계는 한창 경계 발령 상태였다. 그리고 마계 위원회 또한 일일이 정보원들을 통해 소식을 전달받고 있었는데.

"우리 정보 길드를 필요로 할 줄이야. 상황이 은근 심각한가 봐?"

"한동안 잠잠하던 놈들이 다시 마왕성에 침입했다고 하니까 그렇겠지."

"마왕 관련 일에 가문도 끼어들지를 못하니 만일의 사태를 대비하는 거야."

섭외된 단체는 바로 마계의 정보 길드였다. 국가 및 도시 곳곳에 분포되어 있는 거대한 집단이기도 한 그들은 항상 중립을 유지하고 있었지만, 나름의 대가를 약속받아 이렇게 한자리에 모여 있었다.

'미친. 각 지부장은 그렇다 치고 본부장까지 얼굴을 내밀 정도라니. 도대체 어느 정도로 심각한 상황인 거야?'

지부 중에서도 가장 규모가 작은 벤카. 미첼의 변방 도시에 위치해 있으며 지원금도 얼마 받지 못하는 구역이었는데, 이렇게 자신까지 부를 정도면 얼마나 많은 플레이어가 넘어왔다는 걸까.

다페스는 눈치를 보며 조심히 서류를 살폈다.

**플레이어의 숫자는 얼추 700여 명, 등급은 B급에서 D급까지 고루 분포, 목표 마왕성은 총 8곳, 저지를 맡은 마왕들은…….**

밑으로 쭉 나열된 마왕들의 이름에 표정이 미묘해진다. 놈들의 목표엔 하위권 마왕들도 있었지만 일부는 상위 서열 마왕을 노렸고, 그중에선 자신이 직접 보기도 했던 헨드릭도 포함되어 있었다.

'그놈, 은둔자의 숲에서 돌아왔다는 것은 알고 있었는데. 막을 수 있으려나 모르겠네.'

불현듯 지부를 난장판으로 만들었던 놈의 얼굴이 떠올라

인상이 구겨졌다. 마음 같아선 실패하길 바라고 싶지만 그렇게 되면 마왕들 간의 균형이 무너진다. 마침 본부장도 입을 열기 시작했으니 우선 상황을 지켜봐야 할 것이다.

'그나저나 용케 1위권 마왕한테 도전할 생각을 했어. 미치지 않고서야 저러지 못하지.'

뒤늦게 시선이 가는 한 명의 이름. 다페스의 고개가 절로 돌아가는 가운데 마왕들은 플레이어들을 맞이하고 있었다.

"여러분, 저희 마왕성까지 찾아와 주셔서 진심으로 감사합니다."

진심으로 기뻐하는 자.

"흥. 하찮은 인간 놈들 주제에 감히 여기가 어디라고!"

과격하게 몰아붙이는 자.

"뭐, 뭐야. 플레이어들이 이렇게 강했다고?"

예상외의 강함에 당황하는 자.

그리고.

"한 명도 남김없이 쓸어버릴 예정이다. 놈들에게 자비를 베풀지 마라."

무자비한 지시 끝에 적들을 내려다보는 자까지.

단 한 명의 플레이어로 인해 잠잠해져 가던 마계가 다시 요동치고 있었다.

쾅! 콰앙!

마왕성 내부가 은근 소란스럽다. 따로 플레이어 침입 소식을 듣지 못했던 제이먼은 아래층에서 느껴지는 기운에 인상을 구겼다.

프로이스 가문에 방문 소식까지 전해주며 찾아왔건만 아무래도 시기를 잘못 맞춰 넘어온 듯했다.

“이런. 차라리 주변 도시 게이트를 통해 넘어올 걸 그랬나. 괜히 이동 마법으로 넘어와서 번거롭게 만들었군.”

“아닙니다. 우선 마왕님께 안내해 드리겠습니다. 한데, 뒤쪽에 그분은?”

“음. 이 아이에 대해서도 내가 직접 말하도록 하겠네.”

“알겠습니다. 따라오십시오.”

로브로 인상착의를 가리고 있던 자가 신경 쓰이긴 했지만 그레고리는 먼저 최상층으로 둘을 안내했다.

최근 8층 규모로 확장된 바쿤의 내부. 각 층을 올라가면서 주변을 살피던 동행인, 아니, 록시는 언노운보다 초라한 내부 광경에 인상을 구겼다.

‘하필 그놈의 마왕성으로 오게 되다니. 이런 곳에서 몇 년간

지내야 하는 건가.'

마왕성도 마왕성이지만 다른 무엇보다 이곳의 주인이 가장 문제였다. 한 번 패배를 당했던 상대의 수하로 들어가는 것만큼 굴욕적인 것도 없을 터다.

"마왕님, 하이델 가주 분과 동행인 한 분이 오셨습니다."

마침 최상층으로 도착한 것인지 그레고리가 정면의 문을 두들겼다. 그리고 즉시 안쪽으로 안내됐다.

"음?"

"……."

"……."

옥좌에 턱을 괸 채로 앉아 있는 흑발의 청년. 무례하기 짝에 없는 태도였지만 그보단 머리 위의 소녀가 신경 쓰였다.

"이놈아. 손님이 왔는데 일어나지도 않는 게냐."

"쯧."

헨드릭, 아니, 용찬은 머리를 잡아당기는 붉은 마녀의 손길에 뒤늦게 화면에서 시선을 돌렸다.

이제 막 플레이어들이 1층으로 진입한 상태였지만 한동안 한조 부대로 견제만 해도 시간은 벌 터다. 오히려 지금은 무료하다는 이유로 자주 마왕성을 들락날락거리는 아리샤가 더욱 거슬렸다.

'인형도 다 고쳤다면서 아주 자기 집처럼 드나드는군.'

머리 위에 눌어붙는 것도 어느 정도 적응이 된 상태다.

"이 녀석은 신경 쓰지 마십시오."

"이 녀석이라니. 너무하구만."

"크흠흠. 상관없네. 보아하니 병사 중 한 명인 것 같은데. 그보단 침입한 적들이 문제겠지. 상황이 심각한가?"

지난 평가전 사건 때문인지 태도로 크게 호통치진 않는 모양이다. 특히 함께 데려온 동행인이 신경 쓰인 것인지 제이먼은 침착히 상황부터 알려고 들었다.

마왕성 고유 시스템의 화면은 보이지 않는 NPC들. 용찬은 플레이어들을 막고 있는 쿨단과 방패병들을 곁눈질하며 자리에서 일어났다.

"플레이어들입니다."

"뭣? 한동안 잠잠하다 싶더니 마계로 넘어온 건가."

"아무래도 그런 모양입니다. 우선 침입을 저지하는 동안만 기다려 주시겠습니까?"

뒤늦게 로브를 걸친 록시에게로 시선이 끌렸다. 제이먼도 그런 시선을 느낀 것인지 고개를 끄덕이며 근처에 있던 의자에 앉았다. 그리고 디텍터의 기술과 비슷한 마법을 펼치며 또 다른 화면을 만들어냈다.

"알겠네. 우린 여기서 기다리고 있지. 일단 침입한 적들에게 집중하게. 록시, 이리로 오거라."

"……칫. 짜증 나는군."

과연 전대 마왕을 맡았을 정도로 수준급의 마법.

기다리는 동안 침입 저지 과정을 지켜볼 심산인지 록시를 강제로 옆자리에 앉혔다. 머리 위에 몸을 기대고 있던 아리샤는 제이먼의 마법을 보며 나름 호기심을 표했지만, 용찬은 무심한 눈길로 록시를 잠깐 쳐다볼 뿐이었다.

'저 녀석, 그때 그 붕대 마족이로군. 목소리만 들어도 알겠어. 도대체 저 여자는 왜 끌고 온 거지.'

어떻게 된 사연인지는 직접 대화를 해봐야 알 듯싶었다.

그사이 화면 속 쿨단은 한 단계 상승한 방패술을 통해 부대와 함께 플레이어들을 막아내고 있었는데, 놈들의 화력이 상당해 약간 밀리는 모양새였다.

무려 52명의 플레이어 파티. 심지어 익숙한 문신까지 드문드문 보여, 절로 누군가를 떠올리게 만들었다.

'리오스 진영. 설마 유태현의 지시로 찾아온 건가. 아니, 설령 그렇다고 해도 내가 헨드릭의 몸이란 것은 모를 텐데.'

만약 길드 측에서 지시가 떨어진 것이라면 바쿤뿐만이 아닐 것이다. 애초에 회귀 이전부터 두 번째 목표를 노렸던 태현이었기에 오히려 목적은 견제일 가능성이 컸다. 다만, 작은 의심의 여지도 끝까지 물고 늘어지는 놈의 지시를 간단히 넘길 수도 없을 터.

'그렇다면 마지막 게이트가 열린 곳을 조사하겠다는 심산인 건가.'

가장 약했던 마왕에게 50여 명의 플레이어를 보냈다는 것이 그 증거다. 실패해도 그만, 성공하면 무언가 변화가 일어났다는 의미이니 더욱 의심을 사게 될 것이다.

-페페펭. 놈들이 2층 복도로 진입했습니다.

점점 마왕성 공략의 페이스를 높이는 파티원들. 미리 주문서와 아이템까지 챙겨 온 것인지 준비성이 철저해 보였다.

'설령 의심을 산다 해도 어쩔 수 없어. 이대로 침입을 저지한다.'

이미 저번과 마찬가지로 직접 전투에 나설 수 없는 제약이 걸린 상황. 현장의 지휘관이 위르겐이라면 자신은 전체를 들여다보는 총사령관이나 다름없었다. 그렇게 판단을 마친 용찬은 본격적으로 지시를 시작했다.

점차 전투가 치열해지는 가운데 제이먼의 눈빛이 용찬을 향했다.

'마왕은 전투뿐만 아니라 저지에도 특별히 신경을 써야 하지. 어디 한번 실력을 좀 볼까?'

2층에서 교전을 벌이는 병사들과 플레이어들. 화면을 바라보던 록시의 표정 또한 더욱 진지해져 갔다.

"젠장, 정보 길드 자식. 우리를 속인 거였어. 최하위 서열은 무슨. 마왕성도 D급, 병사들까지 대부분 D급이잖아."

단순히 F급 마왕성으로 알고 있던 생각이 빗나갔다. 아니, 정확히는 거금을 들여 받아낸 정보가 잘못된 것이었다.

"하아. 그래도 다행이군. 이렇게 다른 플레이어들과 함께 오지 않았더라면 그대로 당해 버렸겠어."

"이 정도면 50위나 60위 정도는 되겠는데 난감해졌네. 어쩔 수 없지. 일단 수민 씨를 믿는 수밖에."

윌리엄과 방패병 도날드의 시선이 절로 뒤쪽 여인에게로 향했다. 일행 중에서 유일하게 히든 직업을 가지고 있는 김수민. 뛰어난 마력 능력치로 파티를 보호하는 결계사란 직업이기 때문에 더욱 그녀를 믿을 수 있었다.

"일단 최선은 다할 테지만 너무 기대하진 말아달라구요. 부담스러우니까."

"걱정 마. 수민 씨만큼은 어떡해서든 우리가 지켜낼 테니까."

"아, 알겠어요. 알았으니까 정면에 집중해요!"

마침 2층 복도에서부터 쏘아지는 화살들.

미리 스킬을 준비하고 있던 수민은 앞으로 부적을 던지며 결계를 만들어냈다. 그 모습에 부대를 이끌고 있던 헥토르는 주먹을 움켜쥐며 이를 갈았고 이내 뒤로 물러났다.

"으아. 마왕님, 벌써 몇 차례나 화살을 쏘았는데 전혀 안 통해요!"

-쯧. 결계사인가. 일단 저 거슬리는 것부터 처리해야겠어.

뒤따라 지시가 떨어지자 이번에는 라이언 부대가 거리를 벌렸다. 이전 돌풍 지대를 오가며 새로 배운 스킬.

**[아트란 투창술이 발동됩니다.]**

슈슈슈슝!

바로 창기사들이 주로 배우는 D급 투창 기술이었다. 비록 여유분의 창이 없어 연달아 던지진 못했지만 기존의 힘 능력치를 통해 조금씩 결계에 금을 냈다. 그리고 기세를 몰아 헥토르가 마력 압축 화살을 쏘아 보내자 굳건하던 결계가 박살 났다.

-저런 마력을 가진 결계는 재사용 대기 시간이 무척 길지. 그 점을 염두에 두고 싸워라.

"오예. 알겠어요, 마왕님!"

장기적인 전투가 불리한 것은 오히려 플레이어 측이다. 수성을 하는 입장인 마왕성 병사들은 지속적으로 물자를 보급받을 수 있었고, 놈들은 최대한 빠르게 최상층에 오르기 위해 주문서와 아이템을 활용했다.

-물러난다.

적절히 로드멜의 마력이 바닥날 때마다 거리가 벌어진다. 그리고 플레이어들이 슬슬 조급함을 느끼는 가운데 3층에서 새로 바꾼 함정이 발동했다.

**[조여오는 벽이 발동됩니다.]**

침입자용 화살을 대신해서 설치된 조여오는 벽. 말 그대로 양쪽 벽면이 좁아지는 효과를 가진 함정으로 침입자들이 복도에 발을 들인 순간 발동되었다.

"큰일이군. 이동기를 사용해야 되는 건가?"

"아냐. 이동 기술이 없는 파티원들도 있어. 차라리 일단 한 차례 물러나서 정비를 하자."

잠시 2층과 3층의 경계 사이에서 발목이 잡힌 그들은 모닥불과 버프 아이템으로 피로 및 체력을 회복했다.

'감지계 스킬로 얼추 5층까진 파악했지만 그 위로 얼마나 더 층수가 있을지 몰라.'

진입하기 직전 봤던 마왕성의 규모는 거의 5층에서 10층 사이의 규모. 정확히 최상층의 위치를 알아내지 못한 상황에서 섣불리 아이템과 주문서를 낭비할 순 없었다.

게다가 잘못된 정보로 인해 하루치 식량만 가져온 상태. 오늘 중으로 공략하지 못한다면 어쩔 수 없이 진영으로 귀환해야만 할 것이다.

"좋아. 함정도 끝난 것 같으니 다시 진입하자고."

"리더, 저기 기둥이 하나 보이는데?"

"또 함정인가. 우선 복도 전체로 감지 스킬부터 사용해."

고개를 끄덕인 마법사 두 명이 동시에 감지 마법을 펼쳤다. 그러자 복도와 계단 전체로 괴상하게 생긴 눈들이 연달아 나타났다. 전에서도 봤던 디텍터의 시야 확보 스킬.

윌리엄은 침착히 일부 파티원에게 눈을 제거하도록 했고, 나머지 궁수와 마법사들에겐 기둥을 제거하게끔 지시했다.

"우리가 왔던 계단에도 설치되어 있었구만. 얼른 처리……."

퍼퍼퍼펑!

탐색자의 눈을 건드리는 순간 벌어진 연쇄 폭발. 위르겐의 폭탄이 심어져 있다는 것을 모르던 파티원들의 몸이 터졌다.

그리고.

**[장벽을 소환하는 기둥이 발동됩니다.]**

혼란을 틈타 가로막히는 복도. 오른쪽 복도를 통해 올라왔던 그들은 다시금 되돌아가야 하는 상황에 처하고 말았다.

"일단 피해부터 수습해. 성직자들은 다친 파티원부터 치료하고!"

"리, 리더. 뒤쪽에서 병사들이 몰려오고 있어!"

"뭐?"

왼쪽 복도를 통해 내려온 병사들이 오른쪽 계단 아래를 장악한 것이 보였다. 그제야 윌리엄은 자신들이 3층 복도와 2층 계단 사이에 갇혔다는 것을 깨달았다.

"벽을 부수게!"

"파괴가 안 돼. 그리고 몬스터들까지 올라오고 있어!"

"젠장. 내가 후방을 맡겠네. 길을 뚫게나!"

절망을 알리는 교전의 시작이었다.

-이대로 몰아쳐!

-키에에엑!

선두의 검사 스킬을 재치 있게 반격으로 끊어버린 루시엔. 뒤따라 켄이 몽둥이로 바닥을 두들기자 플레이어들의 균형이 무너졌다. 두 가지 기술 모두 정비를 갖추며 새로 얻은 스킬이었는데, 반격 같은 경우 자신이 직접 대련을 해주며 가르친 스킬이었다.

'역시 부대끼리 훈련에 보낸 것이 효과가 있었어.'

새로운 스킬 및 특성을 터득하고 덩달아 수행 과제까지 클리어됐지 않은가. 나름의 경험을 쌓아주면서 부대의 호흡 또한 한층 나아졌다고 볼 수 있었다.

[근접 전투법이 발동됩니다.]
[마력 넉백이 발동됩니다.]
[화살 찌르기가 발동됩니다.]

-좋아. 다들 잘하고 있어. 활을 좀 더 힘껏 휘두르는 거야!

물론 근접 기술들을 배워 온 한조 부대는 독특한 전투 방식으로 머리를 아프게 만들었지만, 예상보다 많은 활약을 해주고 있었다.

그리고 유일한 치료술사인 로드멜. 그는 돌풍 지대를 오가며 생명력을 확인하는 스킬을 배워 온 것인지 병사들의 상태를 일일이 체크하며 광역 치유를 시전해 주고 있었다.

[약점 간파가 발동됩니다.]
[초급 창술이 발동됩니다.]
[광폭이 발동됩니다.]

적의 약점을 파악하는 칸의 새로운 스킬, 어수룩하지만 근접에서 강력한 위력을 보이는 라이언 부대의 창술. 마지막으로 일정 시간 동안 능력치를 증폭시키는 루시엔의 광폭 스킬까지. 서서히 선두의 진형이 붕괴되는 가운데 새로 구매한 매직급 장비 또한 효과를 발하고 있었다.

'쓸 만한 광석이나 재료를 건질 때까지 잭이 제작한 장비는 일반 병사들 쪽으로 몰아줘야겠군.'

아직까진 직접 얻거나 상점에서 구매한 장비의 효율이 더욱 쓸 만했다.

용찬은 급히 시전된 결계를 보며 잠시 회귀 이전 기억을 떠올렸다.

'그러고 보니 등급에 맞지 않는 마왕성으로 진입할 시 갖가지 페널티를 얻었었지. 당장 메시지가 뜨질 않는 것을 봐선 저 놈들은 모조리 D급 플레이어겠어.'

하멜의 시스템은 항시 밸런스를 중요시 여긴다. 섣불리 등급만 믿고 저등급의 마왕성으로 쳐들어갈 시 등급 간의 격차를 메우기 위해 여러 제약이 걸리곤 했는데, 용찬 또한 직접 겪은 경험자 중 한 명이었다.

-페펭. 여기서 절반 이상은 끊어먹어야 합니다.

마침 어색한 안경을 쓴 위르겐이 상황을 파악해 냈다.

"준비한 주문서와 플레이어 아이템들을 사용해라."

-페페펭. 바로 사용하겠습니다!

기회의 전장, 체력의 부적, 마력의 부적 등등 버프 아이템을 시작으로 후방에서 주문서 효과들이 발현됐다.

-뭐야. 이놈들이 이젠 플레이어 아이템들까지 사용하는 거야?

-젠장. 동일한 주문서로 카운터 쳐. 마력 기술을 가진 놈들은 얼른 속박계 효과부터 풀고!

-마법 저항력이 높은 탱커가 누구야. 얼른 선두로 나가!

마력 능력치는 마력 기술의 효과 및 위력에 비례하고 마법 저항력은 마력 기술 및 마법에 대항하는 능력에 비례한다. 동일한 주문서로 카운터를 치듯 마력 기술도 동일한 효과로 카운터를 칠 수도 있고, 적절히 다른 계열의 효과를 통해 저항할 수도 있지만, 가장 편하게 막아낼 수 있는 방법은 바로 마법 저항력이다. 다만, 안타깝게도 지금은 근접 계열 병사들도 함께였다.

콰아아앙!

뒤늦게 장벽을 뚫는 데 성공한 것일까. 마침내 가로막고 있던 장애물이 사라지며 후방의 파티원들이 먼저 후퇴하기 시작했다.

-이 정도면 괜찮은 것 같습니다. 어차피 4층 이후에도 함정과 방어 수단이 남아 있으니까 말이죠. 페페펭.

계획했던 대로 절반 이상 플레이어를 처리한 상태다. 틈틈이 화면으로 놈들의 위치를 파악할 수 있는 것은 물론 위르겐의 시야 스킬 또한 있었으니 남은 것은 편하게 침입자들을 몰아붙이는 일뿐이었다.

"오호라. 나름 머리를 굴릴 줄 아는 병사가 있는 모양이로구나."

"언제 돌아갈 작정이지. 너 같은 존재가 외로움이라도 타는 거냐."

"물론 그런 것도 있겠지. 하지만 네놈 같이 신기한 존재는 나로서도 보기 드물어. 절로 흥미가 생기는구나."

"그만 관심 필요 없으니 얼른 꺼져라."

의미를 알 수 없는 대화들. 이젠 손님들은 거의 신경도 안 쓰는 둘이었지만 제이먼은 상관하지 않았다. 오히려 지금은 화면 속 병사들을 보며 경악할 뿐이었다.

'이, 이게 그때 평가전 당시 병사들이 맞긴 한 건가. 겨우 D급 마왕성이었기에 그리 기대도 하지 않았는데. 못 본 사이 이토록 성장했다니. 플레이어 아이템을 쓴다는 정보가 있긴 했지만 이 정도일 줄은 몰랐군.'

타의 추종을 불허하는 성장력에 감탄사까지 나온다. 마왕성의 주인인 용찬은 그저 무심한 눈길로 상황만 체크하고 있었지만, 다른 마왕들은 이 정도로까지 병사들의 실력을 끌어내진 못했다.

"……말도 안 되는군."

곁에 있던 록시 또한 믿기지 않는 것인지 인상이 팍 구겨졌다. 하지만 그 이후로도 이런 상황은 계속해서 벌어졌다.

-왼쪽 경로를 통해 올 것 같습니다. 페펭!

-여기서 함정을 발동시켜 스킬을 쓰게 만들죠. 그때 또 한 번 라이언 부대로 시선을 끌어 루시엔과 헥토르로 남은 성직자들을 처리합시다. 페펭!

-페페펭. 슬슬 포션이 떨어진 것 같습니다. 기력과 마력도 점점 바닥을 치고 있을 테니 정공법으로 가죠.

판테온 던전 당시 인상 깊은 판단을 보였던 위르겐. 미리 정보를 파악해 상대의 허를 찌르는 명석한 판단력은 보다 유리한 전투를 이끌어냈다.

-페페페펭. 저, 저건 아이템입니다. 오오. 골드 주머니까지?

가끔 탐욕에 미쳐 날뛰기도 했지만 우선적으로 손해를 보지 않고 이득만 챙기는 현명한 타입이었다. 단 한 명의 철두철미한 지휘관으로 인해 침입 저지는 순조로워지는 상황.

**[고통의 속삭임이 발동됩니다.]**

-끄으으윽. 호, 혼란 상태야. 얼른 상태 이상을 풀어야 해!

**[위치 변환이 발동됩니다.]**

-도대체 누가 발판을 밟은 거야. 다시 5층으로 돌아와 버렸

잖아!

이번에 새로 구매한 함정 및 발판 수단까지 용이하게 사용되며 놈들은 끝내 궁지에 몰렸다.

'아무리 결계사를 데리고 있다고 해도 이런 실내 공간에서 할 수 있는 것은 한정적이지.'

회귀 이전 기억에 남아 있던 결계사. 확실히 속박계, 지속계, 변화계 기술들을 동시에 다루기 때문에 보조 직업 중에선 상위급이라 할 수 있지만, 어떤 방어 및 버프 기술들도 한계는 있었다.

-끄으윽. 추, 출혈이 멈추질 않아!

-빌어먹을. 더는 못 해. 이대로는 전멸이라고.

-따라오는 게 아니었어. 분명 최하위 마왕이라고 했잖아!

심리적인 요인들로 인해 정신적인 피해도 발생했다. 그제야 놈들이 바쿤에 대한 정보를 착각했다는 것을 깨달은 용찬은 6층 화면을 보며 마지막 지시를 내렸다.

"곧 놈들이 귀환 주문서를 사용할 거다. 결코 살려서 돌려보내지 마라."

-당연하잖아요. 이미 그쪽으로 가고 있다구요!

-에헤헤헤. 한 놈 정도는 남겨놓고 피 빨아 먹어도 되죠?

애초에 한 명 정도는 살려서 정보를 토해내게 만들 속셈이었다. 그렇게 헥토르는 따로 결계사를 맡아 접근했고, 예상대로 놈들이 귀환 주문서를 꺼내 든 순간.

-뭐, 뭐야. 갑자기 바닥이 왜 이래?

-으악! 내 몸이 통통 튀고 있어!

-어, 얼른 귀환 주문서를!

방 안 전체에 바쿤의 특성인 탄력이 발동되었다.

**[플레이어들의 침입을 저지했습니다.]**

**[22번째 수행 과제를 클리어했습니다.]**

**[병사들의 스킬 및 특성 숙련도가 상승했습니다.]**

플레이어 한 명은 포박, 나머진 파티원은 전멸. 전투 끝에 다시금 성장한 병사들. 그리고 놈들에게서 드랍된 아이템과 장비 및 수행 과제 보상까지.

**[바쿤의 특성이 업데이트됐습니다.]**

**[보상으로 특수 상점 1회 이용권이 주어집니다.]**

뒤늦게 나타난 메시지들 또한 흡족스러웠다.

이것으로 병사들도 대부분 D급에 걸맞는 실력을 가지게 됐을 터. 용찬은 그레고리의 조언을 떠올리며 입가에 미소를 피웠다.

'그래. 너무 성급하게 생각할 필요는 없겠지. 플레이어로서의 빈자리는 마왕으로서 채우면 되는 일이니까.'

두 가지 모두 집중할 수 있다고 쳐도 그것은 과유불급에 지나지 않았다.

"……허어. 내가 단단히 잘못 생각하고 있었어. 이게 바쿤이라는 건가."

침입 저지 과정을 끝까지 지켜봤던 제이먼은 벌어진 입이 쉽게 닫히지 않았다. 록시를 바쿤으로 보낸다고 결정했을 때도 내심 후회했던 자신이 아니던가. 한데 오히려 예상하던 수준을 넘어 든든한 병사들과 함께 플레이어들을 막아낸 상태였다.

"방금 전에 본 현상이 바쿤의 특성인가 보군."

"그런 셈입니다. 특성에 대한 발설은……."

"애초에 할 생각도 없네. 아니, 어차피 마계 위원회의 규칙상 우리 가주들은 마왕에게 도움을 주지 못해."

"그렇다면 다행이군요. 그럼 잠시만 기다려 주시기 바랍니다. 뒷정리를 하고 와야 해서."

"으음. 또 기다리라는 건가. 일단 알겠네."

침입을 막는 도중 방문했기에 아무리 가주라고 해도 나름의 배려는 필수였다. 특히 지은 죄가 있기 때문인지 더더욱 그렸다.

용찬은 유유히 방문을 열고 나서려 했다.

"거기 멈춰라. 헨드릭 프로이스."

"음?"

"아직 네놈에게 용무가 남아 있다."

뒤늦게 발길을 멈춰 세우는 록시. 정체를 인식시키기 위해 답답한 로브도 벗어 던진 모양이었지만, 누구인지는 그전에 벌써 알아차린 상태였다.

"평가전 때는……."

파지지직!

미처 말을 끝내기도 전에 위협적인 뇌전이 방 안을 잠식한다. 용찬은 싸늘한 두 눈빛으로 그녀에게 경고했다.

"내가 건방 떨지 말라고 했을 텐데?"

"……."

"입 다물고 얌전히 여기서 기다려라."

단숨에 목을 조여오는 듯한 압박감. 수차례 카리스마를 발동시키며 숙련도를 올린 탓인지 기세가 이전보다 더 어마어마했다. 그렇게 록시를 침묵시킨 용찬은 곧장 6층 방 안으로 내려갔다.

"기세가 어마어마하구나. 스킬이 아니라 정신적으로까지 위협을 주다니. 보면 볼수록 신기한 놈이로구만."

그때 아리샤가 말을 걸어왔다.

"마녀보단 덜하겠지."

"냐하하하. 이렇게 보여도 마녀들은 자기 방어 외엔 할 수 있는 일이 거의 없어. 기껏해야 저번처럼 코어를 만지거나 게이트를 만드는 수준이겠지."

"그래서 인형을 다루고 있었군. 그보단 슬슬 내려와라."

"무슨 소리인 게냐. 이 편한 자리를 포기할 수는 없지."

머리를 쓰다듬는 손길에 절로 이가 갈린다. 회귀 이전의 실력이었더라면 마녀쯤은 간단히 제압해 버릴 수 있었을 터.

'빌어먹을. 이런 귀찮은 녀석이 달라붙을 줄이야. 언제고 죽여 버릴 테다.'

그렇게 아리샤와 묘한 신경전을 벌이며 방 안에 도착했을까. 포박 주문서에 당한 채 벌벌 떨고 있는 결계사와 그녀를 둘러싸고 있는 병사들이 보였다.

"음. 루시엔은 어디로 갔지?"

"저 꼴을 보면 당장에라도 베어버리고 싶다고 그냥 아래층으로 내려가 버렸어요. 헤헤, 그나저나 저……."

"주변에 널린 시체나 흡혈해라. 괜한 짓 하지 말고."

"윽. 그럴 수가."

신선한 피를 흡혈하지 못하게 되자 헥토르의 표정이 단박에 시무룩해졌다.

"사, 살려주세요!"

"음. 못 보던 얼굴이로군."

"네, 네?"

"칸, 켄. 지하 감옥에 가둬놔라."

"자, 잠시만요. 제발 목숨만큼은. 제발, 제바아아알!"

복도 전체로 메아리처럼 울려 퍼지는 비명 소리. 끝까지 목숨을 구걸하던 그녀는 결국 칸과 켄에게 붙잡혀 지하 감옥으로 끌려갔다.

그제야 용찬은 잠잠해진 방 안을 살피며 바닥의 꽃을 집어 들었다.

"오호. 이건 또 신기한 식물이로구나. 플레이어들을 죽여서 나온 게냐?"

"……."

마녀도 한눈에 알아볼 정도로 풍부한 마력을 지니고 있는 푸른 꽃. 다만, 안타깝게도 이 아이템은 오직 한 가지 용도로만 사용이 가능했다.

'이놈들도 모으고 있었던 건가.'

손에 쥔 꽃 속에서 한 사내의 인영이 비친다. 백발의 여인을 안고 어딘가로 향하는 모습이다. 용찬은 중립 지대에 위치한 거울성을 떠올리며 꽃을 틀어쥐었다.

'정해진 열쇠는 두 개. 하나는 리오스 진영의 던전이지만 나

머지 하나는 다른 미션에 숨겨져 있다.'

고대 유적지로 향하기 전에 먼저 공략해야 할 거울성.

그곳의 히든 피스를 얻기 위해서 또 다른 열쇠는 반드시 자신의 손에 들어와야 했다.

"아, 아이고. 아까워서 이걸 어쩌누!"

"쯧. 버려진 것에 미련 갖지 마라. 네놈, 마녀가 맞긴 한 거냐."

"이런 고급 재료를 버리다니. 나는 네놈과 달라서 조금이라도 챙겨 가야겠구나."

어느새 바닥으로 내려와 주섬주섬 꽃 조각을 주워 담는 아리샤. 그 순간, 용찬이 인상을 구기며 뒤로 물러섰다.

"빌어먹을. 그딴 쓰레기를 가지고 내 머리 위로 올라올 생각……."

"냐하하하. 이미 올라와 버렸구나."

"……."

그날, 처음으로 태현이 아닌 다른 존재에게 진심이 담긴 살기를 품는 용찬이었다.

# ◀ 29장 ▶

# 록시

총 9개의 마왕성을 노린 플레이어들.

마계 위원회의 발 빠른 대처 끝에 그들의 진영이 리오스란 것이 밝혀졌지만 이미 사태는 돌이킬 수 없었다. 10위권대, 30위권대, 50위권대, 60위권대를 동시에 노린 침입은 뼈아픈 피해를 남기고 종결되었는데, 그중에서도 놈들에게 살해당한 42위 마왕과 59위 마왕은 상황이 조금 더 심각했다.

해당 가문들은 크게 분노하며 전쟁의 불씨를 지피려 했지만 아직 전대 마왕을 뛰어넘지 못한 현 마왕들을 고려하며 마계 위원회가 즉시 조율에 나섰다. 그리고 그 소식들은 공략을 막아낸 마왕들에게도 전해졌는데.

“마침 마계 위원회에서 소식을 전달받았어. 아무래도 바쿤만 노린 것은 아닌 모양이야."

그중 한 명이 바로 용찬이었다. 제이먼은 가문을 통해 소식을 들은 것인지 쥐고 있던 통신구를 도로 집어넣었다.

"저에게도 따로 서신이 오겠군요."

"아마 그렇겠지. 하아. 이제 침입 저지도 마무리됐고 본론으로 들어가도 괜찮겠나?"

"오래 기다리시게 해서 무척 죄송합니다. 자, 이제 말씀해 보시죠. 어째서 저 마족을 데려온 것인지. 그리고 하이델 가문과는 어떤 관계인지 말입니다."

솔직히 록시와 가문과 어떤 관계인지는 궁금하지 않다. 다만, 이렇게 가주가 데려왔다는 것은 어느 정도 보상과 관련해서 이유가 있다는 것이다. 용찬은 그레고리가 건넨 차를 받으며 상체를 굽혔다.

"으음. 사실 이번 보상 건에 관련해서 내 딸아이 록시를 바쿤으로 보내 몇 년간 죗값을 치르게 하고 싶네."

"……혈육이었습니까?"

살짝 놀란 표정에 제이먼의 고개가 끄덕여진다. 아무래도 하이델 가문은 처음부터 두 명의 후계자가 있던 모양이다. 아마 록시는 마왕이 되지 못한 가문의 일원일 터.

마침내 그녀의 정체를 알게 된 용찬은 잠시 고민하다 이내 고개를 저었다.

"따님을 왜 제게 보내는지는 모르겠지만 불가합니다."

"따로 골드와 젬도 지불할 용의도 있네만."

"저 정도 수준이면 저로서도 감당이 불가능합니다. 지금 따님을 저에게 맡긴다는 것은 짐을 얹는 것이나 다름없죠."

"그러고 보니 침입을 막을 때도 플레이어 아이템과 주문서를 자주 사용했었지. 그 부분으로도 내가 약간 도움을 줄 수 있네. 부탁하지, 헨드릭 프로이스. 어떤 식으로 딸아이를 다루든 절대 간섭하지 않겠네."

가주답지 않게 저자세로 간절히 부탁해 온다. 은근 접대실 문 앞에서 서성거리는 록시에게로 시선이 가는 가운데 머릿속으로 목소리가 들려왔다.

-그냥 받는 게 좋지 않겠느냐. 마법사가 된 신규 병사들도 있겠다. 아예 저 아이에게 맡기면 되겠구먼.

'말은 무척 쉽게 하는군.'

-그리고 성격 정도야 네놈이 어떻게 하느냐에 따라 달라질 수도 있는 것이지 않느냐.

확실히 건방지기 그지없던 루시엔도 지금은 바쿤의 용병으로서 명령에 잘 따르고 있었다. 아리샤의 말대로 이번 기회를 통해 마법사 부대를 창설해도 될 터.

'확실히 D급 마법사 중에선 상위권에 속했지. 그때 보인 기술들만 해도 크게 도움은 될 거야. 게다가 저 마녀의 말과 상

관없이 어차피 마법사 부대도 만들려고 했으니까. 약간 손이 가겠지만 나름 쓸모는 있겠어.'

용찬은 한참을 고민하다 이내 고개를 끄덕였다.

"고맙네. 부디 잘 부탁하네. 내가 본 침입 저지가 사실이라면 분명 바쿤은 더욱 날아오를 걸세. 그럼 오늘 가문 측에서 공식적으로 의견을 밝히……."

"잠시만 기다리십시오. 친혈육이란 것은 그렇다고 쳐도 아직 따님에 대해서 자세히 말씀해 주시지 않으셨잖습니까?"

"끄응. 꼭 들어야 하겠는가?"

"바쿤 소속이 된다는 전제라면 듣는 것이 좋겠죠."

단도직입적인 태도에 잠시 고민하던 제이먼이 이내 수정구를 꺼내 들었다.

진실의 수정구. 플레이어 및 마족 모두 알고 있는 아이템으로서 주로 밀담이 벌어지는 장소에서 사용되는 도구였다.

"이 사실이 밝혀지면 마계 전체가 난리가 날 걸세. 이미 몇 명의 가주도 알아챈 모양이지만 함께 전쟁을 겪어온 전대 마왕들이기 때문에 철저히 비밀을 지키고 있는 것이지. 그게 아니었다면 진작에 큰 혼란이 왔을 것이야."

"도대체 어떤 비밀이기에 그렇게……."

"사실 록시는 완전한 마족이 아니야. 혼혈, 그것도 인간의 피가 섞인 아이일세."

인상을 찌푸리고 있던 용찬의 얼굴이 단숨에 멍해졌다.

"아아. 이제 그만, 그마아아안!"

사슬에 묶여 있던 여인이 비명을 내지른다. 무모하게 마왕성에 침입했다가 사로잡힌 플레이어 여성이다. 이미 몇 차례 실험을 받은 그녀는 절망 가득한 얼굴로 계속 발버둥 쳤다.

"음. 이번 실험체는 꽤나 오래 버티는군요. 보통 인간이었다면 금세 정신이 붕괴되었을 텐데."

"가끔씩 특별한 인간들도 존재하게 마련입니다. 프로헨 씨, 부디 정성껏 다뤄주세요."

"물론입니다. 오늘은 마물들을 통해 세부적으로 파고들어 봐야겠군요."

흑마법사 프로헨. 마왕성에 처음 소환된 마족으로 인체 실험을 취미로 즐기고 있는 용병이다. 아마 이번에 사로잡힌 여성도 차마 입에 담지도 못할 고통 속에서 괴로워할 터.

은은히 어둠 속에서 드러난 금발의 마족은 화사한 미소로 답하며 지하를 떠났다.

"아, 조슈아 님. 마침 잘 오셨습니다."

마침 1층으로 올라오자마자 다가온 여인. 현 마왕성의 집사를 맡고 있는 아젠이었다.

"으음, 무슨 일이시죠?"

"저희 하이델 가문 측에서 오늘 공식적으로 의견을 밝힌 모양입니다. 록시 님을 바쿤으로 보내 죗값을 치르게 한다는군요."

다른 마왕의 용병으로 들어가 멋대로 평가전을 치른 록시 하이델. 가주인 제이먼으로선 큰 결정을 내린 것이라고 볼 수 있었다. 조슈아는 예전 그녀의 어릴 적 시절을 떠올리며 울상을 지었다.

"그렇군요. 아아, 불쌍한 록시. 제가 좀 더 잘 보살폈어야 했는데."

"상심하실 것 없습니다. 가문에서 아예 퇴출당하는 것보단 나은 처사잖습니까."

"그래도 걱정되는 것은 어쩔 수 없군요. 헨드릭 프로이스. 분명 이번에 권능을 각성하며 유망주로 떠오르고 있는 60위대 마왕이었죠?"

"솔직히 유망주라고 표현하기도 어렵습니다. 가문 고유의 특성을 각성한 것도 아니고 이제 막 60위대에 올라선 상태이니 말이죠. 조금 더 지켜봐야 알 것 같습니다."

비운의 마왕의 화려한 반전. 비록 지금은 마계 전체를 들썩일 정도로 큰 변화를 보이진 못했지만 은근 관심이 가는 것은 어쩔 수 없었다. 특히 자신의 여동생이 함께하게 된 마왕성 바쿤이지 않은가.

"아아, 헨드릭 프로이스. 분명 그 마족도 언젠가 날개를 펼쳐 날아오르겠죠. 무척 기대되네요."

"하아. 조슈아 님은 너무 정이 많으셔서 탈이십니다."

조슈아의 인자한 미소에 아젠은 한숨부터 내쉬었다.

마왕성의 영역이 더욱 넓어져 처리할 업무가 쌓인 가운데 그의 관심사가 하나 더 추가되었으니 한동안 바빠질 것이다. 그 증거로 벌써부터 수정구를 꺼내 들어 어딘가로 통신을 보내고 있지 않은가.

"오랜만에 통신하는 것 같네요. 네. 바쿤에 대해 조사를 해주셨으면 해서요."

-성심껏 일을 처리하도록 하겠습니다. 다만, 프로이스 가문과 얽힐 수도 있기 때문에 세세한 내부 사정까지 파악하진 못할 것 같습니다. 부디 그 점만큼은 알아주셨으면 합니다.

"물론이죠. 부탁드립니다."

마침 통신이 끝난 것인지 자연스레 눈길이 자신에게로 향했다. 아젠은 보고할 거리가 더욱 늘어났다는 것에 골을 짚으며 고개를 끄덕였다.

"알겠습니다. 그 건에 대한 보고도 재깍 해드리죠. 일단 그 전에 분란을 일으킨 마족들에 대해서입니다만."

연분홍의 머릿결의 흩날리며 그녀의 보고서가 전달된다. 최근 마왕성 근처 영역에서 마족 두 명이 싸움을 벌인 모양이다. 조슈아는 서글픈 표정으로 질끈 눈을 감으며 말했다.

"어쩔 수 없겠죠. 안타깝지만……."

등 뒤로 활짝 펼쳐지는 아름다운 날개.

"둘 다 사형시켜야겠네요."

**[진실의 수정구의 효과가 적용되고 있습니다.]**

**[저장된 대화에 대해서 일절 발설할 수 없습니다.]**

제약의 돌처럼 무언가를 대상으로 봉인하는 효과. 제이먼이 떠난 이후에도 발동되고 있는 진실의 수정구는 발동자가 풀지 않는 이상 해제하지 못할 터다. 그렇게 록시는 바쿤의 정식 용병으로 등록됐고 세 번째 자리도 알맞게 채워졌다.

'회귀 이전에도 알지 못했던 사실을 이렇게 알게 되다니. 도대체 누가 제이먼의 아이를 품었던 거지?'

자세한 속사정은 끝까지 감추려 들었기 때문에 록시의 생모는 알아내지 못했다. 아무리 기억을 더듬어봐도 플레이어 측에서 그런 사실은 밝혀진 적이 없었고, 용찬은 어쩔 수 없이 세 번째 용병 길들이기부터 시작했다.

"아주 간단히 세 가지만 설명해 주마."

"큭. 마음대로 해봐라. 어차피 가문에서 내쫓긴 나에겐 선택권도 없으니까. 일단 따라주겠다. 헨드릭 프로……."

콰앙!

미처 대답을 끝내지 못하고 벽에 처박히는 록시.

"첫 번째. 무조건 나에게 존대할 것."

"크윽. 이 빌어먹을 자식이!"

"두 번째. 내 명령에 군소리 없이 따를 것."

"한 번 나를 이겼다고 해서 아주 오만해졌구나, 헨드릭!"

"세 번째……."

모래 폭풍이 불어오는 가운데 마왕의 눈빛이 이채를 발했다. 무작정 마법을 시전하던 록시는 금세 바닥으로 추락했고 용찬은 검은 뇌전으로 위협하며 말을 이어갔다.

"반항할 때마다 나에게 맞는다. 알겠나?"

"미, 미친!"

절대 자비라곤 없는 세 가지 조건. 그날부터 바쿤 내부에 잦은 구타 소리가 울려 퍼지기 시작했다.

"와. 오늘은 더욱 심한 것 같은데요. 말려야 하는 거 아니에요?"

"내버려 둬. 나는 아직도 저 자식이 마음에 안 든다고."

"페페펭. 드높던 자존심도 폭력 앞에선 꺾이게 마련이지."

록시 자체를 받아들이지 못하던 기존 병사들도 가끔씩은

심각하다고 여길 정도였지만 그 누구도 말리는 자는 없었다. 그저 반죽음을 당할 때까지 얻어맞는 그녀를 측은한 시선으로 바라볼 뿐이었다. 하지만 효과는 있었던 것일까.

"……따르겠습니다."

며칠 지나지 않아 처음으로 존대하는 데 성공한 록시였다. 그제야 용찬은 잠시 참교육(?)을 멈추었고 이내 그녀에게 마법사로 전직한 오크들을 맡겼다.

"이제부터 네가 맡을 부대다. 부대명은 브론즈다."

"무슨 뜻이…… 으드득. 무슨 뜻입니까?"

"심해 놈들이란 뜻이지. 네놈이 하는 것을 봐서 승급시켜 주도록 하지."

"……"

드디어 네 번째로 창설된 브론즈 부대. 마법사인 록시를 중심으로 만들어진 마법사 무리는 금세 훈련에 접어들었고, 그녀는 마치 그동안 겪은 치욕을 화풀이하듯 오크들을 거칠게 다루었다.

그사이 용찬은 새롭게 벌어들인 젬으로 스킬 및 특성북을 구매했는데, 갑작스레 성장 관련해서 차질이 생기고 말았다.

**[마왕성 시스템이 업데이트됐습니다.]**

**[상점 아이템들의 구매 제한 개수가 정해집니다.]**

무려 몇 달 간격으로 정해진 스킬, 특성, 재능, 직업, 아이템, 장비 등등의 제한 개수.

"그레고리, 이게 어떻게 된 일이지?"

"서, 서포터인 저로서도 처음 보는 현상입니다. 분명 제한 개수는 정해져 있지 않았을 텐데!"

"……그렇다면 이 빌어먹을 시스템이 밸런스에 대해 직접 판단을 내렸다는 건가."

마치 누군가가 조종하는 듯한 시스템은 절로 의심을 더욱 증폭시켰다. 이제 앞으로 젬을 한껏 벌어들인다고 해도 적절히 분배를 결정해야 할 터. 용찬은 어쩔 수 없이 미리 구매한 스킬북이라도 자신에게 사용하기로 했다.

**[스킬 부여권을 사용했습니다.]**

**[마권 스킬이 부여됩니다.]**

'이건!'

마침내 얻어낸 회귀 이전 첫 번째 주력 스킬. 기존에 가지고 있던 스킬 및 특성들도 얼추 숙련도와 등급이 상승한 가운데 마권은 용찬에게 큰 힘이 될 것이 분명했다.

이제 남은 것은 노리고 있는 미션이 열릴 동안 서열을 쭉 올려놓는 것이었지만, 그에 앞서 마계 위원회 측에서 새로운 소식이 전달되며 갑작스레 가문 복귀 일정이 잡혀 버렸다.

'대장장이와 치료술사에 대해 추가 파견을 요청할 생각이었는데 마침 잘됐군. 아예 이번 기회에 원로들도 만나고 펠드릭에게 따로 샤들리 가문에 대해서도 물어봐야겠어.'

비록 마권을 시험할 시기는 늦춰졌지만 계속 가문 방문을 늦출 수도 없는 입장이었다.

"잠시 가문으로 돌아간다. 위르겐, 루시엔. 그리고……."

1층으로 모인 병사들 사이로 마지막 일행이 정해진다.

용찬이 지목한 대상은 다름 아닌.

"록시, 너도 포함이다."

"……하?"

갓 합류한 세 번째 용병 록시였다.

-최근 결계 바깥으로 인간 몇 놈이 서성거리는 것이 보이더구나. 무엇을 조사하는 것인지 잠시 둘러보다 돌아가긴 했지만 혹시 네놈이 처리한 놈들의 동료가 아닌가 싶구나.

마왕성이 안정화가 되어갈 무렵 체이서 놈들도 슬슬 움직이기 시작했다. 노예를 잡아들이기 위해 마계로 보낸 일행이 당했으니 조사를 하는 것도 당연할 터.

'그래도 사태후의 오른팔이던 유석우를 제거했으니 한동안은 잠잠할 테지. 그것보단 오히려……'

어두컴컴한 방 안으로 네 명의 인영이 보인다. 몇백 년 동안 가문을 조율해 온 원로들. 중대 사항은 주로 그들을 통해 결정되곤 했으니 가주를 비롯해 나름 권력을 가지고 있다고 해도 과언이 아니었다.

"그래, 이번에 서열을 60위까지 끌어올렸다고 했었지."

"흥. 어느 정도는 봐줄 만하군. 그나마 망나니 시절과는 판이하게 달라졌어."

"에잉. 왜 이리 짓궂게 나올꼬. 그냥 칭찬해 주면 어디 덧나는가?"

좌측에서부터 굴쉬, 마델, 포비온, 나이언으로 소개된 그들은 마치 관찰하듯 용찬을 쭉 살폈다. 특히 백여 년 전 마왕을 보좌한 경력이 있던 용병 출신 나이언은 묵묵히 수염만 만지작거렸는데, 표정을 보아하니 무언가 마음에 안 드는 듯한 눈치였다.

'그래봐야 과거의 잔재들일 뿐이지.'

미첼 토벌 작전 당시에도 그들은 끝까지 저항을 하다 이내 플레이어들에게 살해당했었다. 지금도 그들은 엄청난 위압감을 품고 있지만 나이언과 굴쉬는 직접 죽이기도 했던 자.

"프로이스 가문 고유의 특성이 아니라고 했었나."

용찬은 전혀 주눅이 들지 않은 채로 질문들에 답변했다.

"그렇습니다."

파지지직!

어둠을 밝히는 푸른 뇌전. 손에서 발하는 뇌 속성력의 권능에 나이먼의 인상이 더욱 구겨졌다.

“차라리 질시언의 권능이 낫겠어. 겨우 각성한 게 하필 다른 속성의 권능이라니.”

“이보게, 나이언. 서자 놈도 결국 고유의 권능은 아니지 않은가. 무엇을 그리 편파하는 겐가.”

“……난 이만 돌아가 보지.”

한 명이 불쑥 사라지자 나머지 세 명도 서로를 쳐다보며 머리를 긁적거렸다.

“에잉. 이렇게 된 거 우리도 돌아가야겠군. 헨드릭, 너도 이만 돌아가 보거라.”

“알겠습니다.”

“음. 헨드릭, 지켜보도록 하마.”

마델의 살가운 눈빛을 마지막으로 방이 고요해졌다.

지지지직!

‘음?’

불현듯 들려오는 노이즈. 재빨리 고개를 돌려 근원지를 찾아봤지만 원인으로 추정되는 것은 보이지 않았다.

‘단순히 환청인가.’

잠시 귀걸이를 매만지던 용찬은 뒤늦게 복도로 나왔다.

"페페펭. 빨리 끝나신 모양이시군요."

"그래. 즉시 가주에게로 갈 거다. 따라와라."

프로이스 가문의 저택까지 따라온 세 명의 일행. 미리 문 앞에서 대기하고 있던 그들은 얌전히 용찬을 따라 위층으로 올라갔다.

'왜 나를 이곳으로 데려온 거지. 도대체 무슨 속셈이냐, 헨드릭 프로이스.'

그를 뒤따르던 록시는 당최 이해할 수 없었다. 그 많은 기존 병사 중 왜 하필 자신을 일행으로 선별한 것일까. 이렇게 저택에 도착한 지금도 그 의문은 풀리지 않고 있었다.

'이해하지 못하고 있나 보군. 그렇겠지. 마왕성의 용병으로 들어온 지 얼마 안 된 자신을 가문으로 데려왔으니까.'

등 뒤로 느껴지는 따가운 시선에 절로 미소가 맺혔다. 용찬은 철저히 록시의 시선을 무시하며 복도를 거닐었다.

"저것 봐. 망나니 놈이 다시 돌아왔어."

"그런데 좀 잘생겨진 것 같지 않아? 비실비실하던 몸도 나름 근육이 붙은 것 같은데?"

"그러고 보니 최근에 60위까지 올라갔다고 했었지. 성격도 이전보다 나아졌다고 하는데 왠지 괜찮아 보이지 않아?"

문득 속삭임의 귀걸이를 통해 하녀들의 대화 소리가 들려온다. 이전 방문 이후로도 계속 좋은 소식만 전해지고 있으니 조금씩 마음이 기우는 것은 당연했다.

그렇게 어느 정도 복도를 걸어갔을까. 이동 마법진을 앞에 두고 익숙한 안면의 마족들과 마주쳤다.

"이익. 저 자식!"

"물러나라, 루시엔."

가문의 서자 질시언과 정부 모르안. 뼈아픈 패배의 기억을 안고 있던 루시엔이 재깍 발끈하며 달려들었지만 이내 용찬의 손길에 멈춰 섰다.

"이전 방문 이후로 처음이군. 그동안 잘 지냈나."

"으드득. 개자식이!"

"물러나렴, 질시언. 그래. 얘기는 들었단다. 서열 60위까지 올라갔다고 하던데 원로분들을 만나고 오는 길이니?"

교묘한 여우처럼 모르안이 가식적인 미소를 띤다. 겉으로 내색하진 않고 있지만 아마 속은 끓어오르는 격한 분노로 가득할 것이다.

"어쩌다 보니 그렇게 되더군. 그래서 나한테 무슨 용건이라도 있는 건가?"

"섭섭하구나. 그리 얘기하면 내가 어떻게 대답해야 되니. 가족끼리는 이유 없이 이렇게 대화도 주고받고 하잖니?"

"가족. 그거 좋은 단어로군."

"그, 그렇지?"

피식 웃는 용찬의 모습에 절로 입가가 비틀렸다. 그사이, 곁에 있던 질시언은 처음 보는 록시의 동행에 의문을 품다 이내 자신을 노려보는 루시엔에게로 고개를 돌렸다.

'천박한 용병 주제에. 좋아, 이참에 수준 차이를 알려주도록 하지!'

한층 성장하며 늘어난 마력의 양. 순간 용병들을 향해 강렬한 마력이 방출됐지만 이내 록시의 손짓에 의해 감쪽같이 사라져 버렸다.

'뭣?'

문득 후드 속으로 보이는 조소. 마치 자신을 얕보는 듯한 그녀의 비웃음에 질시언이 대번 이를 갈았다. 루시엔은 어떻게 된 것인지 몰라 그저 눈만 깜빡거렸지만 모르안과 신경전을 벌이고 있던 용찬만큼은 알 수 있었다.

'마법사 앞에서 같잖은 마력 기술이 통할 리가 없지.'

분을 못 이긴 질시언이 먼저 등을 돌렸다. 그러자 모르안도 뒤따라 복도에서 사라졌고 남겨진 세 명은 기존 목적대로 가주의 집무실을 찾아갔다.

"원로분들은 일찍 보냈다고 하시던데 약간 늦었구나."

"중간에 모르안과 마주쳐 잠시 시간이 끌렸습니다."

이전 대면 때처럼 느긋이 창가에 서 있던 펠드릭이 고개를 돌렸다. 가장 먼저 시선이 간 곳은 새로 모습을 보인 위르겐과 록시였는데, 특히 직접적으로 그를 마주한 록시는 엄청난 압박감에 자연스레 몸을 떨었다.

'이, 이게 홍염의 패자 펠드릭 프로이스!'

록시가 가까이서 본 전대 마왕은 하이델 가주인 제이먼뿐이었고, 그는 친혈육이기 때문에 무력을 직접 실감했던 적은 없었다. 한데 펠드릭은 가까이 있는 것만으로도 존재감이 여실히 드러났다. 그런 록시의 모습에 용찬은 흡족해했고, 눈앞의 펠드릭은 곧장 평가를 내렸다.

"흐음. 루시엔이라고 했던가. 너는 그래도 약간 쓸 만해졌구나. 그리고 제피르 일족인 네놈은……."

"디텍터입니다."

"호오. 바쿤을 운영하는 데 무척 도움이 되겠어. 그렇다면 제이먼이 말했던 딸아이가 너인가 보구나."

설마 제피르 일족을 포함해 두 명 중 한 명을 록시로 추측하고 있었던 것일까. 워르겐은 순간 당황한 것인지 날개를 펄럭거렸고, 록시는 마른침을 삼키며 다음 말을 기다렸다.

"쯧. 확실히 후계자가 두 명이면 자연스럽게 비교가 시작되게 마련이지. 이쪽은 그나마 정식 후계자와 서자가 각각 한 명씩 있어서 마왕 자리를 두고 그렇게 경쟁이 벌어지진 않았지만 하이델 가문은 아니었겠어."

"……."

"사정은 대충 들었다. 대충 네가 힘을 갈구하는 이유를 알겠더구나. 하지만 그런 것치고는 아직 한참 부족해. 그러다간 곧 루시엔에게도 따라 잡힐 거다."

펠드릭의 말을 끝으로 두 명의 시선이 충돌했다.

'내가 이런 다크 엘프한테 따라 잡힌다고?'

'그래. 내가 여태까지 고생한 것은 헛된 게 아니었어. 잘하면 이 녀석도!'

자연스럽게 경쟁 구도가 펼쳐진다. 이것이 바로 록시를 저택까지 데려온 이유 중 하나다. 용찬은 펠드릭의 속셈을 알아채고 먼저 두 명의 용병을 내보냈다.

"흐음. 저 둘을 보아하니 네가 더 바빠질 것 같구나."

"상관없습니다. 그보다 대장장이와 치료술사를 추가 파견해 주십시오."

"그래. 슬슬 병사들이 늘어날 테니 한 명으로는 손이 부족할 만도 하겠지. 좋아. 이번에 서열도 꽤 올렸으니 곧장 보내주도록 하마."

"감사합니다. 그리고 이번에 전달된 소식이 무엇입니까?"

"으음. 헨드릭 너도 이번 플레이어들의 침입을 알고 있을 거다. 한 번에 9명의 마왕을 동시에 노렸지. 물론 너처럼 막아낸 마왕들도 있지만 아닌 마왕들도 존재하게 마련이지."

마왕성을 공략당한 42위와 59위 마왕. 그 두 명의 죽음으로 인해 서열이 나름의 변화를 겪게 됐다. 이후로 이어진 펠드릭의 설명은 간단히 자신의 서열이 58위로 변경된다는 소식이었고, 차후에 바쿤으로 마계 위원회의 일원이 직접 방문한다는 얘기도 포함되어 있었다.

'번거롭게 59위 마왕과 서열전을 치를 필요가 없어졌으니 나에겐 희소식이겠지.'

대충 가문으로 방문한 목적이 해결되자 남은 것은 흑마법사 한성의 기록서였다. 곧장 샤들리 가문에 대해 묻자 순간 표정이 굳어 있던 펠드릭은 잠시 뜸을 들이다 대답했다.

"……무슨 이유로 알려고 드는지 물어도 되겠느냐."

"그저 개인적인 호기심입니다."

"쯧. 그런 거라면 미리 접어두거라. 샤들리 가문과 친밀한 관계를 맺고 있는 우리 가문이지만 무엇을 꽁꽁 숨기고 있는지까진 알지 못해. 그저 하나 아는 것이라곤 마계 위원회의 흑단 놈들과 거래를 트고 있다는 정도지."

흑단. 마계 위원회 최상위 계급에 속한 베일에 싸인 단체다.

펠드릭은 심각한 표정으로 경고하며 대답을 회피했다.

'최근 들어 내가 모르던 사실을 많이 알게 되는군. 회귀 이전에도 흑단에 대해선 본 적도 들은 적도 없었는데 도대체 어떤 놈들이지. 펠드릭, 그래도 무언가를 숨기고 있는 눈치이지만 알려줄 생각은 없나 보군.'

결국 샤들리 가문에 대해서 알아낸 것은 없었지만 용찬은 이쯤에서 만족하기로 했다.

"알겠습니다. 그러면 전 이만 바쿤으로 돌아가……."

"잠시 기다리거라. 오늘 너를 부른 건 서열에 대한 소식을 전하는 것도 있긴 했지만 본 목적은 바로 이거다."

어느새 테이블 위로 꺼내진 상자. 펠드릭은 그 속에서 은색 목걸이를 꺼내 건넸다.

"사실 좀 더 일찍 건네려고 했지만 복잡한 일들이 겹치다 보니 좀 늦었구나."

지지지직.

또다시 노이즈 현상이 느껴진다. 지하에서 느꼈던 것이 단순히 착각이 아니었던 것인지 점점 시야가 흐려졌다.

'크윽. 이건 또 무슨!'

단숨에 몰려오는 치명적인 두통.

용찬은 인상을 찌푸리며 손에 쥔 목걸이를 내려다봤다.

"……이건 무엇입니까."

"모를 만도 하겠지. 그것은 네 어미의 유품이다."

"유품?"

"그래. 죽기 직전 내게 맡기고 간 물건이지. 한번 확인해 보거라."

울렁거리는 속을 진정시키며 목걸이를 자세히 봤을 때.

[동기화율 104%……]

눈앞으로 메시지가 떠오르며 고통이 더욱 심해졌다. 그제야 펠드릭도 이상한 낌새를 눈치챈 것인지 즉시 치료술사를 부르려 했다. 하지만 용찬이 손을 저으며 자리에서 일어났다.

"……이만 돌아가 보겠습니다."

"표정이 안 좋아 보이는데 정말 괜찮겠느냐."

"상관없습니다."

"음. 그러면 어쩔 수 없지. 얼른 돌아가 보거라."

점점 심해지는 노이즈 현상. 격하게 느껴지는 두통을 참으며 가까스로 집무실 문을 열었을까.

'이런.'

용찬의 눈앞으로 불길이 번진 복도가 드러났다.

마계의 가문들은 자신의 영역을 관리하며 세력을 불린다.

주로 사교 활동, 정보 수집, 세력 약화, 수입원 경쟁 등 여러 부분으로 입지를 다지는 것에 신경을 썼는데, 마계 내에서도 영향력이 큰 가문들은 음지에서도 신경전이 빈번하게 일어났다.

-최근 프로이스 가문 측 정보원들이 우리 영역에 침투를 시도하려 들고 있어. 당장 계획을 실행하는 것은 불가능해.

그중 하나가 바로 샤들리 가문. 통치 국가 바이칼의 절반을 차지하고 있기도 한 그들은 국경 사이에서 벌어지고 있는 묘한 신경전 속에서 크게 골머리를 앓고 있었다.

"자, 잠깐만요. 저번과 말이 다르잖아요."

-이게 네년 때문에 벌어진 일이라는 것을 잊었느냐. 단순히 정식 후계자의 세력을 약화시키라고 보내놨더니 그새를 못 참고 헨드릭 프로이스를 건드려서 일을 이렇게 만들어!

수정구를 쥐고 있던 모르안의 안색이 파리하게 떨린다.

"하, 하지만 그 망나니 자식이 그렇게 강해질 줄은 저도 몰랐……."

-입 다물어라. 네년을 통해서 간신히 조약까지 맺어놨는데 일이 틀어져 버렸어!

"아아, 그럴 수가!"

정략결혼을 통해 친밀한 관계를 맺고 있는 것은 단순히 허물어진 벽을 메우는 수단에 불과했다. 그녀의 본 목적은 서자를 통해 후계자 자리를 흔들어 가문을 약화시키는 것. 마왕성을 통해 얻을 수 있는 것들을 생각해 봤을 때 자신의 실수는 계획에 매우 치명적이라는 것을 알 수 있었다.

-빌어먹을. 미첼로 보냈던 정보원들까지 전부 당해 버렸으니 어쩔 수 없지. 이제부터는 내가 알아서 하겠다.

"그, 그럼 저는?"

-네년은 거기 얌전히 처박혀 있어라. 쓸모도 없는 년!

고요해진 방 안. 일방적으로 통신을 끊은 것인지 수정구의 불빛이 사라져 있었다. 고개를 푹 떨군 모르안은 망연자실한 눈빛으로 수정구를 내려다보며 중얼거렸다.

"……네. 아버님."

'뭐, 뭐야. 갑자기 왜 이래. 괜찮은 거예요?'

'……안에서 무슨 일을 겪었기에.'

'야. 너 뭐 하고 있어. 얼른 부축하라고!'

어떻게 바쿤으로 돌아온 것인지는 자세히 기억나지 않는다. 그저 기억나는 것이라곤 두 용병의 부축을 받아 귀환하는 장면뿐. 끝없이 타오르는 불길 속을 헤매고 있던 자신이었지만, 다행히 눈을 떴을 땐 이미 현실로 돌아와 있었다.

"갑자기 정신을 잃으셨다는 소리를 듣고 무척이나 걱정했습니다, 마왕님."

"……."

그레고리는 용찬이 무려 하루 동안 누워 있었다고 사실을 전해왔다. 용찬은 일정에서 낭비된 하루를 뼈아프게 여기며 즉시 아리샤에게로 찾아갔다.

"그건 영혼이 결속되면서 겪는 현상일 게다. 혹시 눈앞으로 플레이어 놈의 기억이 보이지 않더냐?"

분명 불길 속에서 허우적거리는 누군가를 본 것 같았다. 하지만 그녀의 말을 거꾸로 생각해 봐도 헨드릭 고유의 기억 속에 그런 장면은 없었다. 더불어 미첼 토벌 작전 때도 자신이 저택 내에서 본 것은 진한 피의 향연들뿐.

'그렇다면 나와 이놈의 기억 둘 다 아니라는 소리인데.'

그저 실마리라곤 노이즈 현상이 심해졌던 원인인 목걸이뿐이었다.

**[오르비안의 목걸이]**

[등급:노말]

[옵션:무]

[설명:오르비안이 항상 차고 다니던 은목걸이다.]

장비로선 전혀 가치가 없는 유품이었지만 잠시라도 인벤토리에서 꺼낼 수 없었다. 그렇다고 버리자니 어느새 몸이 또 거부를 해서 그것마저 불가능했다.

'역시 이놈의 영혼 때문인 건가. 아주 죽어서까지 나를 방해하는구나, 헨드릭 프로이스!'

다시금 동기화율 메시지를 찾아보려 했지만 더 이상 보이지 않았다. 게다가 당장 영혼을 떼어낼 방법도 없는 상황. 만약 방법이 있다 쳐도 영혼 결속 특성도 고려해 봐야 했다.

"계속 그렇게 가만히 놔두었다간 언제고 두 영혼이 서로 완벽히 합쳐질 게다. 그때가 되면 네 자아가 어떻게 될지는 나로서도 모르는 일이겠지."

"젠장. 푸른 마녀의 위치를 알아낼 다른 방법은 없는 거냐."

"그런 방법이 있었다면 애초에 마녀들이 뿔뿔이 흩어질 일도 없었을 게다. 역시 그 플레이어 영혼은 푸른 마녀와 연관이 있는 모양이구나. 게다가 네놈, 영혼의 영향을 받아 플레이어의 능력을 터득한 게지? 한동안 쭉 지켜봤는데 아무래도 단순한 마족이 그런 정보력과 성장력을 가질 순 없어 보이더구나."

마녀로서 나름 눈치가 빠른 것인지 금세 일부 진실을 들켰다. 하지만 아직도 착각하고 있다는 것은 다르지 않았고 용찬은 얻은 것 하나 없이 마왕성으로 돌아오게 됐다.

'이렇게 된 이상 최대한 빨리 등급을 올려 기존에 그녀를 만났던 장소로 직접 찾아가 보는 수밖에 없어.'

목적지는 C급과 B급 사이 등급만 진입할 수 있는 하멜 숙 필드. 파이칸 고대 유적지보다 등급 제한이 한 단계 높긴 했지만 회귀 이전 자신도 동료들의 도움 끝에 가까스로 퀘스트를 통해 들어간 곳이었다.

용찬은 기다릴 것 없이 즉시 지하 감옥으로 내려가 사로잡았던 결계사에게서 정보를 캐내기 시작했다.

"네가 아는 것을 전부 말해라. 동료들에게 들었던 소식부터 시작해 작은 정보들 하나하나까지 전부 꼼꼼히."

"아, 알겠어요. 그러니 제발 목숨만은 살려주세요."

"만약 거짓으로 대답할 시 목숨이 날아갈 줄 알아라."

마치 괴물을 눈앞에 둔 듯 느껴지는 위협적인 살기. 김수민이라고 이름을 밝힌 그녀는 자신이 아는 정보를 모조리 다 풀어놓기 시작했고 점차 리오스 진영에 대한 정보도 몇 가지 밝혀지게 됐다.

'아주 작정하고 첫 번째 열쇠를 얻으려고 하고 있군. 대형 길드들까지 움직이게 만들었다 이건가. 이 여자의 말만 들어봐도 진영 내에서 어느 정도 입지를 다진 것은 틀림없겠어.'

다행히 거짓 정보는 없는 것 같았다.

"이, 이제 살려주시는 거죠?"

"내가 언제 네 목숨을 살려준다고 했었지?"

"예?"

콰직!

쓸모가 없어진 도구는 버려지기 십상이다. 그렇게 용찬은 인질을 깔끔히 처리했다.

그로부터 얼마 지나지 않아 바쿤으로 위원이 찾아왔다.

"저번에 봐서 이름은 알고 있겠지? 서열 58위로 등극된 것을 축하하네, 헨드릭 프로이스."

방문한 마계 위원회의 일원은 다름 아닌 중립파의 골렌 프리도스. 그는 대면하자마자 변경된 서열들을 쭉 설명해 주었고 악몽의 탑 관련해서 소식을 전해주기도 했다.

"게이트 재료가 준비되는 즉시 설치 작업에 들어가겠네."

"알겠습니다."

"평가전 때는 잘 봤어. 많이 변했더군. 앞으로도 쭉 기대하겠네."

설명을 마친 골렌은 기대감을 표하며 그대로 돌아 갔다. 갑작스러운 사건으로 인해 올라선 58위 서열. 하지만 그 누구도 바쿤이 50위대 마왕성이란 것을 부정하지 못했다.

'대강 30위대까진 C급과 D급으로 이루어져 있다고 했었지. 우선 이번 기회를 통해 서열을 더욱 끌어올린다!'

그날 이후로 바쿤은 본격적인 서열전에 돌입하며 50위대 마왕들과 치열한 경쟁을 벌이기 시작했다.

"젠장. 이번에는 또 어디야?"

"하. 이번에는 54위 마왕 네어피스야. 도대체 왜 이렇게 시도 때도 없이 선전포고를 하는 거냐고."

"얼른 서열전부터 준비해. 위원들 따로 보내두고!"

그 과정 속에서 가장 바쁜 것은 마계 위원회였는데, 플레이어 침입 사건이 마무리된 지 얼마 되지도 않아 무작정 서열전을 벌이는 바쿤 때문에 그들은 미칠 지경이었다. 하지만 그런 사정을 미처 알 리 없는 용찬은 거침없이 행보를 이어나갔고 마침내 54위 문턱까지 도달하게 됐다.

[플라이가 발동됩니다.]

[청광이 발동됩니다.]

[모래바람이 발동됩니다.]

가장 뚜렷하게 활약을 보인 것은 다름 아닌 록시. 평가전 당시부터 재능을 인정받았던 그녀는 마법사로서 갖가지 스킬 및 특성을 구사할 수 있었고, 가끔은 50위대 마왕까지 위협할 정도로 가공할 화력을 보이기도 했다.

물론.

"이익! 저 자식한테 절대 안 져!"

"으아아아! 누님, 같이 가요!"

"페페페펭. 아주 불이 붙었군, 붙었어!"

기존 용병 및 주력 병사들도 가만히 있는 것은 아니었다. 특히 록시를 경쟁 상대로 인식한 것인지 루시엔의 활약도 점차 두각을 드러냈고, 그럴수록 록시도 펠드릭의 말을 떠올리며 더욱 서열전에 충실하게 됐다.

"취이이익. 취익!"

"5초 내로 마법을 시전하지 못하면 모조리 죽여 버릴 테다."

"취, 취이익!"

최근에 샤먼으로 전직해 여러 마법을 습득하고 있는 브론즈 부대. 비록 아직까지 오크들만 득실거렸지만 두려움에 못 이겨 열심히 록시에게서 교육(?)을 받는 듯했다.

그리고.

**[마권이 발동됩니다.]**

D급 마권 스킬을 얻어낸 용찬은 이전보다 더욱 손쉽게 적들을 처리하며 여전히 상대를 압도하고 있었다.

"이익, 이것도 피해봐라!"

"피할 필요도 없지."

"아니, 무슨! 마력을 잡아낸다고!"

지속계 버프 스킬인 마권. 일정 시간 동안 손에 마력을 실어 위력을 상승시키고 마력 능력치에 비례해 상대 마력 스킬 및 기술들을 제압해 내는 특이한 효과였는데.

덥석!

마치 물건처럼 마력을 손으로 잡아낼 수 있는 것이 가장 큰 특징이었다. 용찬은 상대 권능으로 증폭된 푸른 마력을 단숨에 쥐어뜯어 버린 즉시 뇌전을 방출하며 54위 마왕에게로 달려들었다.

"제, 젠장. 항복! 항복할게!"

"그래도 판단력이 빨라서 좋군."

"으윽. 두고 보자, 헨드릭 프로이스!"

항복 선언을 통해 종료된 서열전. 인공 마왕성 내에서 대기하고 있던 위원 세 명은 환호성을 내지르는 바쿤 병사들의 모습에 한숨만 푹푹 내쉬었다.

'아, 벌써 54위야. 또 얼마나 서열전을 치를까.'

'진짜 가문이라도 수색해 봐야 하는 것 아냐? 아니, 74위였던 망나니 마왕이 갑자기 저렇게 강해질 리 없잖아.'

'하아. 돌아가서 처리할 업무가 또 늘어났군. 헨드릭 저놈은 악몽이다, 악몽!'

망나니 마왕의 반전은 충격과 더불어 일거리에 대한 공포도 함께 안겨주고 있었다.

[청광, 플라이, 모래 폭풍, 압도, 성질 변화(권능), 메모 라이즈, 모래 통로, 남다른 캐스팅, 마법 도서관, 마력 감지, 마력 방출, 목표 인식]

[마력:38]

총 10개의 특성 및 스킬, 보통 마법사보다 월등히 높은 마력 능력치. 그리고 순간적으로 마력을 기력으로 바꾸는 성질 변화의 권능까지. 확실히 D급 상위권에 속하는 록시였다.

'이대로 경험만 쌓으면 얼마 지나지 않아서 C급에 도달하겠어.'

함께 데리고 다니는 20여 마리의 오크 샤먼도 슬슬 갖가지 마법을 발현하기 시작했다. 비록 훈련 방식이 혹독하긴 했지만 브론즈 부대 또한 발전하고 있다는 증거일 터. 그동안 벌어진 서열전 속에서 다른 용병 및 병사들도 나름 성장한 가운데 마왕성도 거의 C급을 코앞에 두고 있었다.

"허어. 겨우 한 달 만에 서열 50위까지 등극하실 줄이야. 저로선 놀랍기 그지없군요."

"서열 40위대부턴 C급 마왕 놈들도 있으니 더욱 힘들어지겠지. 이참에 올려놓는 게 나중을 위해서라도 더욱 편할 거다."

"그렇군요. 아무튼 축하드립니다, 마왕님."

깊게 고개 숙인 그레고리가 서류를 건넸다. 이번에도 다를 것 없이 마왕성 내부 상황에 대한 보고였다.

가장 먼저 잭 펠터.

'끄하하하. 그동안 저택에서 나를 그렇게나 부려먹었겠다?

네놈들도 어디 한번 당해봐라!'

새로운 대장장이들이 파견되자 신이 난 그는 마음껏 그들을 부려먹으며 장비 제작에 들어갔다.

다만 문제는.

"마법사들에게도 갑옷을 제작시켜 입히려 한다니. 미치지 않고서야 나올 만한 발상이 아니군."

"한데 그것도 참으로 판단하기 어려운 문제입니다. 분명 방어력은 높은데 마법에 대한 옵션도 나름 붙어 있더군요."

"……한조 부대를 따라서 갈수록 부대가 이상해지는군."

그래도 뛰어난 실력을 가진 대장장이 잭이다. 용찬은 뒤늦게 이전의 대화를 떠올리며 제작 및 강화에 대한 관심을 표했다.

'그러고 보니 쓸 만한 광석이 나오는 미션과 던전이 있었지. 따로 강화석도 구해서 화력을 증폭시켜 봐야겠어.'

두 번째로는 최근 작업을 시작한 악몽의 탑 게이트. 대략 완공 일정을 한 달로 잡고 있는 것을 보아 한동안은 계속 개설 작업이 이어질 듯했다.

"그리고 나머지는 자잘한 내용들이로군."

"예. 그래도 일단 보고를 해야 할 것 같아서 이렇게 적었습니다."

"……이젠 불한당까지 위르겐을 닮아간다니. 갈수록 태산이군. 게다가 루시엔과 록시의 충돌까지."

절로 한숨이 나올 지경이다. 최근 팽팽한 신경전 속에 수행 과제로까지 대결을 벌이는 루시엔과 록시이지 않은가.

용찬은 예상보다 더욱 격해진 경쟁심에 머리를 짚으며 다른 마왕성 부분에 골드 및 젬들을 투자했다. 그리고 이전에 받았던 특수 상점 이용권을 사용했다.

[1. 신자의 가호]

[2. 제테스의 흉갑]

[3. 라헬의 십자가]

[4. 강화된 마력의 돌]

이미 몇 차례나 본 익숙한 상점 아이템 및 장비들. 다행히 구매 전까지는 이용권이 사라지지 않는 것인지 계속해서 사용이 가능했다.

'모조리 레어 등급이지만 역시 강화된 마력의 돌을 구매해야 해.'

이번에 마권까지 얻어낸 용찬은 마력 능력치의 부족함을 느꼈다. 비록 1만 젬이란 엄청난 가격이지만 마력 수치를 5나 올려주기 때문에 자신에게 투자해도 전혀 손해가 아닐 터. 끝내 바쿤에 남아 있던 젬이 전부 사라지며 인벤토리로 강화된 마력의 돌이 지급됐다.

**[마력 능력치가 5 상승했습니다.]**

**[강화된 마력의 돌이 사라졌습니다.]**

자연스레 온몸으로 퍼지는 풍부한 마력. 확실히 이전보다 능력치가 늘어난 것이 체감됐다.

'파이칸 고대 유적지 공략까지 남은 기간은 짧게 잡아도 한 달. 결계사가 실토한 말도 있으니 얼추 맞아떨어지겠지. 그리고 이제…….'

서서히 용찬의 눈앞으로 거대한 균열이 벌어졌다. 그 안에서 튀어나온 사신의 모습에 그레고리는 화들짝 놀랐고, 낫을 들고 나타난 사신은 형체 없는 후드 속으로 붉은 안광을 보이며 고개를 숙였다.

"플레이어 고용찬 님을 강제 미션으로 초대합니다."

# ◀ 30장 ▶
# 강제 미션

[기억 속의 편린(1)]

손에 쥔 백색 열쇠. 한동안 북부 지대 미션을 오가며 얻어낸 첫 번째 열쇠였다. 거울성을 공략하기 위해선 두 번째 열쇠도 반드시 손에 넣어야 할 터.

'조급하게 생각할 필요는 없겠지. 어차피 곧 두 번째 열쇠를 얻을 무대가 마련될 테니까.'

태현은 싱긋 웃으며 길드 아지트에 모인 자들의 얼굴을 살폈다. 차후 마도 학살자라 불릴 동현, 회귀 이전 14좌의 한자리를 차지했던 유이치. 그리고 최근에 섭외한 익숙한 안면들까지.

"여기가 타이탄 길드의 하우스라 이거지. 시설은 꽤나 좋은데? 이전보다 한층 나아졌어."

"그래도 어수선하지 않아서 좋아. 이런 분위기가 딱 마음에 든단 말이지."

"하아. 그래서 고대 유적지는 언제쯤 출발하는 건데. 설마 아직도 밀림을 개척 중인 거야?"

전부 이전 하멜에서 이름을 날린 랭커들로서 다시금 한자리에 모여 있었다. 그 가운데 머리를 양 갈래로 묶은 흑발의 여성. 차크람을 빙빙 돌리던 레이 안이 파이칸 고대 유적지를 언급하자, 곁에 있던 동현이 서류를 꺼내며 입을 열었다.

"조만간 결과가 나올 것 같습니다. 아무래도 미개척 지대이다 보니 루트를 뚫는 데 시간이 꽤 걸리는 것 같더군요."

"하아. 벌써 6개월은 넘게 흐른 것 같은데 아직도 입구까지 길을 못 뚫어놨다니. 대형 길드들도 심혈을 기울이고 있다고 하던데. 약간 실망이야, 유태현."

"아하하하. 또 저한테로 화살이 날아오는군요. 그래도 리오스 진영 근처 중립 지대에서 발견된 것이니 조금 더 느긋이 기다려 보도록 하죠. 지금도 수백 명의 용병과 길드원들이 밀림을 지나고 있을 테니까요."

실제로 감지계 마법사 및 디텍터가 수십 명 동원되고 있는 상황이다. 중간중간 타 진영 플레이어들이 개입해 문제가 되기도 했지만, 제7도시 아크룬과 거리가 제법 가까운 밀림이었기에 유적지 공략은 리오스 진영에게 우선권이 있는 것이나 다름없었다.

'그런 사정 때문에 길드 사이에서도 우선권 경쟁을 한 거였으니까. 그것보단 오히려 마왕성 침입이 문제겠지.'

손에 들린 또 다른 서류엔 마왕성 침입에 대한 결과가 적혀 있었다. 마계를 견제하기 위해 상위권 서열대 마왕까지 건드린 가운데 공략된 마왕은 42위와 59위. 한데 예상과 다르게 74위라고 정보가 올라와 있던 바쿤은 무려 50여 명의 D급 플레이어를 저지시킨 모양이었다.

'결계사 김수민. 비록 회귀 이전에 이름을 알린 플레이어는 아니었지만 그래도 D급 파티 사이에선 꽤나 실적을 올리고 있던 히든 직업이었는데. 애초에 정보가 잘못된 건가. 아니, 그렇다고 해도 회귀 이전과 달라진 것은 부정할 수 없는 사실이지.'

최종적으로 게이트가 열린 마왕성 바쿤. 그리고 마지막으로 살해한 마왕 헨드릭 프로이스. 점점 최하급 마족에게로 의심이 기울어지고 있었다.

'일단 이번 침입 계획으로 우리 쪽도 피해가 이만저만이 아니니까 조금 더 두고 봐야겠어. 당장 아놀드 파커의 잔소리도 장난이 아니니까.'

자신이 정보를 알려주는 족족 흡수하고 있는 하이드 길드의 마스터다. 이번 원탁의 회의에서도 알려준 대로 14좌 중 일부를 끌어들여 거울성 공략 시기를 앞당긴 전력이 있었지만, 간간이 개인적으로 계획을 주도하다 보니 태클도 이만저만이 아니었다.

철컥.

"갑자기 바깥이 소란스러워졌군."

"그런 것 같네요. 길드원들 관리를 어떻게 하는 거죠?"

판금 갑옷으로 무장한 창기사 아둔이 슬쩍 문 쪽을 쳐다보자 레이도 뒤따라 눈을 흘겼다.

하지만 그것도 잠시. 어느새 방 안으로 정체불명의 사신들이 나타나며 분위기는 단숨에 긴장감으로 팽팽해졌다.

"이것들은 또 뭐야?"

"플레이어 레이 안 님을 강제 미션으로 초대합니다."

"플레이어 아둔 프라이언 님을 강제 미션으로 초대합니다."

일제히 플레이어들에게 공손히 인사하는 검은 로브의 사신들. 가만히 턱을 괴고 앉아 있던 태현은 당황하는 일행을 보며 느긋이 입가를 말아 올렸다.

'자, 만약 네놈이 나와 같이 회귀했다면 너도 최단 시간 클리어를 노리겠지. 각 등급별로 선별되어 진행되는 강제 미션. 저번 C에서 D급 사이 미션은 내가 더 빨랐지만 이번에는 과연 어떨까. 설마 아직도 D급을 달성하지 못한 건 아니겠지, 고용찬?'

당연히 C급에서 D급 사이 강제 미션의 보상은 두 번째 열쇠다. 다시 한번 그 상황들을 겪어야 하는 가운데 나름의 기대감도 생겼지만, 결과는 안 봐도 뻔했다.

'비록 암살왕의 머플러를 얻지 못해 세트 효과는 낼 수 없지만 그래도 최종 보스는 내가 더 잡기 편하지. 만약 마권을 얻었다 한들 결과는 같을 거야. 그 보스 놈은…….'

서서히 머릿속으로 떠오르는 보스의 무위. 이미 놈에게 대항하기 위해 각종 저항력 장비도 모아둔 상태다. 벌써 사신들의 등장으로 인해 각 진영은 난리가 났을 터.

'그럼 다시 리플레이를 해볼까.'

사신에게 초대장을 건네받은 태현은 눈에 이채를 발하며 천천히 자리에서 일어났다.

'그놈도 지금쯤 초대장을 받았을 테지. 이번에도 자신의 승리를 예상하고 있겠지만 그때와는 좀 다를 거다.'

초대장을 건네받은 용찬은 비릿한 미소를 지으며 태현을 떠올렸다. 분명 강제 미션의 최종 보스는 무투가인 자신이 아무리 애써도 쉽게 처치할 수 없는 존재. 놈을 대비하기 위해 각종 장비를 모으는 것이 당연한 순서였지만 자신이 아무런 생각도 없이 사신을 기다린 것만은 아니었다.

'애초에 그런 장비들을 모을 필요도 없었기 때문이지. 계속 여유롭게 있어라, 유태현. 그 여유가 조만간 방심으로 돌아올 거다.'

이미 마왕성의 업무는 그레고리에게 맡겨둔 상태다. 용찬은 사신의 공손한 인사를 받으며 즉시 초대장을 찢었다.

**[강제 미션으로 진입합니다.]**

**[각종 페널티가 부여됩니다.]**

이 시기의 강제 미션은 진영 및 메신저, 그리고 모든 계열의 스킬 및 특성이 봉인된 채 진행된다. 심지어 본래 가지고 있던 아이템 장비의 효과도 끌어내지 못하는 제약이 걸리지만 용찬은 침착히 감긴 눈을 떴다.

**[사신들의 초대]**

[등급:?]

[설명:각종 차원을 넘나드는 사신들이 하멜에 방문했다. 플레이어들에게 유독 관심을 가지고 있던 그들은 후한 보상들을 준비해 강제 미션을 개최했다. 세 단계로 나누어진 목표를 클리어하며 무사히 강제 미션을 진행하라.]

[목표:진행 과제 0/3]

[보상:?]

회귀 이전과 동일한 퀘스트 메시지다. 드넓은 강당 안으로 소환되는 플레이어들 또한 달라진 것이 없는 상황.

'일부 멤버는 바뀐 것 같지만 내용은 똑같겠지.'

이미 자신의 복장도 현대에서 흔히 보던 교복으로 바뀌어져 있었다. 용찬은 웅성거리기 시작한 플레이어들을 보면서 아리샤의 말을 떠올렸다.

'계속 그렇게 가만히 놔두었다간 언제고 두 영혼이 서로 완벽히 합쳐질 게다. 그때가 되면 네 자아가 어떻게 될지는 나로서도 모르는 일이겠지.'

한 가지 목표를 좇아 간신히 여기까지 왔건만 예상도 못 한 헨드릭 프로이스의 영혼에 발목이 잡혀 버렸다.

'……아냐. 분명 영혼의 문제도 심각하긴 하지만 우선적인 목표는 복수야. 우선 유태현 그놈에게 집중해야 돼.'

비록 마녀의 행적을 찾기 위해 은둔자의 숲까지 일정을 꾸렸지만 본연의 목표를 잊은 것은 아니었다. 용찬은 교복 주머니 속에 잡히는 학생증을 꺼내 살피다 이내 무대 위에 올라선 사신에게로 시선을 돌렸다.

"다들 조용히 해주시기 바랍니다. 우선 이렇게 저희 사신 아카데미에 와주신 플레이어분들에게 감사를 표합니다. 앞으로 여러분의 신분은 아카데미의 학생이며 저희 지도를 따라 세 가지 수업을 진행하게 될 것입니다."

"잠깐만요. 분명 함께 초대받은 동료들도 있었는데 그분들은 함께 오지 못한 건가요?"

"마침 좋은 질문이군요. 분명 저희는 하멜 플레이어분들을 모조리 아카데미로 초대했습니다. 하지만 아무래도 인원이 예상보다 많다 보니 적당히 분류할 수밖에 없더군요."

그 이후로 이어진 대표 사신의 설명은 이와 같았다.

가장 먼저 백만 명이 넘는 플레이어를 등급 및 인원별로 분류해 각각 다른 차원으로 소환했다는 것. 그리고 학생 신분으로 둔갑시켜 퀘스트와 비슷한 형식으로 세 가지 수업을 만들어 교실에서 지도를 받는 것까지. 처음에만 해도 혼란스러워하던 플레이어들이었지만 어느 정도 설명이 진행되자 나름 퀘스트로 인식하며 이런 분위기에 적응하기 시작했다.

"자, 그러면 백 명씩 나누어 교실로 안내를 하겠습니다."

마침 새로이 모습을 드러낸 사신들이 강당으로 들어서자, 미리 줄 지어 기다리던 플레이어들이 놈들을 따라갔다.

"미친. 현대의 학교를 완전히 빼다 박았는데?"

"뭐, 그래도 나쁘진 않은 것 같아. 이런 퀘스트면 목숨이 위험해질 상황도 나오진 않겠지?"

"교실 내부도 완전히 현대식으로 계설되어 있잖아. 아아, 은근 그리워지네."

서로 신분도 진영도 모르기 때문일까. 교실로 안내받은 플레이어들은 그저 옛 기억에 사로잡혀 각자 추억들을 회상하기만 했다. 미리 안내받은 자리에 착석하자 단상 위에 있던 사신이 마치 출석을 부르듯 한 명씩 이름을 말하게 했다.

물론.

"41번 학생인 한상훈입니다."

가명으로 아카데미 내에서 신분을 속일 수도 있었다.

**[41번 한상훈으로 학생증에 이름이 등록됐습니다.]**

출석을 통해 등록된 또 다른 신분. 담당 교사로 보이던 사신은 애써 정체를 캐묻지 않고 계속 출석을 불렀다.

'일단 같은 반으로 배정받은 플레이어는 총 백 명. 전부 외울 순 없겠지만 몇 명 정도는 얼굴과 이름을 기억해야 해. 그리고…… 음?'

문득 교실 내를 둘러보던 중 익숙한 얼굴에 시선이 멈추었다. 한때 휴먼 메트로를 함께 진행하기도 했던 보험. 대부분 기억과 일치하는 자들이 함께 있는 가운데 오직 한 명만이 자신의 예상을 벗어나고 있었다.

'저 여자는 차혜림?'

마침 그녀도 자신을 발견한 것인지 눈을 마주치자마자 당황스러운 기색을 보였다. 그리고 그런 분위기 속에서 출석이 끝나며 현 강제 미션에 대한 설명으로 이어지고 있었다.

사신 아카데미.

회귀 이전 하멜에서도 1년 차 즈음 강제 미션을 통해 오게 된 건물이었다. 오직 학생이 된 플레이어들만을 위해 마련된 공간으로서 퀘스트란 수단을 통해 자신들을 가르치는 곳이기도 했는데, 세 가지로 나누어진 목표 속에서 거의 3일 동안 사신들과 함께해야 했다.

"오늘 수업은 한 시간 후에 진행하도록 하겠습니다. 3반 학생 여러분은 그동안 서로 친목을 다지며 쉬는 시간을 가지시기 바랍니다."

수업은 오직 하루에 한 번. 나머지 시간은 자유 시간으로 학생들을 위해 숙소 및 식당도 따로 제공되고 있었다. 그렇게 설명이 끝나자 자리에 앉아 있던 플레이어들은 어색한 분위기 속에서 서로를 흘금흘금 쳐다봤는데, 이미 한 차례 강제 미션을 겪었던 용찬은 그저 묵묵히 주위만 살폈다.

"……저기, 그때 그 플레이어분 맞으시죠?"

'이런. 역시 말을 거는 건가.'

어느새 자신의 자리로 다가온 혜림이 말을 걸어왔다. 함께 휴먼 메트로의 보험으로서 파티를 겪었기에 그녀 또한 의문이 가득할 것이다.

'차라리 잘됐어. 이렇게 된 거 이번 기회에 그때 상황이라도 물어봐야겠군.'

용찬 또한 어떻게 그녀가 레드 클리프 3인조의 곁에서 홀로 살아남은 것인지 궁금했다.

"아, 그때 그분이시군요. 이렇게 강제 미션에서 만나게 되다니. 반갑습니다. 아마 차혜림…… 씨였죠?"

"네, 맞아요. 그때 갑자기 사라지셔서 놀랐는데 다행히 상훈 씨도 무사히 빠져나오셨던 모양이네요."

"뭐, 어쩌다 보니 운 좋게 목숨은 건질 수 있었습니다. 그 빌어먹을 놈들에게 배신당할 때만 해도 죽었구나 싶었는데 말이죠. 한데 혜림 씨는 어떻게 놈들 곁에서 빠져나오셨습니까. 혹시 모르고 계신 것은 아니죠? 놈들이 애초에 저희를 미끼로 삼았다는 것을."

일순 시간이 정지된 듯 고요해진 둘 사이의 공간.

'자, 네가 어떻게 살아남았는지 한번 대답해 봐라.'

'……이거 은근 대답을 유도시키네?'

서로 묘한 눈빛이 오가는 가운데 가장 먼저 혜림이 놀란 기색을 지으며 입으로 손을 모았다.

"세, 세상에. 전 그런 줄은 몰랐어요. 뒤늦게 눈을 떴을 땐 이미 그 사람들은 전부 사라지고 저 혼자 남아 있었으니까요. 만약 같은 진영 플레이어분들이 절 발견하지 못했더라면 거기서 빠져나오지도 못했을 거예요."

"역시 모르셨군요. 저도 나중에서야 알게 됐는데 그때 저희는 그저 놈들의 보험일 뿐이었어요. 자칫 잘못했으면 희생양이 될 뻔했던 거죠."

"하아. 그래도 이렇게 살아남으셔서 다행이에요. 여기서 다시 마주칠 줄은 꿈에도 몰랐거든요. 나쁜 자식들이네요, 정말! 저도 최근에 어떤 분 소개로 우연히 길드에 들어가 활동중인데 가끔 그런 놈들을 많이 보거든요. 앞으로는 더욱 조심해야 할 것 같아요."

"이런 세계에서는 어쩔 수 없는 법이겠죠."

"그래도 상훈 씨 같은 분이 계셔서 다행인 거 같아요. 아, 맞다. 그러고 보니 저희는 같은 진영이기도 하잖아요. 요즘 상훈 씨는 무엇을 하고 계세요? 이전보다 더욱 멋있어지신 것 같은데."

질문에는 질문으로.

'우선 어디서 무엇을 하고 있는지 들어볼까. 대충 정보만 알아내면 손쉽게 처리할 수 있을 테니까.'

다인 진영의 플레이어로서 과거 행적들은 있게 마련이지만, 지금의 자신은 역으로 과거의 일 때문에 발목이 잡힐 가능성도 컸다. 혜림은 자신의 몸을 거칠게 다루던 기억 속 누군가를 떠올리며 적당히 표정 연기를 했다.

'역시 우연히 살아난 건가. 한데 왜 나에 대해서 궁금해하는 거지. 한 번 그런 일을 겪었으면 어느 정도 깨달은 것도 있을 텐데?'

플레이어 간의 교류도 어느 정도 수준에서 선이 그어야 한다. 레드 클리프 3인조에 대해 듣게 되면 보통 남에 대해 경계심을 갖는 게 정상일 터.

용찬은 살짝 볼을 붉히는 그녀를 보며 고민하다 이내 적당히 기억을 짜 맞춰 대답을 이어갔다. 그리고 서서히 다른 자들도 각자 근처에 있는 플레이어들과 대화를 이어가는 가운데 1시간가량의 쉬는 시간도 빠르게 지나갔다.

"자자, 다들 본래 자리로 되돌아가 주시길 바랍니다. 슬슬 수업을 시작하도록 하겠습니다."

"아, 어찌 됐든 같은 반이 됐으니 함께 잘 해봐요, 상훈 씨."

"그러도록 하죠. 잘 부탁드립니다."

마침 단상 위로 돌아온 사신과 함께 무의미한 대화도 끝이 났다.

'쯧. 귀찮은 게 달라붙었군. 그래도 첫 번째 수업을 생각한다면 그리 나쁜 것도 아니야.'

무려 50개의 반으로 이루어진 아카데미의 첫 번째 수업 시간. 목줄을 목에 걸고 있던 사신이 어느새 책상 위로 상자를 꺼내면서 수업의 시작을 알렸다.

"자, 그러면 단도직입적으로 첫 번째 수업에 대해 알려 드리겠습니다. 여러분들은 그저 투표만 해주시면 됩니다."

"잠시만, 무슨 수업이 이래. 다른 설명은 없어?"

"예. 그렇습니다. 그냥……."

의문으로 가득해지는 학생들의 얼굴. 그와 동시에 사신의 후드 속에서 붉은 안광이 빛을 뿜어냈다.

"아무런 주제도 없이 투표만 해주시면 됩니다."

마왕이 자리를 비운 마왕성 내부. 평소와 다를 것 없는 분위기에서 최근 소환된 병사들은 좀체 적응이 되지 않았다. 그리고 그것은 이번에 합류한 용병 록시도 마찬가지였다.

"헨드릭은 어디로 간 거지?"

"아, 마왕님께선 자주 이렇게 개인적인 업무 차원에서 자리를 비우시곤 합니다. 아마 며칠 내로 돌아오실 것이니 그리 염려 마시기 바랍니다."

"큭. 내가 그런 놈 따위를 걱정한다고?"

"으음. 록시 님. 아무리 마왕님께서 안 계시다지만 예의는 지켜주시기 바랍니다."

바쁘게 움직이던 깃펜이 멈추어진다. 집무실 내부에서 서류를 작성하고 있던 그레고리는 한쪽 안경테를 끌어 올리며 말투 및 태도를 지적했다.

"그레고리라고 했나. 마왕성의 집사라고 눈에 보이는 것이 없나 보군. 내가 굳이 네놈의 말까지 따라……."

"보고에 올릴 겁니다, 록시 님."

"……."

집사의 업무는 마왕성을 관리하고 일정 기간마다 마왕에게 보고를 올리는 것. 일순 헨드릭에게 교육(?)받던 기억을 떠올린 록시는 입을 꾹 다문 채 몸을 떨었다. 그제야 그레고리는 싱긋 미소를 지으며 다시 서류에 집중했다.

"장난입니다. 그래도 말투에 조금 더 신경을 써주시기 바랍니다. 그것보다 브론즈 부대는 어떻습니까?"

네 번째로 부대로 바쿤에 자리 잡은 브론즈 부대다. 최근에 오크 샤먼들의 등급이 D로 상승하면서 나름 후방에서 화력을 이끌어낼 수도 있었는데 주로 배운 마법들은 속박계, 지속계, 변화계 세 가지 스킬이었다. 그렇게 자연스레 다른 주제로 대화가 넘어가자 록시는 마치 홀린 듯 대답을 이어갔고, 뒤늦게 그가 평범한 집사가 아니란 것을 깨달았다.

'내가 언제부터 꼬박꼬박 대답을 하고 있었지? 과연 그놈의

집사라는 건가.'

물론 헨드릭, 아니, 용찬도 모르고 있는 서포터의 또 다른 면모였지만 그것을 모르는 록시로선 혼자만의 착각에 빠질 수밖에 없었다. 결국 그녀는 부대에 대한 보고만 잔뜩 올린 채 비참히 복도로 나오게 됐다.

"거기 있었구나. 얼른 따라 나와. 오늘은 내가 반드시 이길 거라고!"

언제 최상층으로 올라온 것인지 다크 엘프가 잽싸게 달려왔다. 최근 매일 대련을 요구하는 루시엔.

'젠장. 이깟 하찮은 다크 엘프가 나를 따라잡을지도 모른다고?'

'평가전 때는 손도 못 써보고 졌지만 지금은 달라. 아니, 이대로 계속 노력한다면 언젠가 이길 수 있어!'

서로 펠드릭의 말을 떠올리며 견제하는 가운데 록시가 이를 갈며 마력을 해방시켰다.

"이번에야말로 수준 차이가 무엇인지 똑바로 가르쳐 주마, 다크 엘프."

"흥. 폼 잡지 말고 얼른 1층으로 내려오라고!"

"크읍. 그 태도가 언제까지 유지되는지 지켜보마."

상대를 하찮게 여기면서도 서서히 뒤따르고 있는 발걸음.

당장 본인은 알지 못했지만 록시도 서서히 바쿤에 적응하고 있다는 증거였다. 비록 그날도 루시엔의 패배로 대련은 마무리

되었지만 서로를 향하는 경쟁심만큼은 멈추지 않았다.

법과 질서가 체계적으로 정해져 있지 않은 세계. 온갖 게임 시스템으로 도배된 하멜은 길드를 자처하는 무리로 인해 적정 기준선이 정해졌지만, 잠시라도 방심했다가 비명횡사하는 것은 변함이 없었다.

'아하하하. 이 자식들, 펨트릿도 모르고 있었나 봐.'

'던전 클리어를 앞두고 이렇게 죽게 돼서 어쩐다냐. 아이고. 불쌍해라.'

'좋아. 이년은 실컷 가지고 놀다가 죽여 버리자고.'

그날도 어김없이 그랬다. 여섯 명으로 파티가 결성되어 던전 보스를 앞두고 있던 초기 시절. 전혀 난입에 대해 신경도 쓰지 않았던 파티원들은 갑작스레 들이닥친 리미트리스 진영 플레이어들에게 속수무책으로 당했고, 자신은 운 좋게 근처 벽에 몸을 숨기며 목숨을 건졌었다.

'만약 일찍이 눈치를 못 챘으면 나도 그 여자와 같은 처지가 되었겠지.'

몬스터들이 리젠되는 형식의 던전. 단순히 후방의 습격이 사라진 것을 의심하며 미리 숨을 만한 장소를 눈여겨본 것뿐

이건만. 그 결과 잔악무도한 놈들에게 농락당하던 여성 플레이어의 신세만큼은 피할 수 있었다.

홀로 살아남아 동료들의 죽음을 지켜만 보던 꼴이란. 이제 와서 생각해 보면 참으로 허탈하고 무력한 자신이 한심하기도 했지만, 그 일을 통해 깨달은 것도 없지 않아 있었다.

'눈치.'

현대든 하멜이든 가장 간단하면서도 중요한 게 눈치다. 어디서든 사람은 만나게 마련이었고 인연은 참으로 기묘하게 이어지곤 했다. 그걸 인지한 즉시 혜림은 다인 진영을 벗어나 무법자들을 찾아갔고, 소속감이 아닌 이익과 실리를 추구하는 그들 사이에서 빠르게 동화되어 갔다. 그리고 순탄하게 현 집단의 지배자들에게 꼬리를 흔들며 그들의 눈에까지 들었건만.

'정말. 저 녀석만 아니었으면 진작에 가명을 썼을 텐데.'

강제 미션에 진입하면서 예상외의 복병을 만난 상태였다. 괜시리 휴먼 메트로 미션 당시 본명을 썼던 게 후회로 밀려왔지만, 애초에 목격자를 모두 제거하고 빠져나올 심산이었기 때문에 오히려 다른 쪽에 문제가 있다고 봐야 했다.

'거기서 미끼로 써진 놈이 어떻게 살아 돌아왔냐 이거지. 어찌 보면 전부 그 멍청한 복면 놈들 때문이야. 차라리 내가 먼저 처리해 버릴 걸 그랬어.'

혜림은 만개하는 꽃 속에서 무참히 죽어 나간 세 명을 떠올리며 상훈을 쳐다봤다. 미리 안면이 있는 척 접근해 어느 정도 정보를 캐물었으니 차후 처리는 손쉬울 터. 우선 지금은 담당 사신이 내려준 첫 번째 수업 내용에 집중해야 했다.

"뭐야. 정말 백 명이서 아무런 주제도 없이 투표만 하라는 거야?"

"예. 어떤 식이든 상관없습니다. 3반 학생이라면 누구든 상관없으니 한 명의 이름을 투표용지에 적어주시면 됩니다. 애초에 이걸 위해 출석과 쉬는 시간이 주어진 것이니까요."

적절한 순간에 백 명의 플레이어 위로 학생증에 등록된 이름이 떠올랐다. 유독 덩치가 가장 크던 사내는 어이가 없는 것인지 자리에서 냅다 일어났지만 이내 모든 능력을 금제당했다는 것을 깨닫고 헛기침을 하며 다시 자리에 앉았다. 그사이 3반의 학생들은 서로를 쭉 훑어보며 이름을 살피기 시작했고, 점차 몇 가지로 의견을 통일해 갔다.

'설마 투표 결과로 탈락자를 정하는 것은 아니겠지?'

'과반수 결과로 떨어지면 억울하잖아. 강제 미션인 만큼 보상도 엄청날 텐데!'

'젠장. 쉬는 시간 때 너무 튀었나. 항상 이 주둥아리가 문제라니까!'

이런 주제 없는 투표에도 반드시 이유는 있을 터. 교실에 배치된 벽걸이 시계가 반복적으로 초침 소리를 내는 가운데 서로를 견제하고 외면하는 눈빛들이 공간 속을 오갔다. 그리고 담당 사신이 제한 시간을 1시간이라고 밝히는 순간 마침내 책상 위로 투표할 백색 용지가 전달되었다.

째깍째깍.

묘한 신경전 속에 혜림의 눈빛이 정면을 향했다.

'의도를 파악하는 것보단 당장 눈앞에 있는 것부터 확인해야지. 우선 달라진 것은 두 가지. 바로 낫과 목줄이겠지.'

강당에선 본 적 없던 목줄과 낫. 나름 사신답다고 볼 수 있는 차림새였지만 수상한 것은 목에 걸린 목줄이 바닥으로 늘어져 있다는 점과 낫이 거꾸로 들려 있다는 점이었다. 만약 자신의 추측이 맞다면 저건 힌트이며 의도와 연결되는 수단일 것이다.

'……아하. 대충 알겠네. 여기서 절반 이상은 떨어트린다 이거지? 다른 애들도 몇 명은 이미 눈치챈 것 같고. 근데 저 녀석은 뭐 하는 거래?'

슬슬 투표용지를 채워가는 학생들 사이에서 홀로 책상에 엎드리고 있는 상훈이 거슬렸다. 혹시 그도 첫 번째 수업의 비밀을 알아챈 것일까. 아니, 그렇다고 보기엔 백지로 놓인 투표용지가 무척 태평스럽게만 보였다.

'벌써 포기한 거야, 뭐야? 아니면 과도한 자신감?'

나름 추측하던 혜림이 피식 웃으며 고개를 저었다.

'그럴 리 없겠지. 기껏해야 D급 플레이어 정도일 텐데. 알려진 게 없는 걸 봐선 그리 대단한 놈은 아니야.'

단순히 의욕이 없는 것이거나 혹은 콘셉트 정도일 터다. 그렇게 혜림은 아예 관심을 끄고 투표용지에 적을 학생을 물색했다. 하지만 정작 상훈, 아니, 용찬은 느긋이 투표 시간이 끝나기만을 기다리고 있었다.

'역시 기다리는 시간이 제일 지루하군. 그래도 저 여자 덕분에 귀찮은 수고는 덜었으니 그나마 나은 거겠지.'

쉬는 시간이 시작되자마자 말을 건네온 혜림. 지금도 3반 학생들은 간간이 자신과 그녀를 번갈아 쳐다보고 있었다. 첫 번째 수업에서 볼 수 있는 가장 단순한 심리는 그나마 눈에 띄는 사람의 이름을 용지에 적는 것. 물론 일부러 마음에 안 드는 자를 적어 탈락시키는 경우도 있겠지만 대부분 안면도 없는 자들이기 때문에 아무런 주제도 없는 투표에선 거의 다수가 그런 심리를 취할 수밖에 없었다.

'낫과 목줄이 죽음을 암시한다는 것은 누구라도 알고 있는 사실이지. 다만 주제가 없다는 말에 대부분은 눈앞에 놓인 것을 놓치기 십상이야. 아마 지금이 그런 경우겠지.'

일부 몇 명은 눈치를 챈 것인지 빠르게 용지를 채워갔고 자신과 혜림, 그리고 자신의 말에 대뜸 자리에서 일어났던 사내에게로 은근 시선이 쏠렸다.

"투표 시간이 끝났습니다. 용지는 모두 회수하도록 하죠."

"어엇. 아직 못 적었는데!"

"상관없습니다."

마침 1시간이 지난 것인지 투표용지가 투표함으로 모여들었다. 담당 사신은 빠른 손놀림으로 칠판에 결과를 적기 시작했고 이내 모든 투표용지의 확인이 끝났다. 결과는 예상대로 뒤죽박죽. 다섯 명 정도의 학생만이 세 표 이상을 받은 가운데 나머지 학생들은 1표 혹은 0표인 상태였다.

'역시 눈치가 빠른 애들은 자기한테 투표했나 보네. 이 수업은 애초에 반대로 생각하는 투표였으니까.'

0표인 학생들은 칠판에 적히지도 못한 상황. 혜림은 사신의 거꾸로 된 목줄과 낫을 보며 싱긋 미소를 띠었다. 하지만 0표의 학생들은 아직까지 의도를 파악하지 못한 것인지 그저 안도의 한숨만 내쉬었다.

"첫 번째 수업의 최종 결과를 발표하겠습니다."

"오오. 드디어 최종 결과구만."

"설마 투표로 탈락을 정하는 건 아니겠지?"

만감이 교차하는 분위기 속에서 0표를 받은 학생들의 머리 위로 해골 문양이 떠올랐다. 담당 사신은 붉은 안광을 내뿜으며 낫을 바닥으로 탁탁 두들겼다.

"이로써 62명의 탈락자가 정해졌습니다. 첫 번째 수업을 통과하신 분들은 복도에서 대기 중인 사신을 따라 숙소로……."

"자, 잠깐만. 왜 내가 탈락한 건데. 도대체 탈락자를 고르는 기준이 뭐였냐고?"

"음. 간단합니다."

자연스레 칠판을 향하는 사신의 손길. 탈락했다는 사실에 대뜸 자리에서 일어난 청년은 멍하니 나열된 이름들을 쳐다봤다.

"투표 받은 순입니다. 원래는 절반 정도만 가르려고 했지만 0표를 받은 학생분이 많아 이렇게 되어버렸군요."

"그게 무슨. 언제 그런 힌트를 주었다고……."

"힌트라면 수업이 시작하는 그 순간부터 이미 주어지고 있었습니다만."

천천히 교실을 빠져나가는 학생들 속에서 사신이 목줄과 낫을 가리켰다.

그제야 투표의 비밀을 알아챈 0표의 학생들. 하지만 결과를 번복하긴 이미 늦은 상황이었고 결국 62명의 탈락자들은 멍하니 복도로 나간 학생들만 바라보는 신세가 됐다.

'그래도 회귀 이전보단 조금 더 살아남았어. 이것도 전부 저 여자의 영향인 건가.'

결과 자체를 완벽히 뒤엎은 것은 아니었지만 그래도 약간의 변화가 주어졌다. 용찬은 운 좋게 살아남은 혜림을 쳐다보다 이내 교실 쪽으로 고개를 돌렸다.

'과연 이번에는 몇 명이 살아서 하멜로 돌아갈지 궁금해지는군.'

정작 탈락한 본인들은 앞으로 자신들이 어떻게 될지 꿈에도 모르고 있었다. 그사이 복도에 대기하고 있던 백색 로브의 사신은 통과한 학생들을 숙소로 안내하기 시작했고, 교실에 남은 학생들은 담당 사신의 새로운 지시를 받게 됐다.

"탈락한 여러분은 다른 장소로 이동될 것입니다."

"뭐, 뭐야. 바로 하멜로 돌아가는 거 아니었어?"

"당연히 패배하신 플레이어분들은 본래 예정대로 돌려보낼 예정입니다."

점차 환해지는 학생들의 인상. 하지만 그것도 잠시.

"물론 여기서 살아남으신 학생분들만 말이죠."

어느새 교실 전체가 넓은 들판으로 변형되며 주위로 결계가 쳐졌다. 사신은 낯을 번쩍 들며 외쳤다.

"자, 이제부터 서바이벌 수업을 시작하겠습니다. 하멜로 돌아갈 예정 인원은 10명. 그 인원이 맞춰질 때까지 서로 싸워주시길 바랍니다."

첫 번째 수업이 끝나자 복도는 약간 어수선해졌다. 다른 반도 동일하게 통과한 학생들을 숙소로 안내하는 것인지 백색 로브의 사신이 몇 명이나 모습을 드러냈고, 아카데미와 연결된 우측 숙소는 수천 명의 학생이 북적거리게 됐다.

숙소로 불리는 건물은 수십 층 규모로 지어진 현대식 건물. 내부 설계 및 설비도 현대 문물로 개설된 방 안은 최대 10명까지 허용할 정도로 넓었지만, 나름의 배려라는 것인지 사신들은 남녀 구분 없이 편하게 인원을 갖춰 방을 정하도록 허락해 주었다.

"하. 이젠 웃음도 안 나와. 이건 뭐, 학생 시절 수학여행 온 기분이잖아."

"그래도 하멜에서 온갖 수난을 다 겪다가 여기 오니까 마음이 약간 편해지는데?"

"이런 아카데미가 인원별로 수십, 수백 개로 나눠져 있다 이건가. 그나저나 탈락한 애들은 어떻게 되는 거지?"

마치 진짜 학생이 된 듯한 기분을 느끼는 플레이어들. 어찌 보면 웃기는 광경이기도 했다.

'나이가 어린놈들은 그렇다 치지만 교복이 어울리지 않는 자들도 꽤 된다는 게 문제겠지.'

무려 30대, 40대까지도 학생 신분으로 돌아다니고 있었다. 용찬은 두 번째 보게 되는 어색한 광경에 인상을 구기며 방문을 닫았다.

"와아아아. 여기 보세요. 샤워실까지 갖춰져 있어요. 게다가 여벌 옷과 수건까지!"

"……."

"저기 상훈 씨. 괜찮다면 저부터 씻어도 괜찮을까요?"

살짝 볼을 붉히는 단발머리의 여성. 정작 본인이 물어놓고는 부끄러워하는 모양새다.

'차혜림, 도대체 어디서 튀어나온 플레이어지. 분명 회귀 이전엔 이렇게 만난 적도 없었는데.'

숙소를 배정받는 과정에서 먼저 제의를 해온 혜림이었다.

'다른 분들은 어색하기도 하고 여성분들이 절 싫어하는 눈치더라구요. 전 이유를 모르겠지만 아무래도 방을 혼자 쓰기엔 좀 그래서 이렇게 여쭤보는 건데 혹시 같이 방을 써도 괜찮을까요?'

보통 남자가 이런 말을 듣는다면 괜한 오해를 하기 십상일 테지만, 뒤늦게 휴먼 메트로를 언급하며 추가 설명을 하는 그녀였기에 용찬도 편하게 승낙한 상태였다.

물론.

"호, 혹시 훔쳐보시거나 그러실 것은 아니……."

"그런 짓 안 할 테니 먼저 씻으시죠."

"그러면 믿고 먼저 들어갈게요. 문 좀 잠가주세요."

어색한 분위기는 어쩔 수 없는 모양이다.

하지만 애초에 혜림에 대해 좀 더 알아보기 위해 같은 방은 쓴 것이기도 하니 다른 사심은 들지 않았다.

쏴아아아.

조금씩 샤워실에서부터 들려오는 물줄기 소리. 용찬은 가볍게 무시하며 방문 바깥으로 보이는 복도를 살폈다.

"이 개자식이. 내가 누군지 알고 시비를 거는 거냐?"

"쿤다 진영 새끼가. 뒈지려고!"

마침 건장한 사내 두 명이 주먹다짐을 하기 시작했다. 대화 도중 진영에 대해 언급이라도 된 것인지 서로 이를 갈며 달려들었지만 예상하던 결판은 나지 않았다.

"둘 다 싸움을 멈추시기 바랍니다."

어느새 두 명 사이로 모습을 드러낸 적색 로브의 사신. 사신 아카데미에서 유일하게 사고를 방지하는 역할의 NPC다. 놈은 낫을 치켜들며 두 사내를 제압했고 이내 붉은 경고장을 꺼내 들었다.

"어떤 경우든 학생 간의 폭력은 아카데미 내에서 절대 허용 불가능한 부분입니다. 우선 두 분은 경고가 한 번 주어질 것이고 두 번 경고를 받을 시 아카데미에서 퇴출당한다는 사실을 알고 계시기 바랍니다."

"퉤. 빌어먹을 사신 놈들. 너 얼굴 봐두었어. 다음에 두고 보라고!"

"웃기고 있네. 다시 한번 걸리기만 해봐라!"

살벌한 기세와 달리 자연스레 두 명은 각자 방으로 돌아갔다. 그렇게 상황이 정리되자 적색 로브의 사신은 다시 자취를 감추었고, 그제야 용찬은 천천히 문을 닫았다.

'적사신. 역시 저놈들부터 노려야 하나.'

현재 아카데미 사신들의 평균 등급은 D급이다. 비록 모든 능력에 제약이 걸려 쉽사리 전투를 걸 순 없었지만, 숨겨진 조건을 풀기 위해 색깔별로 한 명씩 사신을 제압해야 했다.

'우선 내일 저녁때를 틈타 시도해 봐야…….'

상념을 마치기도 전에 달칵 열리는 샤워실의 문. 그와 함께 안에서부터 가운을 입은 혜림이 걸어 나왔다.

"하아. 무척 개운하네요. 상훈 씨도 얼른 씻으세요. 뜨거운 물도 나오는 것 같아요."

"……."

단순한 것인지 아니면 그만큼 자신을 믿고 있는 것인지. 도저히 속을 알 수 없는 그녀였다. 용찬은 은근 가운 사이로 드러나는 뽀얀 속살에 시선을 회피하며 인상을 구겼다.

-바쿤으로 갔더니 네놈이 보이질 않더구나. 또 어디를 돌아다니고 있는 게냐.

강제 미션 2일 차에 돌입할 즈음 아리샤의 목소리가 들려왔다. 통신 수정구 자체가 봉인당했지만 그녀의 스킬만큼은 제대로 적용되는 모양이다.

'굳이 너한테 일일이 보고하고 다닐 필요가 있나?'

-우으. 너무하는구나. 그나마 심심함을 덜어줄 놈이 너였는데. 이렇게 사라져 버리다니.

'용건이 없다면 이만 꺼져.'

몇백 년 동안 홀로 지내온 것이 한이었는지 은둔자의 숲 이후 계속 자신에게 귀찮게 구는 마녀였다. 물론 아리샤를 통해 바쿤의 특성을 얻어내기도 했지만, 지금은 의미 없는 대화를 이어나갈 만큼 한가하지 않았다. 그 증거로 두 번째 수업인 깃발 찾기가 이미 시작된 상태다.

교내에 숨겨둔 깃발을 찾아내는 수업으로서, 시간별로 각 반의 학생들이 진행하고 있었지만 엄청난 규모의 아카데미에서 깃발을 찾기란 지극히 어려운 문제였다.

"아싸. 하나 더 찾았다!"

"젠장. 저놈은 운도 좋지. 우리도 얼른 찾자고!"

"끄응. 좀 밀치지도 마!"

벌써 마음이 맞는 자들끼리 팀이라도 꾸린 것인지 일부 학생은 몰려다니기까지 했다. 애초에 이번 두 번째 수업은 기존 플레이어로서의 능력치를 이용한 체력 싸움. 당장 깃발의 위치를 모르는 가운데 얼마나 교내를 돌아다닐 수 있는지가 현 수업의 관건이었다.

다만 예외는 존재하게 마련.

'귀찮게 달라붙는 여자도 떼어냈으니 우선 포인트부터 벌어볼까.'

한 차례 아카데미 수업들을 겪어본 용찬은 기억을 더듬으며 깃발을 찾아내기 시작했고, 결국 3반 학생들 사이에서 무려 18개의 깃발을 확보하며 당당히 1위를 차지했다.

**[두 번째 수업을 무사히 통과했습니다.]**

**[깃발 찾기에서 1위를 달성하셨습니다.]**

**[보상으로 500P가 주어집니다.]**

두 번째 수업부터 결과를 통해 주어지는 포인트. 이 포인트를 통해 학생들은 아카데미의 상점을 이용할 수 있었고, 판매하는 아이템들을 통해 여러 가지를 할 수 있게 됐다. 그중에서도 특히 시험에 영향을 주거나 교내 경고를 한 번 회피할 수 있게 해주는 아이템은 반별로 새로운 구도를 형성케 만들었는데.

"상위권 놈들이 무척 거슬리는데 다음 시험에서 어떻게든 해봐야겠어.”

“꺄아아악. 지금 이 남자가!”

“가만히 있어! 어차피 아이템으로 경고는 회피했으니까!”

잦은 범죄 행위에서부터 그룹을 형성해 다른 학생을 견제하는 등 거친 분위기가 이어졌다.

그리고 같은 방을 쓰게 된 용찬과 혜림은.

‘이 여자, 두 번째 시험에서까지 살아남은 건가?’

‘한상훈. 내 덕분에 첫 번째 시험을 통과한 것인 줄 알았는데 아니었잖아. 깃발을 18개나 확보하다니. 도대체 무슨 짓을 한 거야?’

옅은 가식 속에서 서로를 더욱 의식하게 됐다. 다행히 거짓 신분을 통해 정체가 밝혀지는 일은 없었지만 의심은 이전보다 깊어졌고, 뒤늦게 찾아온 2일 차의 밤에도 한층 신중히 행동하게 됐다.

**[제약 해제(일부)]**

‘그래도 어떻게든 500 포인트는 채웠군. 일단 적사신부터 처리해 볼까.’

마침 학생 대부분이 저녁 식사를 위해 식당으로 향한 상태다. 시험 때부터 거슬리던 혜림 또한 보이지 않으니 계획을 벌이기엔 가장 적절한 시기. 용찬은 두 번째 시험이 끝난 후부터 자신을 견제하기 시작한 무리를 떠올리며 위층 복도로 올라갔다.

"엉? 넌 한상훈이란 놈이잖아. 여긴 무슨 볼일이야."

첫 번째 시험 당시 사신에게 대드는 행위로 운 좋게 통과했던 덩치 큰 사내. 두 번째 시험에서도 근근이 깃발 네 개를 확보하며 탈락을 면했던 최용태는 인상을 구기며 용찬을 노려봤다. 시험을 위해 무리를 만들려고 계획하던 놈이었기에 자기 구역에 발을 들이는 게 불만스러울 만도 하다.

"어이. 말귀 못 알아듣냐. 얼른 네놈 복도로 꺼지라고."

"네놈도 경고 회피 아이템을 구매했을 테지?"

"하. 맞으면 어쩔 건데. 엉?"

"잘됐군. 아이템은 내가 받아 가마."

적당히 고조되는 긴장감 속에서 전신으로 뇌전이 흘러나왔다. 제약 해제 아이템은 일정 시간 동안 능력 하나를 개방할 수 있는 효과. 용찬이 뇌전의 권능을 개방했다는 사실을 모르던 용태는 섬뜩한 뇌전에 당황하며 뒤로 물러났다.

"네, 네놈 지금 무슨 짓거리를 하는지 알고 있는 거냐?"

"물론이지. 애초에 겸사겸사 처리하려고 했으니까."

"젠장. 사신 놈들은 뭐 하는…… 컥!"

뇌 속성력이 더해진 주먹에 나가떨어지는 신형. 그와 동시에 복도로 적색 로브의 사신이 나타났지만 뇌전의 기세는 그칠 줄 몰랐다.

"한상훈 학생, 멈춰주시기 바랍니다. 이런 행위는 규칙 위반……."

파지지직!

"이런!"

정면으로 쏘아진 뇌전이 낫에 가로막힌다. 그제야 적색 로브의 사신도 전투태세를 갖추며 푸른 안광을 내뿜었다.

"말로 해선 해결이 안 될 것 같군요. 강제 제압에 들어가겠습니다."

"그래. 바라던 바다."

"얌전히 제압당하시기 바랍니다!"

두 차례 회전하던 낫이 순식간에 목을 노리고 쇄도했다. 자연스레 비틀어지는 신형. 낫의 등 부분을 옆으로 쳐낸 용찬은 눈에 이채를 발하며 정면으로 돌진했다.

콰드드득!

강력한 위력에 패여 들어가는 복도의 벽. 적사신은 빠르게 낫을 회수하며 추가타를 막아냈지만 뇌전에서 벗어나지는 못했다.

파지지직!

한 차례.

파지직!

두 차례.

까아아앙!

연달아 상단과 하단을 노리고 드는 공격에 손이 바삐 움직였다. 그리고 수십 번의 공방 끝에 마침내 뇌전이 전신으로 파고들었다.

**[감전 상태에 걸렸습니다.]**

"무슨!"

"사신도 상태 이상에서 자유로울 순 없나 보군."

눈에 이채를 발한 용찬이 잽싸게 놈의 복부를 차올렸다. 공중으로 붕 뜬 신형과 함께 주어진 기회. 하지만 그 순간, 적사신의 낯이 붉게 물들며 신형이 뒤로 밀려났다.

"……아무래도 기준을 좀 더 높여야 할 것 같군요."

적사신의 두 번째 페이즈라고 할 수 있는 능력 개방. 오직 근접 전투만으로 상대를 제압하던 놈이 드디어 본 실력을 드러내기 시작했다.

"이쯤에서 그냥 포기하시는 것이 어떻습니까. 이대로라면 상훈 학생의 목숨도 위험할 수 있습니다."

"……아니."

서서히 위협적인 마력이 낯으로 모여드는 가운데 용찬의 입가에 미소가 번졌다. 천천히 눈앞으로 드러나는 메시지들.

**[카운터를 터득했습니다.]**

**[대쉬를 터득했습니다.]**

**[뇌전의 기운을 터득했습니다.]**

앞서 스킬북 및 권능을 통해 터득했던 스킬과 특성들이 다시금 NPC 고유 시스템을 통해 배워지기 시작했다.

"확인도 끝났으니 본격적으로 상대해 주마."

어느새 제약 자체를 벗어난 규격 외의 존재가 오히려 사신을 압도하고 있었다. 딱히 아카데미에 대한 역사나 유래는 존재하지 않는다. 회귀 이전에는 한 번 거치는 과정에 불과했고 사신들의 정확한 목적은 밝혀진 것이 없었다. 하지만 지금 생각해 보면 애초에 놈들은 이런 분위기를 즐기는 것일지도 모른다.

현대를 연상시키는 건물과 학생이란 신분을 통해 옛 기억을 떠올리게 만드는 미션 내용들. 물론 실상은 잔혹하기 그지없었지만 플레이어에게 호기심을 느끼던 사신들에게 있어 아카데미는 반응을 살피기 위한 수단에 불과했을 것이다.

피슉!

'이렇게 상점과 포인트를 만든 것도 반응을 즐기기 위한 이

유였겠지.'

흉흉하던 안광이 꺼지며 사신의 신형이 무너져 내렸다. 복도를 잠식했던 그림자도 서서히 되돌아오는 상황.

"리, 리더. 정말 괜찮은 거야? 이렇게 사신 놈을 죽여도?"

"당연히 괜찮습니다. 원래 이렇게 죽이도록 만들어놓은 아이템들이었으니까. 걱정하실 필요는 없습니다."

"휴우. 그렇다면 다행인데. 이제 저놈은 안 튀어나오는 거야?"

"안타깝지만 저런 사신이 수백 명은 존재하는 것 같더군요. 그래도 경고를 받기 전에 죽여 버렸으니 저희에게 돌아오는 피해는 없을 겁니다. 도와주셔서 감사합니다. 덕분에 좀 더 편하게 처리한 것 같군요."

적사신을 처리하기 위해 미리 불러온 같은 반 학생들. 실제로 그리 큰 도움은 주지 못했지만 시선을 끄는 정도의 용도로는 쓸 만했다. 태현은 적사신에게서 나온 아이템들을 수거하며 밤하늘을 올려다봤다.

'만약 네놈이 이번에도 무투가를 택했다면 이렇게 쉽게 적사신을 처리하지 못할 테지. 어떤 방법을 취했든 그 등급 내에

서 쓸 만한 능력은 못 얻었을 테니까.'

회귀 이전 본 무투가의 스킬 및 특성들은 높은 등급부터 위협적인 효과가 많았다. 어떤 히든 피스를 얻었다 한들 제약 해제를 통해 적사신을 상대할 만한 능력은 없을 터. 자신처럼 초반에 쓸 만한 특성이 없는 용찬은 결코 홀로 숨겨진 조건을 채울 수 없었다.

'만약 나처럼 다른 학생을 끌어들였다고 해도 꽤 힘들 거야, 고용찬.'

이것으로 한발 빠르게 앞서고 있었다. 남은 사신은 두 명.

"으흐흐. 경고 회피도 구매했으니 어떤 여자를 노려볼까."

"이전부터 마음에 안 들던 놈이 있었는데 잘됐어. 아예 세 번째 시험 전에 불구로 만들어 버려야지."

"사신 놈들도 멍청해. 이런 아이템을 만들어놓고 경고 따위로 우리를 제지할 수 있다고 생각하다니. 편하게 즐기다가 하멜로 돌아가야겠어."

서서히 무리 지은 플레이어들의 욕망이 표출되는 가운데 태현은 묵묵히 등을 돌려 방으로 돌아가고 있었다.

털썩.

거친 숨소리와 함께 전투가 막을 내린다. 숨이 끊긴 채로 쓰러져 있는 것은 적사신.

'역시 숙련도가 없는 스킬들로 상대하는 것은 꽤 벅차군.'

용찬은 레벨 1로 되돌아온 스킬 및 특성들을 살피며 호흡을 가다듬었다. 만약 뇌전의 권능이 없었더라면 적사신을 상대할 능력도, NPC 고유 시스템을 확인할 시간도 주어지지 않았을 것이다.

**[적사신의 심장]**

**[아렌타니움 광석]**

**[D급 마력석×3]**

'그래도 적사신의 심장은 얻었다. 이제 남은 것은 백사신과 흑사신의 심장.'

색깔별로 점차 수준이 높아지는 사신들. 비록 제약 해제를 통해 활성화됐던 권능이 다시 봉인되었지만 이미 다른 몇 가지 스킬 및 특성이 새로이 자리 잡고 있었다.

용찬은 다음 상대할 사신을 고민하며 푸른빛의 광석을 매만졌다.

'아렌타니움이면 마력이 깃든 레어급 광석이었나. 잭에게 제작을 맡겨볼 만도 하겠어.'

마침 추가로 파견된 대장장이들도 있으니 작업 일정도 얼마 걸리지 않을 터다.

"방금 위층에서 무슨 소리가 들렸던 것 같은데?"

슬슬 소음의 근원지를 파악하기 위해 학생들이 몰려들 시기였다. 각 층마다 이동 마법진도 설치되어 있으니 정체가 들키는 것도 시간문제일 터. 용찬은 빠르게 혼절해 있는 용태를 마무리하고 자리에서 벗어났다.

다음 날이 되어 적사신에 대한 사실이 아카데미 전체로 밝혀졌다.

"사신이 죽었다니. 그게 가능한 일이야?"

"설마 플레이어가 벌인 짓은 아니겠지? 애초에 능력도 모두 봉인당했잖아. 무슨 수로 D급 사신 놈을 처리하겠어."

"시체 옆에 최용태란 놈의 시체도 함께 있었다고 하던데. 도대체 어떻게 된 일이야."

두려움과 혼란. 아카데미의 모든 플레이어가 전날 밤 벌어진 사건에 당황하는 것은 당연했고 일부는 범인에 대해 추리하기도 했다.

가장 가능성이 높은 자는 두 번째 시험에서 1위를 차지한 학생들. 그나마 사신을 상대하기 위해 필요했던 것이 바로 제약 해제 아이템이었고, 당연히 500포인트를 얻은 플레이어들이 가장 먼저 의심받을 수밖에 없었다.

'그러고 보니 이 녀석도 전날 밤 식당에서 보이지 않았는데. 과연 보험 취급받던 놈이 사신을 처리할 수 있었을까.'

같은 방을 쓰는 혜림 또한 가장 먼저 용찬을 의심했지만 증거가 부족했다. 제약 해제로 한 가지 능력을 개방시킨다고 해도 D급 사신을 이기기엔 무리가 있었고, 무엇보다 가까이서 지켜본 그는 딱히 대단해 보이지 않았다.

'조금만 맨살을 드러내도 금방 시선을 회피하는 놈인데. 뭐, 억지로 욕망을 참아내는 듯한 그런 반응들이 나름 재밌긴 하지만 역시 실력 쪽으론 영 아니지.'

휴먼 메트로 때를 떠올려 봐도 단순히 당하는 쪽에 불과했다. 물론 깃발 찾기 수업에서 1위를 한 것이 끝내 마음에 걸렸지만 가볍게 생각해 보면 가끔씩 그런 쪽으로 재능이 발달된 자들도 있게 마련이었다. 그렇게 그녀의 의심에서 점점 벗어나는 가운데 아카데미 측에서도 공식 입장을 밝혔는데.

-지난날 사고로 인해 교내가 어수선해진 것은 이해합니다만, 우선 학생 여러분은 세 번째 수업에 집중해 주시기 바랍니다.

딱히 이번 사고에 대해 신경 쓰지 않는 태도였다. 결국 시신들을 회수하고 복도를 본래 형태로 되돌리는 것으로 사건은 종결이 났고, 학생들은 일정대로 세 번째 수업을 시작하게 됐다.

"세 번째 수업은 팀 단위로 진행하게 됩니다. 최소 인원은 2명 이상. 마음에 드는 학생과 팀을 만드시기 바랍니다."

각 수업별로 다른 주제. 이번에도 어김없이 새로운 주제로 수업이 진행됐고, 3반 학생들은 자연스레 서로 시선을 교환하게 됐다. 특히 두 번째 수업을 통해 포인트가 부각되기 시작하자 은근히 순위 경쟁으로 인한 신경전이 벌어졌다. 혜림 또한 묘한 눈빛으로 플레이어들을 쭉 훑어봤다.

'결국 깃발 찾기는 우연이라고 치부한 건가. 이번만큼은 다른 학생들을 물색하는 모양이군.'

계속 의심이 깊어지는 그녀였지만 어찌 보면 저런 행동도 당연했다. 다른 학생들만 하더라도 포인트와 수업 통과를 위해 미션에 전념하고 있었으니까.

용찬 또한 최단 시간 클리어를 위해선 이번 수업도 통과해야 했지만 그다지 조급해하진 않았다. 오히려 미리 점찍어두고 있던 한 명의 학생을 보며 싱긋 미소만 짓고 있었다.

현재 남은 3반의 학생은 총 32명. 두 번째 수업에서 비교적 탈락자가 적게 나오면서 어느 정도 인원이 남아돌았다. 그리고 학생별로 3명씩 팀을 짠 지금 오직 두 명의 학생만이 남아 팀을 꾸리려 하고 있었다.

"너 깃발 찾기에서도 1위 차지했잖아. 다른 플레이어도 많을 텐데. 굳이 나를 고른 이유가 뭐야."

"딱히 별 이유는 없어. 그냥 눈에 보이는 놈이 너뿐이라서 고른 거다."

"나 깃발 찾기에서도 간신히 탈락만 면했다고. 도움도 얼마 안 될 거야. 그냥 지금이라도……."

"입 다물어라."

벌써 30분째 울먹이듯 짜내는 말에 인상이 구겨졌다.

61번 학생인 이진협. 통통한 체형의 그는 얼마나 성격이 소심한 것인지 아직도 자신을 택한 이유를 묻고 있었다.

'젠장, 이런 놈이 어떻게 세 번째 시험까지 남아 있는 건지 모르겠군.'

회귀 이전에도 네 번째 시험까지 올라갔던 진협이었지만 직접 그의 성격을 겪게 되니 짜증이 이만저만이 아니었다. 그래도 세 번째 시험에서 드러나는 재능이 있기 때문에 용찬은 꾹꾹이 참아내며 넌지시 경고를 던졌다.

"다시 한번 말하지만 수업이 시작되기 전까지 입도 뻥긋하지 마라."

"아, 알겠어. 알겠는데 너 말투가 원래 그렇게 이상……."

"진정 죽고 싶은가 보지?"

싸늘한 두 눈초리에 진협이 금세 입을 다물었다. 다행히 팀별로 각자 흩어져 있어 다른 학생들은 이런 분위기를 눈치채

지 못했고, 용찬은 편안히 수업이 시작되길 기다렸다.

"다들 팀을 짜신 것 같군요. 그러면 세 번째 수업을 시작하도록 하겠습니다."

마침 교실 전체가 새로운 필드로 바뀌기 시작했다.

**[세 번째 수업 '승자에게 배당'이 시작됐습니다.]**

**[한상훈 님과 이진협 님이 속한 11번째 팀에게 200코인이 주어집니다.]**

마치 경기장을 연상케 하는 둥그런 건물과 그를 중심으로 솟아오른 탑들. 열한 개의 팀이 각자 탑 위에서 건물을 내려다보는 가운데 공중을 걸어 다니던 담당 사신이 수업을 설명했다.

-세 번째 수업은 간단합니다. 총 10번에 걸쳐 경기장에 괴물들이 나타날 것입니다. 서로 진영이 다른 괴물들이죠. 여기서 하멜 속 자신들의 모습이 떠오를 수도 있을 겁니다. 양쪽 진영의 괴물들은 치고받고 싸우게 될 것이고 승자가 나올 때까지 서로 죽이고 죽일 테니까 말이죠.

"아, 엿 같은 소리 하지 말고 얼른 진행하기나 해. 사신 새끼가 교사 노릇을 한다고 진짜 선생으로 보일 줄 아냐?"

-……어찌 됐든 여러분은 앞으로 경기를 지켜보며 한쪽 진영에 베팅을 해야 합니다. 물론 베팅을 포기할 수도 있지만 양

쪽 동시에 거는 것은 불가능합니다.

순간 사신이 고개를 떨군 것 같았지만 이미 학생들은 눈앞에 주어진 2백 개의 푸른 칩에 신경을 쓰고 있었다. 특히 8번째 팀에 속한 혜림은 푸른 칩을 매만지며 가장 먼저 사신에게 질문을 던졌다.

"혹시 베팅에 제한이 따로 걸려 있나요. 담당 교사님?"

-아, 아뇨. 전혀 그렇지 않습니다! 베팅 칩 개수에 제한은 전혀 없으며 10번의 경기가 끝난 직후 남아 있는 각 팀의 칩 개수로 순위가 매겨질 예정입니다.

"친절한 답변 고마워요."

화사한 미소에 사신이 재깍 고개를 끄덕거렸다. 아무래도 아카데미의 사신들은 자신의 역할에 자부심을 느끼고 있는 듯했다. 하지만 그런 것에 전혀 관심이 없던 용찬은 푸른 칩을 내려다보며 뒤쪽으로 가볍게 손짓을 했다.

"어, 어? 나?"

"여기 너 말고 또 누가 있지?"

"아, 확실히 그렇긴 하지."

조심스레 다가온 진협이 멀뚱멀뚱 코인을 쳐다봤다.

겉으로만 보면 속이 터질 정도로 답답한 성격.

'하지만 이번 시험에서만큼은 다르지.'

비록 회귀 이전에는 다른 팀이었지만 진협이 얼마나 뛰어난

지는 그 누구보다 잘 알고 있었다.

'지금은 그때와 인원도 달라. 경기의 결과를 일일이 기억해 낼 정도로 내 기억력이 뛰어난 것도 아니고. 회귀 이전과 달라질 가능성도 고려해 봤을 때 이놈은 반드시 필요해.'

휴먼 메트로 때의 자신처럼 보험 같은 존재이기도 했다. 용찬은 슬그머니 미소를 띠며 경기장 아래를 가리켰다.

"응?"

"네가 판단을 내린다."

"……응?"

어느새 경기장 속으로 소환되기 시작한 몬스터들. 어느 정도 예상은 했지만 확실히 회귀 이전 기억과 다른 종류의 놈들이 보이고 있었다. 용찬은 오히려 자신보다 더욱 당황하고 있는 진협에게 말뚝을 박았다.

"총 10경기. 전부 네가 승자를 판단해라."

"에에에에엑!"

세 번째 수업의 종목인 승자에게 베팅. 단순히 보자면 경기장에 소환된 두 진영의 몬스터들을 보고 미리 승자를 예측해 베팅하는 방식이지만, 문제는 각 종류별로 소환된 괴물 놈들의 외형만 보고 승자를 판단하기 어렵다는 것이다. 좌측 몬스터들은 적군, 우측 몬스터들은 청군으로 구분되는 가운데 첫 번째 경기부터 갖가지 몬스터가 나타나 있었다.

'저쪽은 코볼트, 펜릴, 리자드맨. 반대쪽은 트롤 한 마리에 고블린 궁수잖아. 도대체 이것만 보고 어떻게 승자를 맞추라는 건데. 아니, 그전에 왜 내가 이걸 판단해야 되냐고.'

하멜에 소환되기 전부터 소심한 성격으로 주변 질타를 많이 받던 자신이다. 3차 소환 플레이어로 이곳에 넘어와서도 아무런 재능도 없이 근근이 다른 자들 사이에 묻혀 생존해 왔긴 만 어찌 보면 이번 사신 아카데미에서 세 번째 수업까지 남아 있는 것도 천운이었다.

-첫 번째 경기. 적군 진영은 코볼트 3마리, 펜릴 2마리, 리자드맨 1마리. 청군 진영은 트롤 1마리, 고블린 궁수 2마리입니다. 능력치는 비공개이며 스킬은 모두 가지고 있지 않습니다. 그리고 등급 또한 여러분이 알고 계시는 기존 하멜 속 몬스터들과 동일합니다. 자, 시작하기에 앞서 베팅부터 해주십시오, 학생분들.

담당 사신의 설명이 마무리되자 섬뜩한 눈빛이 느껴졌다.

자신을 이런 상황에 처하게 만든 장본인.

"승자는 어디냐."

"자, 잠깐만. 어떻게 저것만 보고 판단해. 나는 도저히……."

"넌 할 수 있어. 아니, 해야만 할 거다."

의미 모를 신뢰와 동시에 협박을 날리고 있는 용찬이었다. 진협은 확신이 담긴 그의 눈빛을 보며 더 이상 대화가 통하지 않는다는 것을 직감했다.

'나랑은 처음 보는 사이면서 저 눈빛은 도대체 뭐냐고. 에라이, 몰라. 저놈이 시킨 거니까 이제 나도 모른다고!'

말귀가 통하지 않아 한번 승자를 예측해 보는 것일 뿐. 절대 용찬의 기세가 무서워서 잠자코 따르는 것은 아니었다.

진협은 그렇게 생각하며 울며 겨자 먹기 식으로 양쪽 진영의 몬스터들을 살폈다.

'저거 보라고. 다른 팀들도 쩔쩔매고 있잖아. 능력치도 확인 못 하는데 어떻게…… 어라?'

자연스레 이리저리 굴러가는 눈동자. 몬스터의 덩치, 들고 있는 무기, 겉으로 느껴지는 기세, 경기장의 지형 등등 갖가지 정보가 순식간에 머릿속에 들어오기 시작했다. 그리고 점점 진지해지는 진협의 표정에 뒤에 서 있던 용찬의 입가도 서서히 올라가고 있었다.

**[첫 번째 경기 시작!]**

드디어 소환된 몬스터들이 치고받고 싸우기 시작했다.

'어머. 벌써 코인을 몽땅 꼬라박은 멍청이들이 속출하기 시작했네. 안타까워라. 아직까지 이 베팅 게임의 중요한 점을 깨

닫지 못하다니.'

일찍이 베팅을 끝내놓은 혜림에게 있어 승자는 중요하지 않았다. 아니, 중요하긴 해도 각 팀에게 지급된 코인보단 아니었다. 애초에 이런 베팅 게임류는 매 경기 모두 승자를 맞출 수 없는 법이었고, 한 경기당 코인을 얼마나 투자하느냐에 따라 판도가 달라지게 마련이었다.

'쟤는 누구랑 팀을 짰나 했더니 울보 찌질이랑 함께하고 있네. 꼴에 진지한 척 경기를 지켜보기는. 네 운도 여기까지라고, 한상훈.'

맞은편 탑에서 경기장을 내려다보는 두 명. 그중 통통한 체형의 이진협은 혜림도 잘 알고 있는 3반 학생이었다. 깃발 찾기 당시 유독 땀을 뻘뻘 흘리며 안절부절못했던 그였는데, 어찌나 그 모습이 우습던지 아직도 뇌리에 박혀 있었다.

-크엑?

마침 트롤의 거대한 손에 남은 펜릴 한 마리가 그대로 압사했다. 나름 예상했던 대로 첫 번째 경기의 승자는 청군 진영. 100코인을 걸었던 8팀은 두 배인 200코인을 획득했지만, 아예 코인을 올인했던 팀들은 두 배로 400코인을 획득했는지 크게 환호성을 지르고 있었다.

하지만 혜림은 아쉬워하지 않았다. 오히려 느긋이 다음 소환되는 경기의 몬스터들을 보며 베팅을 정할 뿐이었다.

"저, 저기. 혜림 씨. 아까 우리도 그냥 올인하는 게 낫지 않았을까?"

"아니에요. 제가 현대에서 이런 류의 게임을 자주 해봐서 알아요. 저분들은 나중에 무조건 후회하게 될 거예요."

"으음. 우선 혜림 씨를 믿어볼게."

세 번째 수업까지 상위권으로 올라왔기에 팀원으로 선택했건만 겨우 첫 번째 경기만 보고 나약한 소리를 늘어놓은 3반 학생 주승희였다.

'뭣도 모르면 잠자코 지켜나 볼 것이지.'

우선 가식적으로 대답은 했지만 만약 하멜이었다면 진작에 목을 따버렸을 것이다. 혜림은 걱정스러운 눈길을 보내는 팀원 두 명을 무시한 채 이어지는 경기들을 쭉 지켜봤다.

"아, 젠장. 왜 저놈이 거기서 죽는 건데?"

"하. 괜히 올인했어. 첫 번째 경기만 해도 두 배로 400코인이나 얻었는데!"

"후우. 그래도 우린 아직 50코인이 남아 있으니까 다음 경기를 노리자. 아직 다섯 경기나 더 있잖아."

예상대로 점차 극심한 손해를 입는 팀들이 발생하기 시작한다. 능력치도 모르는 몬스터들을 보기만 하고 매번 승자를 맞출 수는 없는 노릇.

-이번 승자는 적군입니다.

드디어 5번째 경기가 끝난 가운데 8팀은 여전히 안정권 순위를 확보한 채 알뜰하게 코인을 투자하고 있었다. 혜림은 손에 쥔 푸른 코인들을 매만지며 흡족히 미소 지었다.

'인간의 욕심은 끝이 없고 같은 실수를 반복하는 법이지. 어떻게 능력치도 모르는 몬스터들만 보고 승자를 맞출 수 있겠어. 욕심도 적당히 부리면서 손해 보지 않는 투자를 이어가야 하는 게 당연하잖아.'

벌써부터 파산한 팀들이 있는 반면 8팀은 단숨에 2위에 등극한 상태다. 1위에 등극하고 있는 팀도 결국 실수를 피하지 못하고 나가떨어지게…….

'뭐, 뭐야. 6,400코인이라고? 무슨 치트를 쓴 것도 아니고 코인 상태가 왜 저래?'

1위의 코인 현황은 총 6,400코인. 즉, 첫 번째 경기부터 다섯 번째 경기까지 한 번도 틀리지 않고 승자를 정확히 예측했다는 뜻이었다. 심지어 1위를 유지하고 있는 팀은 금방 나가떨어질 줄 알았던 11팀.

혜림은 경악을 금치 못한 채 반대편 탑을 바라보았고, 그사이에도 11팀의 베팅은 여전히 올인이었다.

"……오크의 숫자는 네 마리. 창을 들고 있기에 접근은 쉽게 허용치 않을 거지만 문제는 오크 종족의 무식한 성격이겠지. 아마 체계적으로 진형을 구사하진 못할 거야."

마치 무언가에 홀린 듯 몬스터들을 보며 중얼거리고 있는 진협. 사람들은 저런 광경을 보고 굉장한 집중력이라며 감탄을 표한다. 벌써 다섯 번의 경기나 저런 집중력으로 몬스터들의 세세한 특성 및 정보를 판단하고 있는 그였으니 확실히 놀라울 만도 했다.

'저런 것을 재능이라고 하겠지. 특징, 습관, 장비, 환경, 지형 등등 작은 것 하나 놓치지 않고 승부의 결과를 단정 지을 답을 찾아내고 있으니까.'

용찬도 10년간 하멜에서 생존해 오며 재능을 가진 괴물들을 숱하게 봐왔다. 그중 한 명이 바로 태현이었고, 지금 눈앞에 있는 진협 또한 마찬가지였다.

'역시 이놈도 회귀 이전과 달라지지 않았어. 오히려 달라졌다면 지금 이 아카데미의 수업들이겠지.'

첫 번째 수업은 기억 속 내용과 일치했지만 두 번째 수업부터 약간씩 오차가 발생했다. 그 증거로 깃발 찾기에서도 몇 개의 깃발은 기존 알고 있던 위치와 달라져 기대했던 결과보다 약간 적은 수치를 기록했었고, 지금도 매 경기마다 기존에 알고 있던 몬스터들과 다른 종류의 몬스터들이 소환되고 있었다.

'그나마 D급 히든 피스를 회수할 땐 문제가 없었는데 여기서 다시 문제가 생기는군. 다른 것은 그대로였으면 좋겠는데 말이지.'

레드 시티 때부터 약간의 변화가 생겼다는 것은 알고 있었지만 사신 아카데미에선 유독 그런 변화들이 심했다. 용찬은 순위표를 보다가 맞은편 탑으로 고개를 돌렸다.

'8팀이면 차혜림이 속한 팀이었지. 여태까지 2위를 차지하고 있는 것을 봐선 더 이상 우연이라고 치부하긴 힘들겠어.'

저런 판단력을 가진 여자가 단순히 운으로 살아남았을 리 없다. 점차 의심이 확신으로 기울어지는 사이 진협이 또 한 번 승자를 예측해냈다.

"청군 진영."

12,800코인.

"청군 진영."

25,600코인.

"적군 진영."

51,200코인.

결코 쉽사리 승부를 예측할 수 없는 경기에서 두 배씩. 그것도 11개의 팀 중에서 독보적으로 1순위를 유지하고 있는 11팀이었다.

"아니, 무슨 쇼 미더 머니 친 것도 아니고 코인 숫자가 왜 저래. 어이, 담당 사신. 저거 문제 있는 거 아냐?"

-전혀 문제없이 베팅을 진행하고 있는 11팀입니다.

"이건 사기잖아. 어떻게 한 번도 틀리지 않고 승자를 맞출 수 있냐고?"

간간이 결과를 납득하지 못한 자들이 항의를 했지만 소리 없는 아우성에 불과했다.

순전히 이런 결과를 만들어낸 것은.

'그게 재능이란 거다, 이진협.'

오로지 진협의 탁월한 관찰력에서부터 시작된 것이었다.

그렇게 세 번째 수업에서 날개를 편 그는 무아지경에 빠진 것처럼 더욱 자신의 가치를 드러냈다.

-최종 결과를 발표하겠습니다. 1위는 248,000코인을 확보한 11팀. 2위는…….

그날, 용찬과 진협이 속한 11팀은 열 경기 연속으로 승자를 맞추며 어마어마한 기록을 갱신해 냈다.

그리고.

"내, 내가 이렇게 만들어놓은 거야?"

'……그러고 보니 재능이라.'

마치 인격이 변하듯 본래 소심한 성격으로 되돌아온 진협을 보며 용찬의 눈빛이 아련하게 물들어갔다.

**[세 번째 수업을 무사히 통과했습니다.]**

**[승자에게 베팅에서 1위를 달성하셨습니다.]**

**[보상으로 700P가 주어집니다.]**

'포인트는 다시 벌어졌고. 이제 남은 것은 백사신과 흑사신인가.'

세 번째 수업을 마치고 방으로 돌아오자 날은 다시 어둡게 저물어 있었다. 이전 날과 동일하게 다시금 주어진 기회.

하지만 그전에 앞서 처리할 것이 하나 있었다.

"오늘 세 번째 수업 잘 봤어요. 엄청 대단하던데요? 이진협이란 그 사람."

"저도 그런 재능이 있는 줄은 잘 몰랐습니다. 그저 같이할 사람이 없어 팀을 하게 됐는데. 그 정도로 승자를 정확히 맞출 줄이야. 운이 좋았습니다."

잠옷으로 갈아입은 혜림이 묘한 눈빛으로 다가왔다. 세 번째 수업에서 감히 올려다볼 수 없는 벽을 체감하며 2위를 달성한 8팀. 그리고 그 8팀에 속한 그녀는 아직까지도 풀리지 않는 비밀을 간직하고 있었다.

'휴먼 메트로 때만 해도 멍청한 여자인 줄 알았는데, 자꾸만 눈앞에 가시처럼 밟히고 있어.'

용찬도 혜림이 단순한 다인 진영 플레이어가 아니란 것은 어느 정도 추측하고 있는 상태였다. 물론 무력이 아닌 다른 방면으로 뛰어난 실력을 가진 자들도 있게 마련이지만 중요한 것은 그녀가 회귀 이전 자신의 기억 속에 없다는 것이었다. 게다가 휴먼 메트로 미션에서 홀로 살아남았던 것까지.

'만약 이 여자가 나와 유태현의 영향으로 두각을 드러낸 자라면 예사 플레이어는 아닐 테지. 특히 이전 쉬는 시간 때의 대화도 그렇고. 무언가를 숨기고 있는 건 분명해.'

혹시 몰라 하나와 채은을 통해 다시금 환승역을 살피게 했지만 당시 수상한 점은 하나도 발견하지 못했었다.

하지만.

"흐응. 그저 운이라고 보기엔 너무 수상한데요?"

"가, 갑자기 무슨?"

덥석!

강제로 끌어당기는 손길에 침대로 몸이 무너졌다. 용찬의 몸을 깔아뭉갠 혜림은 매혹적인 미소로 차차 윗옷의 단추를 풀며 얼굴을 들이밀었다.

"도대체 어떤 비밀을 숨기고 있길래 두 번 연달아 1위를 차지한 거죠? 저에게만 몰래 얘기해 보세요."

"……."

"지금 여기엔 저희밖에 없잖아요. 천천히 대화를 나누면서 이런저런 짓도 할 수 있는 거잖아요. 안 그래요?"

결코 빠져나올 수 없는 은은한 향기. 그리고 속을 태우듯 아슬아슬하게 느껴지는 그녀의 숨결까지. 점차 위에서부터 아래로 손가락이 내려가는 가운데 혜림의 눈동자가 보라색 빛깔로 물들었다.

"자, 저에게만 얘기해 봐요. 원한다면 어떤 것도 해드릴 수 있다구요. 네?"

아찔하게 드러난 뽀얀 속살과 동시에 헤어 나올 수 없는 기운이 온몸에 침투했다. 서로의 몸이 맞닿아 직접적으로 느껴지는 감촉. 용찬은 흐리멍덩한 두 눈으로 멍하니 혜림을 올려다봤다.

"……사실 저는."

"그래, 얼른 얘기해 봐. 더, 더."

덥석!

"큭!"

단숨에 목덜미를 움켜쥐는 오른손. 정신을 차리지 못하고 있던 용찬이 어느새 싸늘한 눈으로 혜림을 노려보고 있었다.

"역시 평범한 드루이드는 아니었군."

매혹안. 정신계 스킬의 일종으로 상대를 육체적으로 홀려 정보를 실토하게 만드는 효과를 가지고 있다. 회귀 이전에도 드루이드 직업을 가진 플레이어들이 자주 사용했던 위협적인 기술이었지만.

퍼억!

방출계 기술에 약하다는 단점도 가지고 있었다.

"어, 어떻게 내 매혹안을?"

"후우. 이제야 한결 편해졌군. 세 번째 수업으로 얻은 포인트를 통해 제약 해제 아이템을 구매했나 보지?"

마력 방출로 매혹안의 효과를 풀어낸 용찬은 가볍게 손목을 풀며 쓰러진 혜림을 노려봤다.

묵직하게 변한 방 안 공기. 싸늘한 시선이 그녀를 향하는 가운데 불현듯 적사신이 눈앞으로 나타났다.

"한상훈 학생, 아카데미 내에서 폭력 행위는……."

"10분 동안 입 닥치고 꺼져 있어라."

바닥으로 툭 던져진 경고 회피 아이템에 붉은 안광이 사그라들었다.

"……알겠습니다."

"자, 잠깐. 어딜 가는 거야?"

10분 동안 적사신의 출현을 금지시키는 경고 회피 아이템. 혜림이 뒤늦게 사신을 불러세웠지만 놈은 이미 방 안에서 사라지고 없었다. 그렇게 훼방꾼이 사라지자 본격적으로 대화의 주도권은 용찬에게로 넘어왔다.

"그래, 어쩐지 수상하다고 했어. 평범한 드루이드가 그놈들 곁에서 살아남긴 힘들지."

"……."

"어떻게 그 세 놈을 죽인 거지. 아니, 그것보단 정확히 네 정체가 뭐야."

하멜에서 살아남기 위해 필요한 것은 여럿 있다고 할 수 있지만 가장 중요한 것은 정신력이다. 이런 잔혹하고도 비정한 세계에서 과연 인간성을 계속 유지할 수 있을까?

아니, 절대 그럴 리 없다. 아예 처음부터 하멜에 순응하는 존재가 있듯이 1차, 혹은 2차 소환 플레이어 태반이 탈출을 포기하고 적응을 먼저 택했다.

'저희 이 세계를 빠져나갈 순 있을까요?'

처음만 해도 3차로 소환된 자들은 희망부터 붙잡는다. 그렇게라도 하지 않으면 금세 절망에 빠져 헤어 나오지 못할 것 같기 때문이다. 하지만 어느 정도 시간이 흐르면 하멜에 숙련되어 보통 때라면 택하기 힘든 판단을 내리곤 한다.

'그딴 소리나 지껄이기에 아직 적응 못 한 햇병아리인 줄로만 알았는데 아니었어. 매혹안을 사용하는 것만 봐도 이 여자는 벌써 하멜에 적응했다고 봐도 되겠지.'

어쩌면 적응 수준을 뛰어넘었을지도 모른다. 애초에 레드 클리프 3인조의 곁에서 홀로 살아남았다는 것부터 우연치곤 너무 수상쩍었다.

"……아하하하."

"뭐가 그리 웃기지. 넌 지금 이 상황이 장난 같나?"

"글쎄. 웃기다고 해야 할까. 아니면 놀랍다고 해야 할까. 그렇잖아. 분명 휴먼 메트로 때만 해도 보험용으로 버려졌던 무투가였는데 지금은 이렇게 날 과격하게 대하고 있잖아. 너 역시 평범한 놈은 아니었구나?"

용찬의 눈살이 찌푸려졌다. 아까 전까지만 해도 당황하던 기색이 역력했는데 금방 태도를 돌변해 배시시 웃고 있었다. 마치 이 상황을 즐기는 것처럼 미친 듯이.

혜림은 복부를 부여잡은 채 자리에서 일어나 매혹적인 미소를 날렸다.

"근데 매너는 빵점이다. 이렇게 가녀린 여자가 거의 알몸으로 유혹하는데 욕정 한 번 들지 않는 거야?"

"이제 보니 미친년이었군."

"하. 그걸 이제 알았어? 너 혹시 고자는 아니지? 매혹안 없이도 바로 내 몸을 덮쳐오는 남정네가 그리 많은데 어떻게 그렇게 태연하게 서 있을 수 있지? 정말 신기하네."

확실히 외모고 몸매고 수준급인 여자다. 게다가 마족의 몸으로 회귀한 상태였기에 회귀 이전보다 욕구불만이 더욱 심할지 몰랐다. 하지만 지금은 그런 욕망보다 더욱 앞서는 것이 한 가지 있었다.

'복수. 유태현 그놈에게 복수할 수만 있다면 그깟 욕망쯤은 쉽게 억누를 수 있어.'

다시금 되새김질해 주는 기분이다.

용찬은 붉은 카드 두 장을 꺼내며 입가를 말아 올렸다.

"그렇지. 그렇게 미치지 않고서야 하멜에서 이렇게 잘 살아남긴 힘들겠지."

"역시 제약 해제로 마력 기술을 하나 해제했었나 보네. 그리고 나머진 경고 회피?"

"지금부터 세 가지 규칙을 설명해 주마."

"꺄하하. 너 진짜 웃긴다. 폼까지 잡으면서…… 커흑!"

혜림을 다시 때려눕힌 용찬이 말을 이어갔다.

"첫째, 내가 말하는 도중 끼어들지 마라."

"……너 진짜."

"둘째, 묻는 말에만 대답해라."

한 진영의 절대자로 강림한 것은 결코 가볍게 여길 수 없는 경험이다. 수십만 명의 인간 속에서 홀로.

"셋째."

그들을 내려다보고 있었으니까 말이다.

"존대해라."

그때의 기세는 지금까지도 계속 이어지고 있었다.

'뭐, 뭐야. 무슨 D급 플레이어의 기세가…….'

불현듯 혜림의 머릿속으로 사태후가 스쳐 지나갔다. 아직까지 그의 전력을 확인하진 못했지만 지금의 용찬과 부딪힌다면 과연 어떻게 될까.

'아냐. 믿기진 않지만 지금 내가 느끼고 있는 게 현실이라면

그놈이라도…….'

절로 마른침이 삼켜진다. 잠시 온몸이 굳어 숨조차 쉬어지지 않는 것 같았다. 하지만 잠자코 당할 수 없는 노릇이다.

"그 복면 세 놈을 어떻게 처리한 거지?"

"하, 그놈들? 내가 기절한 척하고 있으니까 금세 내 몸을 만지작거리면서 지들끼리 날 어떻게 할지 논의하고 있던데? 그래서 몰래 틈을 봐서 죽인 것뿐이야. 별것도……."

콰직!

"끄으으읍!"

오른팔을 깔아뭉개자 금세 고통스러운 신음이 들려왔다. 용찬은 혜림의 팔을 짓누르며 재차 물었다.

"어떻게 처리한 거지?"

"끄흐흐흐. 드루이드 스킬이지 뭐겠어. 아니면 내가 구체적으로 설명까지 해줘야 하는 거야?"

"아직 정신 못 차렸군. 분명 내가 세 가지 규칙을 설명했을 텐데?"

연달아 이어지는 발길질. 이번에는 안면을 얻어맞은 혜림이 볼썽사납게 벽에 부딪혔다. 용찬은 싸늘한 시선으로 그녀를 내려다보며 천천히 머리카락을 움켜잡았다.

"자, 다시 한번 지껄여 봐. 어떻게 처리한 거지?"

"……우후훗. 그래, 우리 상훈이는 존대가 문제였구나. 근데 이걸 어쩌지."

달칵!

"나는 죽어도 못 하겠는데?"

도저히 꺾일 기세를 보이지 않고 완연하게 피어나는 광기 들린 미소. 그 순간, 방문이 열리며 안으로 두 명이 사내가 난입했다.

"혜, 혜림 씨?"

"아니, 저 개자식이!"

세 번째 수업 당시 8팀에 속해 있던 주승희와 박찬태였다. 두 명은 급히 용찬을 밀어내고 혜림을 품에 안아 들었다.

"혜림 씨, 괜찮아요?"

"사, 상훈 씨가 갑자기 절 겁탈하려 들어서. 전 그저 반항한 것뿐인데 이렇게까지."

"으드득. 같은 방을 쓰자고 끌어들였다 했더니."

애당초 같은 방을 쓰자고 제의했던 사람이 누구던가. 서럽게 눈물을 흘리며 둘을 속이는 혜림의 연기에 절로 헛웃음이 흘러나왔다.

'미리 두 명을 포섭해 놨다 이거군.'

따로 거짓말까지 늘어놓은 것을 봐선 준비성 하난 철저한 그녀였다. 승희와 찬태는 대충 혜림에게 이불을 던져주며 제약 해제를 꺼내 들었다.

"너만 제약 해제를 구매한 게 아니라고. 감히 혜림 씨를 겁탈하려 들어? 단단히 버릇을 고쳐주마."

"조심하세요. 저 사람, 마력 기술을 하나 해방시킨 것 같았어요."

"걱정 마세요. 수업이라면 몰라도 싸움이라면 진절머리나게 하다 왔으니까!"

자연스럽게 전투에 유리한 스킬을 해방시키게끔 유도하는 모습까지. 이젠 역겨울 정도로 치밀한 혜림의 계산이었다. 용찬은 지금 이 상황이 마냥 웃기기만 했다.

"싸움이라면 진절머리나게 하다 왔다고?"

"그래. 오늘 죽을 때까지 한번 맞아……."

"정말 자신할 수 있나?"

수천, 수만 번. 생과 사의 경계를 넘나들었다. 무려 10년간 죽음 앞에서 싸워온 자신 앞에서 감히 그가 싸움을 논하고 있었다. 어찌 웃기지 않을 수 있겠는가.

"무, 무슨 눈빛이 저리……."

전신으로 오한이 드는 강렬한 살기. 자신만만하게 스킬을 준비하던 두 명이 주춤거렸다.

'저, 정말 괜찮은 거겠지?'

'에잇. 2대1인데 설마 우리가 지겠어?'

그들은 알지 못했다. 자신들이 상대하고 있는 자가.

"그 잘못된 생각부터 뜯어고쳐 주마."

절대자였다는 것을.

콰드득!

"끄아아아악. 항복, 항복할게. 제발 그만해 줘!"

아까 전까지만 해도 호언장담을 하던 승희가 팔을 부여잡고 울먹거렸다. 벌써 곁에선 온몸이 만신창이가 된 채로 찬태가 바닥을 구르는 상황. 거의 전투 불능 상태에 처한 두 명을 보고 있던 혜림은 이 상황이 믿기지 않았다.

'도대체 뭐가 어떻게 된 거야. 몇 분 지나지도 않은 것 같은데 이런 상태라니!'

결론만 말하자면 두 명은 무참히 패배했다. 아니, 전투라고 보기에도 너무 일방적이었다.

'내가 잘못 본 게 아니라면 방금 그 기술은 분명 스킬이었어. 하지만 제약 해제는 한 가지만 할 수 있을 텐데?'

이해할 수 없는 의문점들에 절로 눈동자가 떨려왔다. 하지만 인정사정 보지 않고 그들을 때려눕힌 용찬은 힘겨운 기색 하나 없이 천천히 자신에게로 다가왔다.

"자, 네가 세운 방패막이들은 다 처리했다. 이제 무엇을 더

보여줄 거지?"

"……."

"쯧. 더 이상 보여줄 것도 없겠지. 그러면 다시 본론으로 돌아가 볼까."

이놈은 수두룩하게 봐오던 플레이어들과 달랐다. 심지어 머더러들보다 무자비하다고 볼 수 있는 태도. 거기까지 생각이 미친 혜림은 즉시 방에서 달아나려 했다.

덥석!

"이, 이거 놔!"

"어딜 그렇게 바쁘게 가지. 나하고 볼일이 남았을 텐데?"

공포. 생전 처음으로 느껴보는 두려움이 물씬 밀려왔다.

퍼억!

다시금 몇 번을 벽에 처박혀 고통에 몸부림쳤을까.

"다시 한번 묻는다. 어떻게 처리했지?"

"……아아."

섬뜩하기 그지없는 얼굴로 악마가 물어왔다.

'여기서 이렇게 죽는다고? 안 돼, 절대 그럴 수 없어. 여기까지 올라오는데 얼마나 긴 시간이 걸렸는데!'

지금 이 상황으로 볼 때 놈이 자신을 살려둘 가능성은 거의 없었다. 혜림은 최대한 몸부림치며 소리를 지르려 했다.

그 순간.

"한상훈 학생, 더 이상의 무력 행위는 용납할 수 없습니다."

구원자처럼 백색의 사신이 방 안으로 모습을 드러냈다.

'이 자식은 3반의 담당 사신일 텐데?'

아카데미 측에서 상황이 심각하다고 여긴 것일까. 적사신과 달리 한 단계 높은 백사신이 나타났다. 용찬은 인상을 구기며 경고 회피 아이템을 집어 던졌다.

"불가능합니다."

"뭐?"

"연속적으로 학생 세 명을 폭행한 것도 모자라 협박까지 한다는 것은 학생의 신분을 벗어나는 일입니다. 고로 상훈 학생의 경고 회피 아이템은 받아들일 수 없습니다."

두 자루의 낫이 은은한 백색으로 물들어갔다. 이런 조치는 회귀 이전에도 겪어보지 못한 현상. 백사신은 용찬의 시선을 무시한 채 세 명의 학생을 일으켜 세웠다.

"우선 여러분은 다른 방으로 안내를……."

"자, 잠깐만요. 지금 미션을 포기할 수도 있는 건가요?"

"음. 세 번째 수업까지 통과한 분들은 아무런 페널티 없이 포기할 수 있긴 합니다. 다만, 보상에 대해선 어떠한……."

"상관없어요. 얼른 돌려보내 주세요, 담당 교사님!"

다급한 혜림의 목소리에 백사신이 나머지 두 명에게로 시선을 돌렸다. 그러자 승희와 찬태도 옳거니 하며 급히 고개를 끄덕거렸다.

"알겠습니다. 그러면 하멜로 돌려보내도록 하겠습니다."

"어이, 네놈 지금 무슨 짓을 하는 거냐?"

"교사로서 본분을 다하는 중입니다."

"다른 놈들이 하는 짓은 방관하면서 이건 받아들일 수 없다고? 웃기지도 않는 소리. 그럴 거면 애초에 경고 회피 아이템을 만들지 말았어야 했어."

흉하게 번진 살기가 방 안을 장악했다. 하지만 백사신은 그런 용찬의 기세를 완벽히 무시하며 귀환 주문을 시전했다.

"……이 개자식이 끝까지!"

까앙!

낫의 등 부분에 가로막히는 주먹. 로브 속으로 녹색 안광이 번뜩이는 가운데 귀환진의 빛이 강렬히 퍼져갔다. 그리고 이를 가는 용찬의 시선 끝에서 뒤늦게 복구된 혜림의 문신이 들어와 뇌리에 박혔다.

'붉은 반달!'

점차 사라지는 신형 속에서 그녀의 입가가 쭉 찢어졌다.

"돌아가기 전에 한 가지 알려줄게."

"……."

"최근에 가장 거슬리던 놈은 원래 리오스 진영의 유태현이란 놈이었거든? 근데 지금은 좀 바뀌었어."

불현듯 박동치는 심장. 마치 슬로우 모션처럼 매혹적인 붉은 입술이 위아래로 움직였다.

"언제고 반드시 찾아갈게. 그때까지 기대해, 한상훈."

학생들을 휘어잡는 데 있어서 가장 필요한 것은 대가를 주는 것이다. 한번 먹이를 던져주면 자연스레 다음 먹이를 갈구하게 되고, 욕망을 채울 수 있는 수단으로 자신을 인식하게 된다. 그런 가운데 무리를 형성해 많은 학생을 따르게 하고 있으니 당연히 눈치를 보며 합류하게 될 수밖에.

'뭐, 그저 경고 회피 아이템에 불과하지만 꽤 활동이 편해지긴 하지.'

현 아카데미에서 독보적으로 최상위 성적을 기록하는 자신이다. 질투와 시기. 그리고 방해쯤은 당연히 예상된 결과였지만 무리를 갖춘 지금은 그런 견제도 가뿐히 무마할 수 있었다.

"대장, 진짜 제약 해제 아이템만 몰아주면 되는 거지?"

"물론이죠. 다른 것은 하나도 필요 없습니다."

"하아. 그럼 다행이고. 그나저나 자꾸 사신 놈들을 사냥하는 이유가 뭐야? 무슨 원한이라도 있어?"

가장 먼저 무리에 합류한 피터가 물어왔다. 확실히 적사신에 이어 백사신을 상대하기 위해 다시금 학생들을 불러 모았으니 의문이 들 만할 터. 학생들에게 제약 해제 아이템을 건네받던 태현은 싱긋 웃으며 간단히 답했다.

"원한이라기보단 단순히 걸리적거려서 말이죠."

"……어. 그, 그렇구나."

말문이 막힌 피터를 놔두고 교실로 들어서자 서류를 정리하고 있는 백사신이 눈에 들어왔다.

하지만 그것도 잠시.

"야, 그나저나 세 번째 수업까지 통과한 사람은 아무런 대가 없이 하멜로 돌아갈 수 있다던데. 사실이야?"

"그런 것 같더라. 우리 4반만 해도 절반은 돌아갔잖아. 그중에 머더러 놈도 있었다고 하던데. 소름 끼치지 않냐. 어제까지만 해도 우리 앞에서 생글생글 웃고 있었잖아."

"최종후란 놈이었지, 아마? 확실히 소름 끼치긴 하네. 그래도 우리는 대장한테 다음 수업 최상위권을 약속받았으니까 그 놈처럼 꼬리 내리고 돌아가는 일은 없을 거야."

들려오는 대화 소리에 금세 사신이 고개를 돌렸다.

"아, 유태현 학생이군요. 저 많은 학생을 이끌고 여긴 무슨 일로?"

슬금슬금 뒤따르던 그림자가 멈춘다. 하필 기술을 준비하는 순간 시선이 마주쳐 약간 곤란한 상황이 되고 말았다.

'이래서 너무 자유롭게 풀어주면 안 되는 거였는데. 역시 사람을 굴리는 재능은 용찬을 못 따라가는 건가.'

과연 지금쯤 그는 무엇을 하고 있을까. 예상해 본다면 자신처럼 백사신을 상대하기 위해 준비를 하고 있겠지만, 쉬운 일은 아닐 터다.

'그러고 보니 머더러라. 조심해야 할 건 역시 체이서겠지. 사태후와 유석우는 나로서도 까다로운 상대니까. 뭐, 그래도 때가 되면 자연스럽게 분해될 집단이니 지금은 접촉만 조심하면 돼.'

용찬은 모를 테지만 모종의 사건으로 인해 급격히 세력이 약화되었던 체이서다. 만약 그 사건이 없었더라면 이전 세계에서 머더러들의 활동력은 더욱 어마어마해졌을 것이다.

"태현 학생?"

잠시 상념이 깊었던 것인지 백사신이 재차 물어왔다. 태현은 녹색 안광을 그대로 마주하며 싱긋 미소를 지었다.

"잠시 상담을 드리려고 왔습니다."

그 시각, 다른 아카데미에 속해 있던 용찬은 심각한 표정이 되어 세 명이 사라진 자리를 쳐다보고 있었다.

'설마 유태현 그놈과 만난 적이 있다는 건가?'

가장 유력한 장소는 휴먼 메트로의 보상 룸일 것이다. 하지만 어떠한 계기로 혜림이 태현을 신경 쓰게 된 것인지는 알 수가 없었다. 게다가 머더러를 나타내는 붉은 문신까지. 유석우를 제거하니 이세는 생전 처음 보는 머더러가 눈에 밟히고 있었다.

'젠장. 아예 여기서 죽여 버렸어야 했는데!'

갑작스레 난입한 백사신으로 인해 일이 꼬이고 말았다. 용찬은 들끓는 분노를 참지 못하고 즉시 놈에게로 달려들었다.

"진정하십시오. 다른 학생들도 보고 있잖습니까."

"금방 그 입을 다물게 만들어주지."

"……우선 자리를 좀 옮겨야 할 것 같군요."

문 앞에 모여들어 싸움을 구경하고 있는 학생들. 이번 사건을 통해 아카데미 전체로 귀환할 수 있다는 사실이 퍼질 것이다. 백사신은 더욱 큰 혼란을 주기 전에 미리 용찬과 함께 다른 장소로 이동했다. 그리고 인적이 드문 강당 쪽에서 녹색 안광을 드러낸 순간.

파지지직!

강렬한 뇌전이 로브를 관통했다.

"사신 놈들이 교사 노릇을 할 때부터 알아봤지만 이젠 아예 역할에 심취되 플레이어들의 습성까지 잊었나 보지?"

"그런 것은 아닙니다. 애초에 저희도 그런 습성을 알기 때문에 더더욱 관심을 가지고 있는 것이니까요."

"동료 사신이 죽을 때는 방관만 하더니 이제 와서 방해하는 이유가 뭐냐."

시시각각 학생들을 관찰하는 놈들이 적사신의 죽음을 모를 리 없었다. 그 증거로 백사신이 자신의 심장을 꺼내 들며 전투태세를 취하고 있지 않은가.

"솔직히 말씀드리자면 저희는 한상훈 학생의 행동을 매우 흥미롭게 여기고 있습니다. 마치 처음부터 숨겨진 조건을 안다는 듯이 적사신을 처리한 행동. 점점 더 그 아이도 흥미를 가지기 시작했습니다. 아까 학생 세 명은 단순히 걸리적거리는 장애물에 불과해 미리 치워 버렸을 뿐."

"……."

"우선 계획하시는 일에 집중하셔야 되지 않겠습니까. 자. 이것이 필요하시겠지요?"

금방이라도 터질 듯이 펄떡거리는 심장. 가만히 설명을 듣고 있던 용찬의 기세가 만연하게 표출됐다.

"겨우 그깟 이유로 날 막았다 이거군. 좋아, 조만간 네놈이 말하는 그 아이도 처리해 주지."

"아주 좋습니다. 그러면 특별 수업을 시작해 볼까요."

백사신의 등급은 D급 네임드. 두 자루의 낫을 동시에 사용하는 놈으로서 적사신보다 훨씬 더 까다로운 상대다. 지금같이 대부분 능력이 제약된 상태에서 시간을 오래 끌면 자신만 불리하게 될 터.

'이미 마력 기술들도 새로 터득해 놨어. 스킬들의 숙련도가 문제이긴 하지만 권능이 있다면 비교적 해볼 만해.'

혜림은 모르겠지만 두 번째 제약 해제는 다시 권능을 활성화시키는 데 사용된 상태였다.

콰앙!

가장 먼저 파쇄를 통해 지형이 붕괴됐다. 잽싸게 대쉬로 거리를 좁힌 용찬은 연달아 붕권을 시전하며 놈의 품으로 파고들었다.

"후우. 역시 놀랍군요. 도대체 어떤 방법으로 스킬들을 다시 터득한 것입니까?"

"알려줄 의무는 없지."

"그것도 그렇군요."

일순 휘어서 솟아오르는 두 자루의 낫. 카운터를 통해 즉시 궤도를 비튼 용찬은 빠르게 눈을 굴리며 허공에서의 공방을 이어갔다. 그리고 무너진 지형 속에서 백사신의 균형이 어긋나는 순간.

파지지직!

"이런, 위험하군요."

푸른 뇌전이 일직선으로 쏘아졌지만 놈은 여유롭게 계단으로 순간이동 하며 범위에서 벗어났다. 하지만 용찬의 기세는 그칠 줄 몰랐고 천장을 뚫고 천둥 벼락이 몰아쳤다.

"무슨!"

미처 피하기도 전에 자리로 꽂히는 라이트닝 볼텍스.

**[뇌 속성력이 상승했습니다.]**

**[라이트닝 볼텍스 스킬의 레벨이 상승했습니다.]**

예상 못 한 위력에 백사신의 몸이 주춤거리는 사이 강렬한 뇌전 속에서 용찬이 살기를 드러냈다.

"네가 원하는 대로 빠르게 다음 수업으로 넘어가 주마."

감히 사신조차 무시할 수 없는 마왕의 선언이었다.

쿠우우웅!

얼마나 시간이 지난 것일까. 요란하게 무너지는 천장 속에서 거친 숨소리가 들려왔다.

"하아, 하아. 적사신보다는 오래 버티는군."

"……도대체가."

녹색 안광이 불안하게 떨려온다. 용찬의 손에 쥐어뜯긴 푸른 기운들. 아까 전까지만 해도 두 자루의 낫에 실려 있던 마력이었다.

"하지만 이것으로 끝이야."

귀를 쩌렁쩌렁 울리는 탄환 소리와 함께 백사신의 복부가 뚫렸다.

파지지직!

마지막 일격이라고 볼 수 있는 일점격발. 그와 동시에 후드 속 녹색 안광이 사그라들었다.

[백사신의 심장]

[하급 강화석]

[D급 마력석×14]

'드디어 두 번째 심장인가. 젠장, 이놈만 아니었다면 차혜림도 이번 기회에 확실히 처리할 수 있었을 텐데. 그 정도로 미친 여자가 힘을 키우기 시작하면 골치 아파지겠어.'

그나마 이름과 진영을 속여서 정체가 드러나진 않았다. 다만 미래를 생각해 본다면 거슬리는 장애물인 것은 분명했다. 결국 용찬은 찝찝한 기분을 털어내지 못한 채 방으로 돌아왔고, 다음 날에는 수많은 학생들의 시선을 받게 됐다.

"재가 어제 세 명을 때려눕힌 3반 학생이라며?"

"같은 방을 쓰던 여자를 겁탈하려고 했다던데. 사신에게 끌려가서 따로 처벌은 안 받은 건가."

"어제 사건 이후로 귀환한 놈이 많은가 봐. 사신 자식들, 일부러 귀환할 수 있다는 사실을 숨기고 있던 것 아냐?"

새로운 사실과 해소되지 않은 궁금증. 일부 몇 명은 귀찮게 달라붙기도 했지만 일절 무시하는 태도를 고수하자 금세 관심도 꺼져갔다. 그리고 마지막 네 번째 수업이 시작되자 다시금 학생들의 관심은 보상으로 쏠렸다.

'벌써부터 기대를 가지고 있는 건가. 확실히 물음표로 표시되어 있으니 큰 보상에 대해서도 기대할 수 있겠지.'

특히 강제 미션으로 시작된 사신 아카데미 아니던가. 하멜에서도 거의 드문 이벤트성 미션인 만큼 그들의 기대감도 나름 이해가 갔다.

하지만.

"자, 이제부터 네 번째 수업을 시작하도록 하겠습니다."

새로 교체된 흑색 로브의 담당 사신이 낫을 꺼내 든 순간 모두의 기대감도 절망으로 뒤바뀌었다.

'반 전체가 흑사신을 상대해야 되는 네 번째 수업. D급 히어로 등급이라는 것을 고려해 봤을 때 페널티를 안고 가는 학생들에겐 불리하기 그지없는 전투지.'

물론 아무런 능력 없이 전투를 벌이는 것은 아니다. 용찬은 책상 위에 놓인 세 개의 제약 해제 아이템을 보며 입가를 말아 올렸다.

"책상 위에 놓인 것처럼 능력을 해제할 수 있는 것은 세 가지뿐입니다. 최대한 고민하고 또 고민해서 결정 내리시길 바랍니다. 안 그러면 금방 목숨이 달아날 테니 말이죠."

서서히 변형되기 시작하는 공간. 이전처럼 새로운 필드로 거듭난 교실은 창공의 경기장이 되어 학생들을 맞이했다.

"미, 미친. 이런 소리는 없었잖아. 나 돌아갈래. 간다고!"

"불가능합니다. 수업 전에 미리 말씀을 해주셨어야죠."

"젠장. 제약 해제 세 개만 가지고 어떻게 D급 히어로를 상대하라는 건데?"

"대신 여러분은 총 18명이지 않습니까. 수적으로는 우세하시군요. 그리고 무기도 임시적으로 돌려 드릴 예정입니다. 너무 어렵게만 생각지 마시죠."

공포에 물든 학생들이 새파랗게 질린 안색으로 몸을 떨었다. 이미 퇴로는 사라진 상태. 뒤늦게 후회가 밀려왔지만 이제 되돌아갈 수도 없었다.

"자, 시작해 볼까요?"

번뜩이는 황금빛 안광, 순식간에 벌어지는 피의 향연.

그리고.

서걱!

단숨에 늘어나는 시신들까지.

어느새 경기장 전체는 핏물로 가득 고여 붉게 물들고 있었다.

"이익. 시X. 무기를 쥐여 주면 뭐하냐고. 능력은 겨우 세 개뿐인데!"

"끄아아악. 사, 살려줘. 죽고 싶지 않아."

"이건 지옥이야. 지옥이라고!"

잦은 비명 소리와 함께 생존자들이 울먹거린다. 하지만 흑사신의 낫은 그들의 사정을 헤아릴 정도로 자비롭지 않았다.

툭!

발밑으로 굴러오는 한 여성의 머리. 뒤늦게 고개를 들었을 땐 이미 자신 외에 생존자들은 일절 보이지 않았다.

"이제 남은 것은 한상훈 학생뿐이군요. 자, 어떻게 하시겠습니까. 혼자 남아서 끝까지 발버둥을 치시겠습니까. 아니면 구차하게 목숨이라도 구걸하실 속셈이십니까. 그것도 아니면 그냥 포기?"

살육에 미친 흑사신이 불쾌한 웃음소리를 흘렸다. 확실히 홀로 남아 D급 히어로인 보스를 상대하긴 힘들다.

하지만.

"꺄아아악. 여긴 또 어디야?"

"아무런 마력도 느끼지 못했는데 어떻게 나를 소환한 거지? 아니, 그것보다 저놈은 도대체?"

[@0@]

아직까지 지원군은 남아 있었다. 흑사신은 전혀 기억에 없던 세 명의 등장으로 인해 몹시 당황스러워졌다.

"다크 엘프에 마족, 거기다가 언데드 병사까지? 도, 도대체 상훈 학생의 정체가 무엇입니까?"

"네놈들도 내 정체를 완전히 파악하지는 못한 모양이군."

사방으로 퍼지는 검은 뇌전. 위협적인 기세로 사신마저 압도하는 살기. 바쿤의 병사들과 한 자리에 선 용찬이 다시 자신을 소개했다.

"마왕이다."

바쿤의 루시엔, 라이언 부대 대표 방패병 쿨단, 그리고 처음으로 소환된 마법사 록시까지. 다시금 마왕성의 주력 병사들이 한자리에 모인 상태였다.

'역시 휴먼 메트로 때처럼 여기서도 마왕성 시스템이 통하는군. 그런데 설마 병사들까지 학생으로 인식하는 건가?'

본래 착용하고 있던 장비를 대신하고 있는 교복.

"이, 이 기분 나쁜 옷은 또 뭐야. 조금만 뛰어도 안쪽이 다 보이잖아?"

"큭. 웃기지도 않는 짓을 벌이고 있군. 설마 이 복장으로 다니라는 건 아니겠지?"

소환의 영향 때문인지 기존 복장에서 변형되어 블라우스의 소매와 치마가 더욱 짧아져 있었다. 물론 루시엔과 록시는 나름 몸매가 부각되어 잘 어울렸지만 정작 문제는.

[?ㅅ?]

뼈밖에 남지 않은 쿨단이었다.

'그래도 제한 페널티는 받지 않는 모양이군.'

용찬은 어색한 복장에 당황하는 병사들을 보다 이내 카리스마를 발동시켰다.

"눈앞의 적부터 집중해라."

"하, 하지만 이런 복장은 좀."

"언제부터 마왕성의 병사들이 그런 사소한 것까지 신경 쓰면서 싸웠지?"

루시엔이 입술을 삐쭉 내민 채 볼을 부풀렸다. 분명 마왕을 위해 목숨까지 던지는 병사들도 있긴 했지만 지금은 그런 문제가 아니었다.

'저 멍청이가 뭐라고 하는 거야. 이런 복장으로 어떻게 싸우라는 건데!'

주로 신속화를 이용해 날렵한 동작을 선보이는 다크 엘프이지 않은가. 정작 문제는 창피하다는 것이었지만 용찬이 그런 것까지 헤아려 줄 성격은 아니었다.

"도대체 이게 어떻게 된 일이지?"

"나중에 설명해 주마. 우선 지금은 저놈부터다."

"큭. 그렇다면 이 복장이라도 어떻게……."

"벗든지 입든지 마음대로 해라. 그리고 존대를 자꾸 빼져먹는군. 다시 교육이 필요한 거냐?"

섬뜩한 두 눈빛에 이번에는 록시가 입을 꾹 다물었다. 그렇게 두 명의 소란을 잠재우자 잠시 존재가 잊혔던 흑사신이 덩치를 불리기 시작했다.

"마왕이라고 하셨습니까. 어떻게 마족이 아카데미로 들어왔는지는 몰라도 좋습니다. 기왕 이렇게 된 거 한꺼번에 상대해 드리도록 하죠."

정면의 바닥으로 내리꽂히는 거대한 낫.

"어떤 종족이든 일단 아카데미의 학생이지 않습니까?"

황금빛 안광이 더욱 짙어지는 가운데 용찬도 본격적으로 자세를 취했다.

"그래. 너희들의 유치한 학교 놀이는 지금도 이어지고 있는 거였지. 네가 원하는 대로 어울려 주마. 쿨단!"

낫이 박힌 바닥 속에서 들끓는 용암처럼 불길이 번져갔다. 미리 대기하고 있던 쿨단은 방패와 창을 쥔 채 잽싸게 앞으로 튀어나갔다.

[흡수력이 발동됩니다.]

붉게 달아오르는 교복. 아슬아슬하게 위력을 버텨낸 것인지 금세 불길이 빨려 들어갔다. 그리고 좌우로 포진하고 있던 루시엔과 록시가 동시에 정면으로 길을 만들어냈다.

[공중 도약이 발동됩니다.]
[모래 폭풍이 발동됩니다.]

단숨에 공중을 장악하는 두 명.
'차, 창피하지만 여기에서까지 저 마족한테 질 수는 없어!'
'저 다크 엘프가 끝까지?'
미션으로 이동되어서까지 팽팽한 신경전을 벌이고 있었지만 도움은 충분히 됐다. 용찬은 쿨단을 선두에 세운 채로 다시금 내리꽂히는 낫의 옆면을 노렸다.
타앙!
이전과 다른 위력으로 폭발하듯 쏘아진 일점 격발. 미리 제약 해제를 통해 본래 숙련도로 되돌려 놓은 스킬 중 하나였다.
"크윽? 무슨 위력이 이렇게까지!"

"그렇게 당황하고 있을 때가 아닐 텐데?"

마침 균형이 기울어진 흑사신의 품으로 루시엔의 주특기인 신속 가르기가 먹혀들었다. 그리고 동시에 우측으로 록시의 청광까지 로브 속을 꿰뚫자 피해가 배로 중첩됐다. 아무리 형체가 없는 사신일 지라도 고통은 느끼게 마련. 더군다나 물리적인 피해가 적용되는 아카데미의 사신이기 때문에 루시엔과 쿨단도 마음껏 날뛸 수 있었다.

"크흐흐흐. 난생처음으로 느껴보는 고통이군요. 아아, 이렇게 된 거 저도 더욱 즐겨봐야겠습니다!"

한참 낫을 휘두르며 공격을 버텨내던 흑사신이 경기장 전체를 쥐어 잡았다. 슬슬 두 번째 페이즈로 넘어간다는 것을 인지한 용찬은 공중 도약을 쓰던 루시엔을 낚아챘다.

"꺄아아악. 가, 갑자기 왜 이래요?"

"귀 아프니까 입 다물고 얌전히 있어라. 쿨단, 넌 철갑화를 준비하고 록시, 넌 플라이를 계속 유지하고 있어."

"도, 도대체 뭐가 오는데 그러는 건데요?"

"경기장이 추락한다."

"네?"

쫑긋거리는 두 귀. 미처 이해하지 못한 루시엔이 재차 입을 열었지만 그 순간.

"꺄아아아악!"

거부할 수 없는 중력에 온몸이 아래로 쏠리기 시작했다. 어느새 섬으로 된 경기장을 통째로 쥔 채 육지로 착지하고 있는 흑사신.

용찬으로선 미리 예상하고 있던 패턴이었지만 루시엔의 비명 소리만큼은 도저히 버텨낼 수 없었다.

"젠장. 그만 입 다물어!"

"꺄아아악!. 죽기 싫어, 죽기 싫다고!"

"빌어먹을!"

치마가 휘날리고 있다는 사실조차 잊고 처절하게 발버둥 치는 그녀였다.

-그래, 너희들의 유치한 학교 놀이는 지금도 이어지고 있는 거였지.

사신 아카데미에 초대받지 않은 손님들. 그리고 경기장 속에서 마왕이라고 정체를 밝힌 플레이어까지.

'유치한 학교 놀이라. 나름 현대를 바탕으로 열심히 준비했다고 생각했는데 그게 아니었나 보군.'

슈탈린은 화면에 비친 청년을 보며 책상을 두들겼다. 사신들 사이에서 가장 먼저 안건을 내어 이렇게 아카데미를 창설

했건만 정작 학생 신분으로 초대받은 플레이어 대부분이 부정적인 반응을 취하고 있었다.

게다가 마족이라고 정체를 밝힌 한상훈.

"어떻게 마족이 플레이어로 인식될 수 있지? 그리고 마왕성 병사들은 어떻게 소환한 거야?"

"저희도 자세히 알 방법이 없습니다. 애초에 그들의 정보 수집을 막은 것은 교장님이 아니셨습니까?"

"하긴, 사신들이 죽는 것도 방관해 왔으니까. 내가 할 말은 아니지. 솔직히 학생들에게도 일부 자유 정도는 줄 만도 하잖아. 안 그래, 밀러스?"

슈탈린은 플레이어들의 고향인 현대가 무척 마음에 들었다. 비록 인간들이 알고 있는 사신들의 이미지는 대개 공포의 상징이었지만, 자신들도 흥미를 가지고 유희를 즐기는 존재였다. 항상 곁에서 그를 보좌하고 있는 밀러스도 그것을 알기 때문에 굳이 토를 달지 않았다. 오히려 평소처럼 뼈만 남은 앙상한 손으로 서류를 전달할 뿐.

"현재 숨겨진 조건으로 만들어놓았던 히든 피스의 진행도입니다."

"이게 까다롭단 말이지. 정작 들어올 때는 바로 허가를 내주었으면서 뭐만 하려고 하면 시스템으로 하나하나 태클을 건단 말야."

현재 진행 중인 강제 미션도 최대한 하멜의 시스템에 맞춰 개설된 또 다른 세계였다. 유희를 즐기기 위해 돌아다니던 중 발견한 신들의 전장은 무척 흥미롭고 신선한 차원이었지만, 여러모로 복잡한 내부 시스템은 의도조차 알 수 없을 정도로 까다로웠다.

"음? 히든 피스를 진행하는 학생이 다섯 명이나 된다고?"

"그렇습니다. 지금 화면에 보이는 한상훈 학생까지 합치면 총 여섯 명입니다."

"허, 이건 의외인데. 일부러 제약으로 페널티를 주었는데도 벌써 백사신까지 처리한 학생이 여섯 명이나 된다니. 잘하면 기록 경쟁이 좀 더 치열해지겠는데?"

오직 최단 기록 클리어를 달성한 자에게만 주어지는 히든 보상. 서류에 적힌 다섯 명의 이름을 훑던 슈탈린은 흥미롭다는 듯 백색 안광을 내뿜으며 자리에서 일어났다.

"유치한 학교 놀이라 해도 이런 즐거움은 포기 못 하지. 과연 여기서 흑사신을 처치하고 그 아이에게 도달할 학생은 몇 명이나 될까."

"기껏해야 한 명, 아니면 두 명이겠죠."

"그중 한 명은 저놈이려나. 그래도 그 아이가 흥미를 가지고 있는 학생이잖아?"

"……확실히 흥미를 가지는 것은 놀랍기 그지없습니다만.

이 학생도 무시할 수는 없을 것 같습니다."

밀러스의 가벼운 손짓과 함께 새로운 화면이 나타났다.

-젠장, 약속과 다르잖아. 최상위권을 약속한다며!

-속았어. 유태현, 저놈한테 속았다고. 빌어먹을, 죽고 싶지 않으면 어떻게든 버텨!

-무슨 물리 저항력이 이렇게 높아! 좀 더 몰아쳐!

무리를 형성해 악착같이 흑사신의 공격에서 버티고 있는 학생들. 대부분 억울한 심정으로 네 번째 수업을 진행하고 있었지만, 도망갈 길이 없다는 것을 깨달았는지 같이 힘을 합쳐 싸우고 있었다. 그리고 그림자 속에 숨어 유유히 상황을 지켜보는 한 명의 청년. 바로 밀러스가 주시하고 있는 또 다른 학생이었다.

"이름은 유태현. 본명인지 가명인지는 정확히 알지 못하지만 마치 처음부터 모든 것을 다 안다는 식으로 히든 피스를 진행했던 학생입니다."

"한상훈이랑 같은 케이스군. 간단히 저들이 말하는 대화만 들어보면 역으로 학생들을 이용한 거 같은데. 맞아?"

"예. 의도적으로 무리를 형성시킨 뒤 상황에 맞춰 발을 뺀 상태입니다."

간단히 정리하자면 자신의 목적을 위해 남을 방패막이로 사용했다는 뜻이다. 미리 인간들의 심리를 이용해 무리를 형성한 것은 아주 올바른 선택이었다.

'우리가 직접적으로 간섭하지 않는다는 것까지 알고 있었다는 건가. 저런 놈이 두 명씩이나 아카데미에 들어와 있다니. 덕분에 이번 유희는 좀 더 즐거워지겠어.'

기존에 예상했던 것보다 좀 더 자극적으로 수업들이 진행되고 있었다. 하지만 아무리 큰 활약을 보인다고 하더라도 한계는 있을 터. 특히 흑사신의 두 번째 페이즈를 생각해 본다면…….

-크하하하. 이제 여러분은 마력을 사용하지 못할 겁니다!

-어차피 필요도 없었어. 록시, 권능을 사용해라.

-크. 왜 하필 이런 복장으로!

단숨에 마력을 기력으로 바꾼 금발의 마족. 그와 동시에 붉게 물든 거대한 팔이 흑사신의 낫을 쳐내기 시작했다.

"아니, 저게 뭐야?"

"마법사인 줄로만 알았는데 근접 전투도 가능한 마법사였군요. 이것도 의도한 것일까요?"

"아니, 그게 그것보단 이제 와서 안 건데 복장이 저게 뭐야. 저건 엄연히 규정 위반이라고!"

"……."

뼛속까지 규정에 물든 교장 스탈린이었다.

[성질 변화가 발동되고 있습니다.]

하이델 가문의 고유 권능 성질 변화. 비록 후계자 자리는 물려받지 못했지만 평가전 때 보인 위력만큼은 여전했다.

'플레이어들의 마력을 봉쇄하는 까다로운 패턴. 이것 때문에 꽤나 고생했었지만 지금이라면 다르지.'

두 번째 패턴을 위해 소환시킨 록시는 예상대로 쿨단과 함께 선두에서 마구 날뛰어주고 있었다. 용찬은 봉인된 마력 대신 순수 뇌전만을 끌어내며 품에 안고 있던 루시엔을 바닥에 집어 던졌다.

"으갹!"

"일어서라. 이미 육지에 도착했으니까."

"어, 어라. 진짜네."

어느새 생전 모르는 섬에 내려앉아 있는 커다란 경기장. 눈물이 핑 맺혀 있던 루시엔은 뒤늦게 안도의 한숨을 내쉬며 자리에서 일어났다.

"그, 그렇다고 해서 던질 것까진 없었……."

"정신 차리고 전투에 집중해라. 언제까지 록시에게 뒤처질 셈이냐?"

"윽. 그러고 보니 저 자식, 벌써부터 날뛰고 있잖아!"

다시금 경쟁심이 치솟은 루시엔이 광폭을 발동하며 잽싸게 정면으로 달려들었다.

이젠 세 명이서 동시에 흑사신을 몰아넣는 상황. 비록 아직까지 호흡은 맞지 않았지만 이렇게 계속 경험을 쌓아간다면 그 문제도 금방 해결될 것이다.

파지지직!

"자, 빠르게 마무리하고 다음 단계로 넘어가 줘야겠지."

단숨에 땅을 박차고 뛰어오르자 쿨단이 재치 있게 낫을 막아내며 길을 열었다.

"그 정도면 됐다."

[+ㅅ+]

마치 선수 교체가 되듯 교차하는 두 명의 신형. 좌우로 루시엔과 록시에게 신경이 쏠려 있던 흑사신은 한 박자 늦게 용찬을 발견했다.

-이, 이런!

"지겨운 학교 놀이도 여기서 끝이다."

자고로 덩치가 큰 놈이 때리기도 법이다. 무투가에게 있어 거대해진 흑사신은 단순히 샌드백.

콰앙!

하단으로 내리꽂히는 파쇄. 온갖 파편이 사방으로 튀는 가운데 용찬의 거침없는 속공이 이어졌다.

퍽!

하단.

퍼억!

다시 하단.

**[일점 격발이 발동됩니다.]**

그리고 로브 속으로 마치 탄환처럼 주먹이 쏘아지며 중첩 피해가 먹혀들었다. 마치 태풍의 눈처럼 역풍을 몰고 온 용찬은 눈에 이채를 발하며 끊임없이 하단부를 노렸다.

-끄아아악! 감히, 감히, 감히이이이!

"이제야 사신의 본성이 드러나는 건가."

-인간 주제에 날 이렇게까지 만들어? 죽여 버릴 테다!

"그래, 그래야 사신답지. 하지만……."

까아앙!

일직선으로 내리꽂히던 거대한 낫이 록시와 루시엔에 의해 가로막힌다. 그사이로 드러나는 맹렬한 사냥꾼의 눈빛.

"말했다시피 나는."

타앙!

점멸하는 시야 속에서 단 한 발의 총성이 울려 퍼졌다.

그리고.

"마왕이다."

마침내 네 번째 수업이 막을 내렸다.

**[모든 플레이어 제약이 풀렸습니다.]**

**[흑사신의 심장을 획득했습니다.]**

**[숨겨진 조건을 달성했습니다. 히든 보스에 도전할 자격이 갖추어집니다.]**

**['사신 아카데미 수석 졸업자' 칭호를 획득했습니다.]**

휑하니 구멍이 뚫린 흑사신의 몸이 고꾸라지며 아카데미의 졸업을 알렸다. 용찬은 손에 쥔 펄떡거리는 심장을 인벤토리에 집어넣고 본래 장비를 착용했다.

"하아, 하아. 이제 끝난 거죠?"

"아니, 아직 한 가지 남아 있지."

"그러면 이 복장은 도대체 언제까지 입고 있어야 되는 건데요?"

막상 전투가 끝나자 다시 부끄러움을 타는 루시엔. 하지만 병사들의 복장까지 전부 신경 쓸 용찬이 아니었다.

"나도 모른다. 알아서 해라. 그리고 쿨단, 드랍된 아이템들을……."

슬쩍 고개를 돌리자 이미 아이템을 챙기고 있는 부지런한 스켈레톤 학생이 보였다.

[?ㅅ?]

"챙기고 있었군."

라딕 던전 때부터 봐온 손버릇은 여전했다. 이번에 위르겐을 통해 탐욕에 눈뜬 불한당 부대까지 생각해 본다면 바쿤 병사들의 수집욕(?)은 어마어마하다고 볼 수 있을 터다.

그사이, 경기장으로 변화되었던 필드가 다시금 교실로 되돌아오며 눈앞으로 익숙한 책상들이 보였다.

짝짝짝!

"네 번째 수업을 통과하신 것을 진심으로 축하드립니다, 한상훈 학생."

미리 3반 교실에서 기다리고 있었던 것일까. 갈색 로브의 사신이 가볍게 박수를 치며 곁으로 다가왔다.

"……다른 반 학생들은 어떻게 됐지?"

"아쉽게도 현 아카데미에선 상훈 학생을 제외한 나머지 학생들은 전부 통과하지 못했습니다. 소개가 늦었군요. 전 이 아카데미의 교장인 스탈린이라고 합니다."

아카데미를 총괄하는 갈색 사신 스탈린. 그는 용찬의 살기

어린 시선을 마주하면서도 느긋이 병사들을 훑어봤다.

'진짜 마왕이라 이거지. 어떻게 아카데미에 들어온 거야?'

미리 조사한 내용대로라면 마족의 몸을 가진 플레이어는 존재할 수 없었다. 아니, 존재 자체가 불가능했다. 애초에 다른 차원에서 인간을 소환해 플레이어로 동기화시키는 하멜 시스템이 아니던가. 하지만 그런 의문은 잠시 접어둔 스탈린은 우선 형식대로 졸업에 대한 설명을 시작했다.

"상훈 학생은 네 번째 수업까지 최상위권 성적을 유지하며 통과했기에 저희가 준비한 최고의 보상을 받으실 자격이 충분합니다. 여기서 이대로……."

"질질 끌지 말고 바로 본론으로 들어가지."

앞에 있던 책상 위로 세 개의 심장이 놓였다. 히든 보스를 상대하기 위해 필요한 숨겨진 열쇠들. 최상위 사신이라고 할 수 있는 자신 앞에서까지 거침없이 행동하는 용찬이었다.

"……역시 히든 피스에 대해 알아채고 계셨군요?"

"그렇다면 어쩔 거지?"

"하. 이거 참. 겁이 없는 건지 아니면 원래 이런 성격인지. 상훈 학생이 뭘 잘 모르나 본데, 내가 이래 봬도 하멜에서 A등급에 속하는 사신이야. 그러다 훅 날아간다고. 이게."

자신의 목을 긋는 스탈린의 시늉에 절로 웃음이 나왔다. 확실히 지금 느껴지는 기세만 해도 전대 마왕들에 육박하는 수준이었지만, 회귀 이전 기억대로라면 그는 자신의 손끝 하나 건드리지 못했다.

"아니, 넌 그렇게 하지 못해. 내가 장담하지."

"……."

싸늘하게 가라앉는 분위기. 병사들은 영문을 알지 못해 눈만 깜빡거렸지만 용찬만큼은 여유롭게 자리에 서 있었다.

그리고 로브 속에서 뾰족한 날이 번쩍이는 순간.

"그거 하나만 알아둬. 네 눈에 아카데미가 어떻게 보이든 상관없어. 하지만 나름 고민하면서 결정한 유희라고. 적당히 눈치 봐가면서 설쳐. 알겠어?"

시퍼런 낫이 목젖까지 닿고 있었다. 하나, 그럼에도 용찬은 표정 하나 바뀌지 않고 날을 밀쳐냈다.

"내가 굳이 네놈 장단에 맞춰줘야 되는 이유가 뭐지?"

"내 말을 도통 이해하지 못……."

"네놈들은 하멜에 오지 말았어야 했어. 그깟 유희를 이유 삼아 이곳에 온 것을 후회하게 될 거야."

먼저 돌아선 용찬이 병사들과 함께 뒷문으로 빠져나갔다. 홀로 남겨진 스탈린은 멍하니 그의 뒷모습만 바라보다 이내 낫을 회수했다.

'하멜에 온 것을 후회하게 될 거라고?'

웃기지도 않는 소리다. 수백, 아니, 수천 년간을 방황하다 간신히 찾아낸 유희 장소인데 후회할 리가 있겠는가. 비록 강제 미션이 끝난 직후 추방당할 운명인 사신들이었지만, 이토록 즐거웠던 적은 거의 없었다.

스탈린은 점점 멀어져 가는 네 명을 보며 뒤늦게 자신이 안내역이란 것을 깨달았다.

"사, 상훈 학생. 일단 내가 안내역이라고?"

"길은 이미 알고 있다. 따라오든 말든 마음대로 해라."

"하. 도대체 어디까지 알고 있는 거야. 아니, 그것보다 저런 복장은 규정 위반이라고!"

끝내 복장을 마음에 담아두고 있던 스탈린이었다.

동시다발적으로 발생한 강제 미션. 그로 인해 며칠 동안 진영 전체가 텅텅 비는 현상이 벌어졌지만 그것도 잠시.

"어어. 돌아왔다, 돌아왔어!"

"하아. 빌어먹을 사신 놈들. 취향도 참 독특하다. 어떻게 그런 미션을 만들어낼 생각을 다 할까."

"그래도 세 번째 수업까지만 하고 돌아와서 다행이야."

네 번째 수업 직전 귀환을 결정한 플레이어들이 먼저 도시로 돌아오며 혼란 뒤에 또 다른 혼란이 찾아왔다. 기회를 틈타 미션 및 던전을 공략하는 자들. 그리고 적대 관계였던 상대 세력을 약화시키는 자들까지. 한동안 잠잠하던 대륙은 다시금 어수선해졌고 뒤늦게 머더러들까지 진영으로 기웃거리는 상황이 발생하며 플레이어들은 또 다른 혼란에 직면하게 됐다.

"흑발에 흑안. 덩치는 그렇게 크지 않아. 다인 진영의 무투가인 만큼 수소문하기는 쉬울 거야."

"그 앙칼진 년, 요즘 따라 두령님 곁에서 꼬리를 친다더니 기어코 귀찮은 일거리를 가져다주는구만."

"이름은 한상훈이라고 하던데. 가명일 수도 있다잖아. 그런 놈을 어디 가서 찾으란 거야."

특히 북쪽에 위치한 체이서 집단까지 묘연한 행방을 보이며 다인 진영은 잠시 주춤하게 됐다. 하지만 강제 미션을 클리어한 랭커들이 무사히 복귀하게 되자 진영은 다시금 안정을 되찾아갔고 이내 세력 간의 충돌도 최소화되어 갔다.

그리고.

"유태현, 그놈이 아직까지 귀환하지 않았다고?"

몇몇 플레이어가 정상적으로 귀환하지 않자 일부 세력은 일순 긴장감 어린 분위기가 흘렀다. 물론 미션 도중 사망한 자들은 일부 플레이어의 증언을 통해 확인됐지만 다른 자들은 아니었다. 특히 최근 하이드 길드를 급상승시켰던 요주의 인물, 유태현의 부재는 아놀드에게 있어 가장 큰 문제라고 볼 수 있었다.

"그놈은 아직 활용 가치가 어마어마해. 이대로 놈을 잃을 순 없어. 게다가 이미 거울성 공략을 진행하고 있는 시점이라고. 만약 돌아오지 않는다면 계획이 어긋날 수도 있어."

"아직까지는 모르는 일입니다. 어떻게 하시겠습니까?"

"일단 강제 미션으로 인한 소란도 있으니 그것을 이용해서 거울성 공략 시기를 약간 늦춰야겠어. 그놈이 바라는 대로 원탁회의에서 계획도 밀어붙였는데 정작 본인이 사라지면 일이 틀어져 버려."

진영 자체가 정상적으로 돌아가려면 어느 정도 과정이 필요한 시기. 그리고 그 문제를 오히려 역으로 이용한 자도 있었다.

"수감자가 탈옥했어. 얼른 찾아봐!"

"젠장. 도대체 감시자 교체 시간은 언제 외워둔 거야."

"어떻게든 잡아. 저 자식 루트를 꼼꼼히 외우고 있다고. 못 잡으면 우리가 죽어!"

중요 감시역의 부재는 감옥의 감시에 빈틈을 만들었고 길드 하우스 리퍼에 수감되어 있던 리우청 또한 자유의 몸이 되었다. 결국 하멜은 예상치 못한 변화를 맞이하며 시시각각 새로운 구도를 이뤄갔다. 그러면서 자연스럽게 기회주의자들의 손에 의해 일부 새로운 세력이 등장하기 시작했다.

그리고 모두를 혼란으로 몰아갔던 강제 미션은.

"이번에도 내 승리야, 고용찬."

"이번에는 좀 다를 거다, 유태현."

두 명의 남자를 통해 최종장에 돌입하고 있었다.

[민하나:전 세 번째 수업까지만 하고 귀환을 택했어요. 도저히 더 이상 감당해 낼 자신이 없더라구요.]

[한채은:가, 같은 반 학생분들에게 조금 도움을 받게 됐어요. 물론 좀 나쁜 의미로 접근하는 분들도 계셨지만 운이 좋았던 것 같기도 해요.]

예상대로 대부분의 플레이어는 귀환에 성공했다. 정보통(?)이었던 두 명의 메시지만 봐도 일찍이 탈락한 자들을 제외하곤 전부 세 번째 수업이 끝난 직후 귀환을 택한 모양이었다.

'그나저나 이 두 명이 살아남을 줄은 몰랐는데. 이것도 내가 영향을 줘서 바뀐 미래라고 볼 수 있겠지.'

두 명의 생존 외에 다른 소식들은 전부 예상대로 흘러가고 있었다. 물론 자신과 태현이 관여한 문제들은 완전히 다른 구도를 이어가고 있었지만 자연스럽게 거울성 및 유적지 공략도 늦춰졌다고 봐야 될 터다. 용찬은 제약이 풀린 장비와 스킬들을 확인한 뒤 고개를 들어 정면을 바라봤다.

"여기가 바로 그 아이가 머물고 있는 곳이지. 마침 그 아이도 상훈 학생에게 관심을 가지고 있으니까 좋은 만남이 될 거라고 생각해."

드넓은 동굴 내부로 드러난 큼지막한 문. 미리 대기하고 있던 스탈린이 세 개의 심장을 꺼내자 즉시 문에 감겨 있던 쇠사슬들이 풀리기 시작했다.

"자, 들어가. 이게 마지막 수업이라고 생각하고."

"뭐, 뭐야. 저기 안에 뭐가 있길래 그러는 건데요?"

"쯧. 끝까지 교사 노릇이군. 얼른 꺼져. 더 이상 네놈에게 볼 일 따위 없으니까."

둘의 중간에 껴 있던 루시엔이 고개를 갸웃거렸지만 용찬의 시선은 오직 정면의 문을 향해 있었다.

하지만 그것도 잠시.

"궁금하지 않아?"

"……."

"너처럼 히든 피스에 도달한 학생이 총 몇 명일지?"

불쑥 던진 스탈린의 물음에 인상이 굳어졌다. 잠시 발걸음이 멈춰 있던 용찬은 태현을 떠올리며 살기를 피웠다.

"몇 명이든 상관없어. 어차피 방 안에 있는 놈이 죽는 것은 마찬가지니까."

"그런 것치곤 눈빛이 묘한데. 어떻게 강제 미션에 대해 그리

자세히 알고 있는지는 모르겠지만 솔직히 말해봐. 사실 너도 최단 기록 클리어를 노리고 있는 거지?”

정곡을 찌르는 말이다. 애초에 이런 방식의 미션을 의도한 것도 스탈린이었고, 만약 그가 현대에 관심을 두지 않았더라면 사신 아카데미는 만들어지지도 않았을 것이다. 그런 가운데 자신의 의도를 벗어나는 플레이어들이 있으니 자연스레 관심이 기울어질 수밖에.

끼이이익.

하지만 용찬은 침묵으로 대답하며 거대한 철문을 열어 재꼈다.

**[히든 보스 룸으로 이동됩니다.]**

**[사신 아카데미의 숨겨진 보스가 모습을 드러냅니다.]**

칠흑처럼 어두컴컴한 공간. 시스템 메시지와 함께 보스 룸으로 이동된 것인지 더 이상 스탈린은 보이지 않았다.

“아, 앞이 안 보여. 여기는 또 어디…….”

파지지직!

허둥지둥하던 루시엔의 눈앞에 불빛이 반짝거렸다.

항상 보던 익숙한 뇌전의 현상.

“우씨. 거기 있으면 있다고 말을 해줘야…… 어라?”

"크르르르."

서서히 어둠을 밝히는 푸른 번개. 그와 동시에 충혈된 큼지막한 눈이 이리저리 움직이기 시작했다. 마치 거대한 늑대를 연상케 하는 괴물의 모습에 착각하고 있던 루시엔은 화들짝 놀라며 자리에 엎어졌다.

파지지직!

"꺄아아악! 뭐, 뭐야. 이 자식은!"

"뇌신수다."

달빛처럼 은은히 빛나는 은색 털. 단숨에 뇌전을 뿜어내며 어둠을 밝혀낸 보스는 사납게 울부짖으며 자리에서 일어났다. 그리고 루시엔을 뒤로 물린 용찬은 아직 밝혀지지 않은 공간 속 어둠을 확인하며 입가를 말아 올렸다.

"금방 길들여질 똥개지."

어느새 방 안 전체가 뇌전으로 환하게 밝혀지고 있었다.

**[뇌신수]**

[등급:C]

[상태:분노]

사신 아카데미의 히든 보스 뇌신수. 수백 년간 뇌전을 먹고 살아왔다는 전설의 신수로서, 등장부터 커다란 위압감을 선사했지만 태현은 조금도 주눅이 들지 않았다. 오히려 두 번째 보게 되는 놈의 커다란 덩치를 올려다보며 싱긋 미소를 지을 뿐.

"크르르르르."

"너 때문에 저번에도 꽤 고생했었다고. 이번에는 얌전히……."

콰앙!

미처 말을 끝내기도 전에 벼락이 내리꽂혔다.

사방이 요동칠 정도로 강력한 위력을 머금은 뇌전.

'휘유. 이거 정통으로 맞았다간 한 방에 훅 가겠는걸.'

미리 그림자 속으로 몸을 숨긴 태현은 머리를 빼꼼 내민 채 장비를 갈아 끼웠다.

**[벼락이 서린 어깨 보호대]**

**[마니흘람의 저항력 신발]**

**[마니흘람의 저항력 장갑]**

뇌신수를 상대하기 위해 모아왔던 속성 저항력 장비들.

"크아아아아!"

본격적으로 뇌신수가 날뛰기 시작하는 가운데 그림자도 다섯 개로 갈라졌다.

[마력탄이 발동됩니다.]

가장 먼저 견제용 마력탄이 옆구리에 직격했다. 하지만 기본적으로 마력에 내성을 가지고 있던 놈은 사방으로 뇌전을 방출하며 그림자를 제거하기 시작했다.

[천둥 벼락이 발동됩니다.]

[속성 저항력의 효과로 감전 상태를 벗어납니다.]

맹렬한 기세로 이빨을 들이미는 거대한 신수. 이젠 방 안 전체가 뇌전으로 가득 메워진 상태에서 새로운 그림자 인영들이 곳곳에서 만들어졌다. 그리고 그림자를 통해 신형을 이동시키던 태현은 기회를 틈타 뇌신수의 머리 위로 올라탔다.

"역시 까다로운 패턴이란 말이지. 우선 편하게 시작하자고."

푹!

정확히 미간에 푸른 날의 대거가 꽂힌다. 무려 레어급에 속하는 석화 효과를 가진 장비다.

[비스텔린 대거의 효과가 발동됩니다.]

[상대의 신체 일부가 석화 효과에 걸립니다.]

서서히 돌처럼 굳어가는 네 개의 다리. 마침내 속박계 효과로 발이 묶인 뇌신수는 당황한 것인지 이리저리 몸부림치기 시작했다.

"워워. 그러면 안 되지. 이제부터 시작……."

"크아아아!"

**[신수의 포효가 발동됩니다.]**

**[일정 시간 동안 혼란 상태에 걸립니다.]**

과연 C급 보스답다고 해야 할까. 잠깐의 기회도 허용하지 않고 오히려 정신계 기술로 반격을 날렸다.

'이런. 조급해하면 안 되지. 그때보다 상황은 훨씬 나으니까 좀 더 공을 들여서 처리해야겠어.'

아무리 히든 피스를 통해 순식간에 성장했다고 해도 한계가 있게 마련이다. 결국 태현은 치명타를 날릴 기회를 놓친 채 그림자 속으로 다시 몸을 숨겼다.

'어차피 그놈도 쉽게 처리하지 못할 거야. 아니, 다른 학생들과 협동했을 때도 간신히 처리했던 놈이니까 이번에도 고생하는 것은 당연하겠지.'

자신처럼 저항력 장비를 얻었다 한들 근접전을 주로 펼치는 무투가에게 있어 뇌전은 쥐약이나 다름없었다. 게다가 초반에 회피 기술이 그다지 없다는 것까지 고려해 본다면 전투 시간은 꽤 오래 걸릴 것이다.

쾅! 쾅! 콰앙!

푸른 번개가 매서운 기세로 몰아치는 방 안에서 태현의 입가에 미소가 맺혔다.

'지금쯤 무척 고생하고 있을 테지. 힘내보라고, 고용찬.'

그 시각, 또 다른 아카데미에서 히든 보스에 도전하고 있던 바쿤 일행은 다소 충격적인 광경을 지켜만 보고 있었다.

"……저거 완전 사기잖아. 애초에 우리가 나설 기회는 있는 거야?"

"정말 상상을 초월하는군. 권능을 저렇게도 사용할 수 있는 건가."

루시엔은 물론 록시조차 멍하니 두 눈만 깜빡거렸다. 처음에만 해도 뇌신수의 위압감에 절로 몸이 움츠러들었건만.

지금은…….

"깨개개갱!"

오히려 고통 속에서 발만 동동 구르고 있는 놈을 바라만 보고 있었다.

[ㅠㅅㅠ]

완전 구경꾼이 된 쿨단은 아예 바닥에 앉은 채로 뇌전을 빨아들이고 있는 청년을 흘겨봤다.

뇌전의 권능을 가진 바쿤의 마왕.

**[뇌전의 기운이 발동되고 있습니다.]**

지금도 용찬은 편하게 뇌신수의 속성력을 마구 흡수하고 있었다.

"생각보다 느린데. 좀 더 빠르게 흡수할 수는 없는 건가."

"끼잉! 끼잉!"

이젠 보스가 불쌍해 보일 정도의 광경. 루시엔은 차마 끼어들지 못하고 아련한 눈길로 뇌신수만 쳐다봤다. 하지만 용찬은 아직 만족하지 못했던 것인지 뒤늦게 또 한 명의 병사를 추가로 소환했다.

"우왓. 여긴 또 어디예요?"

"흡수해라."

"네?"

똘망똘망한 눈길로 고개를 갸웃거리는 헥토르. 복장이 교복으로 바뀐 것도 모른 채 용찬이 가리킨 곳으로 고개를 돌렸다.

"끼이이잉!"

"……."

"마력을 흡수하든 흡혈을 하든 마음대로 해라."

그제야 지시를 알아들은 헥토르였지만 지금 이 상황 자체가 적응이 되지 않았다.

하나 마왕의 명령은 절대적인 법. 결국 어리둥절한 표정으로 시위를 당기며 곁에서 마력을 흡수하기 시작했다.

**[뇌 속성력이 상승…….]**

쭉쭉 차오르는 뇌전의 속성력.

'역시 뇌 속성력 때문에 내게 흥미를 가지고 있었나 보군. 이 놈 때문에 일이 꼬일 줄이야.'

덩달아 친화력 능력치까지 상승하는 가운데 마침내 뇌신수가 바닥에 쓰러졌다.

"헥! 헥! 헥!"

과연 지금도 놈을 뇌신수라고 칭할 수 있을까. 이젠 마력까지 대부분 잃어버린 놈은 거친 숨을 내뱉으며 낑낑거리기만 했다.

"이렇게 보니 거대한 늑대로만 보이는군."

"어, 음. 마왕님, 저거 설마 보스예요?"

"그러면 뭘로 보이지?"

"……약간 불쌍해 보이는데."

확실히 서글픈 눈동자로 자신들을 쓸어보고 있었지만 놈은 보스 몬스터에 불과했다. 뇌전의 권능을 얻었을 때부터 뇌신수를 염두에 뒀던 용찬은 흡족한 얼굴로 어둠의 속성력을 발동시켰다.

"쓸데없는 감정에 휘둘리지 마라. 빠르게 처리한다."

지시가 떨어지자 가만히 구경만 하고 있던 세 명이 자리에서 일어났다. 그리고 선두에서 쾌속으로 전진한 용찬은 가장 먼저 놈의 턱을 후려갈겼다.

"크르르르!"

불현듯 돌변하는 살벌한 눈동자. 아직 기세가 죽은 것은 아닌 것인지 고통을 참아내며 이빨을 들이밀었다.

덥석!

"크르르!"

"그 어금니부터 박살 내주지."

카운터를 통해 날카로운 이빨을 잡아낸 용찬은 눈을 빛내며 주먹을 움켜쥐었다. 그리고 검은 뇌전이 모여든 순간.

타앙!

금속처럼 단단히 놈의 어금니가 박살 났다.

"깨애애앵!"

"아직 멀었어."

다시금 거대한 턱을 움켜쥔 용찬이 연속적으로 안면을 후려쳤다. 고통 속에서 허우적거리던 뇌신수는 어떻게든 반항하려 했지만, 뇌전과 동시에 마력을 잃은 지금은 그저 단순한 늑대에 지나지 않았다. 그사이, 좌우로 자리를 잡은 루시엔과 록시까지 스킬을 발동하기 시작하자 단숨에 치명적인 피해가 중첩되어 갔다.

까앙!

혼신의 힘을 발휘해 휘두른 꼬리조차 쿨단에 의해 가로막히는 상황.

**[파쇄가 발동됩니다.]**

다리에 가득 실린 뇌전이 몸통에 내리꽂히는 순간 마침내 뇌신수의 눈이 하얗게 뒤집어졌다.

"하아, 하아. 이제 죽은 거 아니에요?"

"아니, 죽은 척하고 있는 거다. 밟아라."

"……."

확인 사살까지 잊지 않고 지시하는 바쿤의 마왕. 어찌 보면 잔인하다고 볼 수 있는 광경이었지만 마왕성 병사들은 익숙하게 명령을 따랐다.

단지 하나 껄끄러운 것이 있다면 그것은.

퍼억!

'어쩌다 저런 마왕에게 걸려가지고.'

'초식 동물을 사냥하는 느낌이야. 도대체 이 찝찝한 기분은 뭐냔 말이다!'

'으으, 늑대를 학대하는 기분이야.'

뇌신수가 점점 불쌍해 보인다는 것이었다. 이젠 은은한 털들마저 붉게 물든 늑대는 마지막 일점 격발을 맞고 처참히 벽으로 날아갔다.

"……크르르르."

부들부들 떨리는 네 개의 다리. 기력도 거의 소모된 것인지 아까 전까지만 해도 느껴지던 위압감도 더는 찾아볼 수 없었다.

"이제 슬슬 끝을 내야겠지. 빌려온 뇌전은 돌려주마."

"크르르르?"

"물론……."

콰콰콰쾅!

주변 일대에 작렬하는 라이트닝 볼텍스.

다시 뇌전을 흡수할 힘조차 남아 있지 않던 뇌신수는 그대로 목숨을 잃었다.

"대가는 네 목숨이다."

옆으로 기울어지는 몸집과 함께 배경이 뒤바뀐다. 다른 학생들과 협동해서 쓰러트렸던 회귀 이전 기억과는 다른 결과다.

**[히든 보스를 처치했습니다.]**

**[마왕성으로 귀환합니다.]**

**[피로가 회복됩니다.]**

**[신체가 회복됩니다.]**

따로 보상 룸을 거치지 않고 귀환되는 과정. 어느새 바쿤으로 돌아온 용찬은 가장 먼저 메시지부터 확인했다.

**[가장 먼저 뇌신수를 처치했습니다.]**

**[최단 기록을 갱신해 1위로 등극했습니다.]**

**[명예의 전당에 플레이어 정보를 등록하시겠습니까?]**

누구도 부정할 수 없는 최단 기록이다. 용찬은 바닥에 생성된 보물 상자를 내려다보며 입가를 말아 올렸다.

"아니, 등록하지 않는다."

[1위. 한상훈(비공개)]

명예의 전당에 첫 번째로 플레이어가 등록됐다. 비록 C급에서 D급 사이의 강제 미션이었지만, 이 정도로 빠르게 클리어될 거라 예상하지 못한 스탈린은 당황스럽기만 했다. 그는 허물어진 동굴을 보며 다른 아카데미의 상황을 살폈다.

“두 번째 도전자 유태현은 어때?”

-거의 전투가 끝나기 일보 직전입니다. 아무래도 유태현이 2위로 등극할 것 같습니다.

“세 번째 도전자들은?”

-통신을 통해 본 결과 아슬아슬하게 통과할 것 같더군요.

밀러스의 보고를 통해 정리해 본 결과 1위 및 2위는 상훈과 태현으로 확정이었다. 다만 다른 도전자들은 파티를 꾸려 뇌신수를 상대했음에도 불구하고 대부분 실패로 끝나가고 있었다. 대충 다섯 명 정도는 명예의 전당에 등록될 것을 예상하고 있던 스탈린이었지만, 그중 두 명은 보통 도전자들의 기준을 확 넘어선 상태였다.

‘상위 등급의 아카데미가 좀 더 흥미로울 거라 생각했는데 이건 의외의 결과인데?’

비록 C급의 히든 보스였지만 뇌전의 속성력만큼은 월등한 위력을 지니고 있었다. 한 명은 마왕성의 병사들과 함께 전투를 치렀다고 하지만 이런 결과는 납득하기 어려웠다.

'역시 그 두 명은 무언가 비밀을 숨기고 있단 말이지. 마치 한 번 겪어보기라도 한 듯 손쉽게 클리어한 네 가지 수업. 숨겨진 히든 피스까지 생각해 보면 확실히 이상하긴 해. 뭐, 덕분에 유희거리로 나름 재밌었지만.'

다른 사신들은 자신을 괴짜라고 부르기도 한다. 보통 운명을 관장하는 존재가 인간처럼 호기심을 갖고 이리저리 유희거리를 찾아다니니 그럴 만도 할 터. 물론 그만큼 갖가지 비난도 듣고 다니지만 슈탈린은 자신의 이런 성격을 다행이라고 여겼다.

"수천 년 동안 어떻게 인간들 삶이나 관장하고 살겠어. 지루해 죽겠는데 말이야. 이런 점은 사신들도 좀 본받아야 할 텐데. 쯧."

너무 고정관념에 사로잡힌 사신들이 마음에 들진 않았지만, 이렇게 하멜까지 따라와 준 것만 해도 보다 나아지고 있다는 증거일 것이다. 슈탈린은 이번 하멜의 여정도 만족스럽다고 여기며 지하를 벗어났다.

그 순간.

**[강제 미션이 종료됐습니다.]**

**[시스템 오류]**

[강제 진입한 존재들을 제거합니다.]

“뭐?”

아카데미 내부의 공간이 뒤틀리기 시작했다.

마치 블랙홀처럼 생성된 균열. 아예 차원 자체를 빨아들이는 이상 현상에 슈탈린은 다급히 낫을 휘둘렀다.

“강제 진입이라니. 정식으로 허가를 내줄 때는 언제고 이렇게 사신들 뒤통수를 쳐?”

끝을 알 수 없는 죽음의 기운이 낫에 배어든다. 무려 A급에 달하는 초월적인 위력이 균열과 충돌했다. 하지만 강제력이 담긴 시스템의 균열은 깨트릴 수 없는 것인지 빨아들이는 기세는 멈추지 않고 계속되었다.

‘네놈들은 하멜에 오지 말았어야 했어. 그깟 유희를 이유 삼아 이곳에 온 것을 후회하게 될 거야.’

불현듯 떠오르는 한상훈의 충고. 그땐 헛소리라고 치부하며 간단히 흘려들었지만 지금은 아니었다.

-슈탈린, 143번째 아카데미에 균열이 발생했어.

-여기도 마찬가지일세. 도저히 멈출 기세를 보이지 않아!

-슈탈…….

다른 아카데미도 상황은 똑같은 것인지 점차 통신들이 끊겨갔다. 슈탈린은 하늘 전체를 장악한 균열을 올려다보며 낫을 집어 던졌다.

"그래. 이게 기껏 여기까지 온 손님에 대한 태도라 이거야? 어? 그런 거냐고!"

사신들도 영원히 살아가는 것은 아니다. 한번 소멸되면 플레이어들처럼 차원 속에서 존재 자체가 지워진다. 지금 이 하멜의 시스템은 그것을 노려 자신들을 처리하려고 했다.

콰콰콰쾅!

해일처럼 몰아치는 엄청난 사기. 단숨에 전력을 발휘한 슈탈린을 중심으로 공간이 소멸되기 시작했다.

"……영원히 잊지 않으마. 소멸되어서도 저주하고 또 저주하겠어. 하메에에에엘!"

그날 강제 미션을 주최했던 사신들은 하멜의 시스템으로 인해 소멸되었고, 플레이어들은 대대적으로 알림 메시지를 받으며 사신들의 소식을 전달받게 됐다.

To Be Continued